# DÜRNSTEINER WÜRFELSPIEL

CPI klimaneutral
Mehr Bäume. Weniger $CO_2$

MIX
Papier aus verantwortungsvollen Quellen
FSC
www.fsc.org
FSC® C083411

Bernhard Görg:
Dürnsteiner Würfelspiel


www.edition-a.at

Cover: JaeHee Lee
Gestaltung: Lucas Reisigl

Gesetzt in der Premiera
Gedruckt in Deutschland

1 2 3 4 5 — 20 19 18 17

ISBN 978-3-90320-005-0

BERNHARD GÖRG

# DÜRNSTEINER WÜRFELSPIEL

Ein Wachau-Krimi

SALOMON

## 2. April, 17:20 Uhr

Das war wieder so ein Moment, in dem er die Wände hätte hochklettern können. Es war später Nachmittag, und seine Frau war noch immer im Schlafrock. Und das an einem Sonntag.

Felix Frisch saß in seinem Fernsehsessel und versuchte mit seinem Daumennagel, die Reste des Mittagessens von seiner Adidas-Trainingshose zu kratzen, deren Farbe in den Kniekehlen blauer war als an den Oberschenkeln. Eine Hose, von der er sich geschworen hatte, sie in Ehren und damit in Schuss zu halten. Nur Blödsinn im Fernsehen!

Seit ihrer Hochzeit vor neunzehn Jahren hatte seine Elfriede fünfzehn Kilo zugenommen und stetig an Attraktivität verloren. Da konnte er ja gar nicht anders, als sich selbst gehen zu lassen.

Was für einen Anreiz hätte ein Ehemann haben sollen, auf sein Gewicht zu achten, wenn die Ehefrau keinen Funken Ehrgeiz zeigte, ihr Hochzeitsgewicht zu halten. Er musste an seinen Kollegen denken, der erst unlängst im Wachzimmer von seiner Frau geschwärmt hatte. Sie würde noch immer ins Verlobungsdirndl passen, hatte er gesagt. Kein Wunder, dass der schon seit drei Jahren Gruppeninspektor war, obwohl er nur ein Dienstjahr mehr vorzuweisen hatte. In der Industrie wurden nicht nur die Chefs, sondern auch die Ehefrauen genau unter die Lupe genommen. Hatte Felix zumindest einmal gelesen. Vielleicht machten sie das bei der Polizei jetzt auch so. Natürlich geheim, weil bei der Polizei wurde immer alles geheim gemacht, Datenschutz und so, da waren jetzt alle ganz versessen darauf. Wenn dem so war, dann konnte er noch lang auf seinen dritten Stern warten.

Er blickte aus dem Fenster. Scheißaussicht. Und das in Krems. Auf dem Balkon keine zehn Meter gegenüber gleich drei Leinen voll mit Unterwäsche. Was hatte er verbrochen, dass er nicht am Wachtberg oder wenigstens am Rosenhügel wohnen konnte?

Beim Gedanken an den mittäglichen Schweinsbraten wurde die Stimmung des Revierinspektors wieder milder. Eines musste er seiner Frau lassen: Beim Kochen machte ihr keine etwas vor. Und beim Fleisch folgte sie genau seinen Anweisungen. Da war er penibel.

Vor zwölf Jahren hatte sie einmal einen Schopfbraten nach Hause gebracht. Kein schlechter Geschmack, aber diese graubraune Farbe! Scheußlich. Möglich, dass die Farbe eines Bratens manche Esser nicht störte. Hauptsache fünf Euro billiger. Aber nicht mit ihm. Er hatte immer auch mit den Augen gegessen. Seit diesem Tag hatte es nur mehr Schweinskarree gegeben. Er bestand auf Fleisch, das beinahe schon weiß war. Nicht eines von der trockenen Sorte, das sie einem in den Supermärkten immer andrehten.

Nein, von einem der wenigen Fleischhauer, die es noch in Krems gab. Das Schwein lieferte exklusiv ein Bauer nördlich von Gföhl. Und das Karree wurde selbstverständlich mit echten Waldviertler Knödeln serviert, mit eigenhändig geriebenen, rohen Erdäpfeln dazu. Nicht diese halb rohe, halb gekochte industrielle Massenware. Die Knödel waren so fantastisch, dass er sich in jungen Ehejahren sogar einmal erbötig gemacht hatte, seiner Elfriede beim Reiben der Erdäpfel zu helfen. Aber der Saft der rohen Erdäpfel hatte der Haut an seinen Händen nicht gutgetan.

Schon nach fünf Minuten verspürte er ein starkes Brennen. Wahrscheinlich Kartoffelsäure oder etwas Ähnliches. Man glaubte gar nicht, was der Saft eines rohen Erdapfels mit einem sensiblen Menschen wie ihm anstellen konnte. Was für ein Glück, dass seine Frau robuster war.

Er saß in seinem dunkelbraunen Sofa und betrachtete sie von der Seite. Er erkannte eine gerade Stirn und eine ebenso gerade, kleine Nase. Wenn nur das Doppelkinn nicht gewesen wäre. Das war seine Elfriede, die dort saß und in die Glotze starrte, in der eine der dümmsten amerikanischen Fernsehserien lief. Er würde nie verstehen, warum sich Millionen von Menschen für diesen Witzbold von einem Detektiv begeisterten. Völlig bescheuert. Natürlich mit Polizisten, die sich noch lachhafter aufführten als dieser Spinner. Total wirklichkeitsfremd. Da würde er für seine amerikanischen Kollegen die Hand ins Feuer legen.

Felix wollte eine Werbeunterbrechung abwarten, um seine Frau anzusprechen. Die Sache, über die er mit ihr sprechen wollte, war ziemlich delikat. Er konnte nur hoffen, dass Elfriede sie nicht in die falsche Kehle kriegen würde. Endlich war sie da, die heiß ersehnte Unterbrechung.

»Ich wollte dir nur sagen, dass wir im Vorstand des Kegelklubs beschlossen haben, einen gemeinsamen Ausflug in die Sauna zu machen. Damit wir noch mehr zusammengeschweißt werden.«

»Wenn du dich deinen Freunden unbedingt im Adamskostüm präsentieren möchtest, viel Vergnügen. Ich hoffe, du versprichst dir davon nicht, dass sie dich zum Adonis des Jahres küren werden.«

Er ahnte, dass der Hinweis auf diesen Adonis, wer immer das sein mochte, eine Spitze sein sollte. Er wusste nur nicht, welche. Normalerweise hätte er reagiert. Aber nicht heute. Dafür war ihm sein Ziel zu wichtig. Felix bemühte sich, seinen

Ärger zu unterdrücken und seiner Stimme einen ganz beiläufigen Klang zu geben. »Du bist also einverstanden?«

»Was soll ich gegen eine nackte Runde von Männern haben, die gemeinsam schwitzen, dabei völlig vergeblich ihren Bauch einziehen und sich gegenseitig ihre wenigen Haare auf dem Kopf zählen? Ihr könnt von Glück reden, dass euch dabei keine Frauen zuschauen.«

Der Revierinspektor fühlte, wie ihm das Herz in die Hose sank. Er durfte jetzt keinen Fehler machen. Zur Vorsicht beschloss er, für mindestens zwanzig Sekunden nichts zu sagen. Als im Fernsehen eine Werbeeinschaltung für eine neue Art von Dunstabzugshaube erschien, von der er zu wissen glaubte, dass sie schon rein physikalisch nicht funktionieren konnte, sah er seine Chance gekommen. »Ganz ausschließen kann man das aber nicht. Wir haben im Klub ja auch ein paar weibliche Mitglieder.«

Zunächst glaubte er, seine Frau hätte gar nicht richtig wahrgenommen, was er da eben gesagt hatte.

Was für eine clevere Taktik von ihm.

»Was höre ich da? Das kann doch nicht dein Ernst sein?«

Elfriede hatte ihm jetzt ihr Gesicht zugewandt. Er erkannte die Warnsignale. Die hochgezogenen Augenbrauen und die zwei Stirnfalten hatten ihm in der Vergangenheit zuverlässig kommendes Ungemach angekündigt. In ihrer Stimme lag eine Schärfe, vor der er schon Angst gehabt hatte, als er mit seiner Elfriede noch gar nicht verheiratet gewesen war. »Untersteh dich, dort hinzugehen! Wenn dir mein Busen nicht mehr knackig genug ist, dein Pech. Damit du es nur weißt, an dir ist auch nicht mehr alles knackig, mein Lieber, aber deswegen lüstet es mich noch lange nicht nach frischerem Fleisch. Schlag dir diese Sauna aus dem Kopf!«

Felix spürte, dass er einen roten Kopf bekam. Typisch Elfriede. Angriff als beste Verteidigung.

»Du verstehst das völlig falsch. Glaubst du, ich reiße mich darum? Aber als Rechnungsprüfer des Kegelklubs kann ich mich halt nicht ausschließen. Wie würde denn das ausschauen, wenn ich als Mitglied des engeren Führungskreises kneifen würde. Außerdem sitzen wichtige Leute drinnen, die ein Wörtchen bei einer Beförderung zum Gruppeninspektor mitzureden haben.«

»Dieses Märchen vom Sprung zum Gruppeninspektor, der angeblich unmittelbar bevorsteht, kann ich schon nicht mehr hören.«

Die Tonlage seiner Frau bereitete seinem sensiblen Ohr genauso ein körperliches Unbehagen wie die Kartoffelsäure in seiner Hand.

»Die verwenden dich doch nur als nützlichen Idioten. Und du merkst es nicht einmal. Genauso wie der junge Polizist da im Fernsehen.«

Wie er diese Gabe seiner Frau hasste, im entscheidenden Augenblick immer einen wunden Punkt bei ihm zu finden. Aber der Vergleich mit diesem entsetzlich dummen Polizisten in der Fernsehserie war der Gipfel.

»Fall mir nur in den Rücken! Da warst du ja schon immer groß dabei.«

Felix beschloss, einen möglichst geordneten Rückzug anzutreten. Obwohl er diese junge FPÖ-Gemeinderätin, die seit Kurzem den Posten der Schriftführerin im Klub bekleidete, für sein Leben gern in der Sauna erlebt hätte. Natürlich war die FPÖ irgendwie ein Problem, obwohl er das Problem nicht hätte beschreiben können. Aber eines musste Felix Frisch den Blauen lassen. Sie hatten feschere Frauen als die Roten. Von den Schwarzen gar nicht zu reden.

»Also gut, ich werde meine Teilnahme absagen. Aber beklag dich dann nicht, wenn ich auf meinen dritten Stern noch länger warten muss.«

»Als ob ich mich darüber schon jemals beklagt hätte.«

Als sie ihn anlächelte, kam ihm zum hundertsten Mal die Geschichte vom Schuster in den Sinn, der besser bei seinen Leisten blieb.

Felix Frisch stand auf, strich seiner Frau über den Kopf und hörte sich sagen: »Du bist ja doch die Beste. Magst auch einen Schluck Bier?«

## 3. April, 14:45 Uhr

Gestern hätte sich Anna Nimmervoll noch über das Eichkätzchen gefreut, das gerade den Stamm des Marillenbaums vor ihrem schmalen Fenster hinauflief. Es wollte wohl die weißen Blüten, die den Baum seit drei Tagen über und über bedeckten, ganz aus der Nähe inspizieren. Dieser Marillenbaum vor Annas Fenster war zwar nur ein Baum von insgesamt dreiundfünfzig im elterlichen Garten, aber er war der schönste.

Gestern noch wäre Anna in die Küche gegangen, um ein paar ausgelöste Nüsse zu holen, die ihre Mutter immer im Kühlschrank aufbewahrte. Sie hätte das Fenster geöffnet, die Nüsse in Richtung Stamm geworfen und die Sekunden gezählt, bis sie vom Eichkätzchen entdeckt worden wären. Ihr schien, dass sein dunkelbrauner, fast schwarzer Schwanz, den sie seit letztem Herbst regelmäßig beobachten konnte, über den Winter noch dichter geworden war. Nur heute hatte das kleine Mädchen, deren hellblonde Haare am Hinterkopf durch eine schwarze Schleife zusammengehalten wurden, keinen Blick für das flinke Tier, das sie sonst immer entzückte. Auch nicht für das Radfahrerpaar, das seine Räder am Zaun des Nimmervollschen Gartens abgestellt hatte, um dessen Blütenpracht zu bewundern. Meistens bestaunten die vorbeikommenden Radfahrer auch noch ihr Haus, das Anna jedoch gar nicht gefiel. Sie fand es viel zu alt. Doch heute dachte sie weder an die zu dicken Mauern, noch an die zu kleinen Fenster ihres Elternhauses. Ihre Augen waren voller Tränen, die sie seit heute früh geweint hatte. Der Grund war ihr geliebter Löwenherz, der in der vergangenen Nacht verendet war. Mit dreizehn Jahren war er nur um vier Jahre älter gewesen als sie selbst. Sie musste an den letzten Sonntag denken. Vor einer Woche noch war sie mit ihrem Liebling auf dem Seiberer spazieren gewesen. Sie versuchte, jede freie Minute diesen Spaziergängen zu widmen, oft gemeinsam mit ihrem zwei Jahre älteren Bruder. Wie oft hatten David und sie Löwenherz mit all der Kraft, die Kinder aufbringen konnten, zurückhalten müssen, wenn der Hund einen Hasen witterte oder gar sah. Löwenherz war ein Whippet. Wie man das schrieb, wusste sie erst seit einem Jahr, aber schon seit vier Jahren wusste sie, dass ein Whippet ein englischer Jagd- und Windhund war. Bis über die kleinen Ohren vollgestopft mit Genen, die ihn besessen machten von der Jagd auf Hasen. Im Hakenschlagen war er noch talentierter als seine Beute.

Letzten Sonntag war ein Hase auf einem Feldweg hundert Meter vor ihnen recht gemächlich vor sich hin gehoppelt, bevor er die Böschung hinaufhüpfte und ihren Blicken entschwand. Aber Löwenherz schien den Hasen gar nicht zu bemerken. Von einem erregten Zittern und einem heftigen Ziehen an der Leine, wie sie es sonst von ihm gewohnt war, auch keine Spur. Das war ihr eigenartig erschienen, aber als Neunjährige hatte sie darin natürlich keine Vorzeichen eines baldigen Todes erkennen können. Hätte sie es gekonnt, so hätte sie dem Hund in den letzten Tagen seines Lebens noch mehr Zuneigung und Liebe geschenkt.

Am liebsten wäre sie heute gar nicht in die Schule gegangen. Aber ihre Eltern hatten darauf bestanden. Auf die war sie seit heute früh ohnehin nicht gut zu sprechen, weil sie ihr verboten hatten, Löwenherz unter dem Marillenbaum vor ihrem Fenster zu bestatten.

Ihre Mutter, die immer ein sehr distanziertes Verhältnis zu dem Hund gehabt hatte, war dem Vater in den Ohren gelegen, den Kadaver zur Tierverwertung nach Krems zu bringen. Der Vater hatte wenigstens einen Funken Einsehen gehabt und ihr erlaubt, das Tier in einem der familieneigenen Weingärten zu vergraben. Er hatte den Hinweis der Mutter, dass so etwas womöglich gar nicht erlaubt war, ignoriert. Einen vom Vater angebotenen Platz in dem Wald, der ihm gehörte, hatte Anna abgelehnt. Sie wollte nicht, dass Ausflügler oder Schwammerlsucher auf ihrem Löwenherz herumtrampelten, selbst wenn er längst tot war.

Ihre Taufpatin hatte ihr den Hund vor vier Jahren überlassen, weil sie aus beruflichen Gründen von Rossatz nach Wien gezogen war. Anna hatte sich auf Anhieb in ihn verliebt und die spontane Entscheidung getroffen, dieser Liebe durch eine entsprechende Namensgebung Ausdruck zu verleihen. Der Name »Tasso«, mit dem ihre Tante den Hund gerufen hatte, schien ihr viel zu gewöhnlich. Für einen Whippet, der noch dazu nach ihren Erkundungen der einzige in ganz Weißenkirchen und Umgebung war, klang er geradezu ordinär. Sie hatte zu dem Zeitpunkt mit ihrer Klasse gerade einen Ausflug zur Ruine Dürnstein gemacht, wo ihre Lehrerin den Kindern die Geschichte vom englischen König Richard Löwenherz erzählt hatte. Anna hatte damals zwar nicht verstanden, wie ein Herzog einen König, der ja viel mächtiger war, einsperren konnte, dennoch war für sie von dem Moment an klar gewesen, dass ihr Liebling nur »Löwenherz« heißen konnte.

Sie hatte heute auf ihr Mittagessen verzichtet und war mit ihrem Rad die einzelnen Weingärten ihres Vaters, die um Weißenkirchen herum verstreut lagen, abgefahren, um einen geeigneten Platz zu suchen. Die Ried Lobenberg schien ihr am geeignetsten. Sie war in maximal zehn Minuten von zu Hause aus zu erreichen, und ab der vierten Terrasse bergaufwärts bot sie einen prachtvollen Blick auf die Ruine Dürnstein. Fünfzig Meter tiefer lag die Trasse der Wachau-Bahn.

Wie gern war doch Löwenherz mit der Bahn gefahren. Viel lieber als mit dem Auto. Einen schöneren und würdigeren Platz für die ewige Ruhe ihres Lieblings hätten sie nicht finden können. Schade nur, dass das sanfte Plätschern der Donauwellen hier oben nicht mehr zu hören war.

Ihr Bruder, der mittlerweile ebenfalls von der Schule nach Hause gekommen war, hatte ihr als zukünftiger Erbe des Weinbaubetriebs versprechen müssen, dieses Stück Weingarten zumindest so lange nicht zu verkaufen, bis sie gestorben war.

Weil der Vater seine Frau nicht noch zusätzlich verärgern wollte, hatte er es abgelehnt, den toten Hund mit seinem Traktor zum Weingarten zu transportieren. So holte ihr Bruder einen kleinen Karren mit zwei Gummirädern aus dem Schuppen und hängte ihn an sein Rad. Sie selbst hatte Löwenherz ganz behutsam auf die Ladefläche gelegt, während David zwei

Schaufeln und eine Spitzhacke gebracht hatte. Dann waren sie losgefahren. Sie voraus, er hinterher.

Die letzten zweihundert Meter musste sie den Hund, den die Mutter ganz prosaisch in einen Kartoffelsack gestopft hatte, alleine tragen, weil ihr Bruder mit Spitzhacke und den zwei Schaufeln genug zu schleppen hatte. Ganz schön anstrengend für eine Neunjährige. Als sie die ausgesuchte Stelle auf der Terrasse, ganz nahe einer Steinmauer, erreicht hatte, streifte sie den Sack vorsichtig ab und wickelte ihren Whippet in ihr rosafarbenes Lieblingsnachthemd, das sie heimlich von zu Hause hatte mitgehen lassen.

»Wenn dein Löwenherz vor vier Wochen gestorben wäre, wären wir ganz schön aufgeschmissen gewesen. Da war der Boden noch ganz gefroren.« David ließ die Spitzhacke auf den weichen Boden niedersausen. »Typisch Löwenherz. Nimmt auch noch im Tod Rücksicht auf uns.«

Anna wischte sich eine Träne aus ihrem linken Auge, dem heute all der Glanz fehlte, der in der ganzen Familie berühmt war. »Papa hat gesagt, wir müssen einen Meter tief graben. Damit ihn kein Fuchs oder Dachs ausgräbt.«

»Logisch. Aber in zehn Minuten bin ich mit dem Loch fertig. Du kannst dir solange noch deinen Hund anschauen. Schließlich siehst du ihn nie wieder.«

Anna, die sich von ihrem Bruder mehr Mitgefühl erwartet hatte, zog ihre Jeans aus und schlüpfte in das mitgebrachte Kleid, das sie voriges Jahr beim Begräbnis ihrer Großmutter angehabt hatte. Dann legte sie die Jeans auf die Grasnarbe, von der die Sonne langsam die Spuren des Winterbrauns vertrieb und durch Frühlingsgrün ersetzte, und setzte sich darauf. Sie blickte nicht auf ihren Hund. Sie wollte ihn nicht tot in Erinnerung behalten. Sie stützte ihr Kinn auf ihre rechte

Hand und schaute auf das Schleppschiff mit zwei Kähnen, das sich stromaufwärts mühte. Sie glaubte, auf dem Schiff eine Frau und ein halbwüchsiges Mädchen zu erkennen, die gerade dabei waren, Wäsche aufzuhängen. So eine Reise hätte sie auch gern mit ihrem Löwenherz unternommen. Jetzt war es zu spät dafür.

Plötzlich hörte sie ihren Bruder die Spitzhacke wegwerfen und aufgeregt rufen. »Anna, ruf den Papa an! Er muss gleich kommen. Da ist jemand vergraben!«

## 3. April, 15:00 Uhr

Die Pensionierung ihres Chefs war für Doris Lenhart überraschend gekommen. In den vielen Gesprächen, die sie mit ihm in den letzten eineinhalb Jahren gehabt hatte, war davon nie die Rede gewesen. Zugegeben, er war jetzt fast vierundsechzig, aber sie hätte nie gedacht, dass er mehr als ein ganzes Jahr vor dem Erreichen seines regulären Pensionsantrittsalters aufhören würde. Dazu hatte ihm seine Arbeit noch immer zu viel Spaß gemacht. Sie hatte es allerdings als Auszeichnung befunden, dass sie die Erste gewesen war, die er ins Vertrauen gezogen hatte. Das war bereits Ende Februar der Fall gewesen.

Natürlich war die Pensionierung des langjährigen Landespolizeidirektors seit der offiziellen Bekanntmachung vor zwei Wochen Gesprächsthema Nummer eins im Landeskriminalamt. Einigkeit herrschte darüber, dass der Abschied nicht ganz freiwillig erfolgt sein konnte.

Uneinig waren sich alle in der Frage, ob der Innenminister oder der Landeshauptmann dahinter steckte. Die einen tippten auf den Innenminister, weil sein Nachfolger, der vor vierzehn Tagen ernannt worden war, aus dem Büro des Ministers kam. Die anderen hielten den Landeshauptmann für den Drahtzieher hinter der Neubesetzung. Johann Kainz hatte nämlich in kleinstem Kreis nie einen Hehl daraus gemacht, dass er mit dem Ehrgeiz seines obersten Polizeibeamten, die Parteipolitik aus der Beamtenschaft herauszuhalten, alles andere als glücklich war. Offiziell hatte er ihn natürlich dabei unterstützt.

Jedenfalls hatten es sich weder der Innenminister noch der Landeshauptmann nehmen lassen, bei der Präsentation des neuen Landespolizeidirektors dabei zu sein. Beide hatten sich bei ihren Begrüßungsansprachen mit Lob für den neuen Chef überboten. Zumindest am Anfang ihrer Rede. Wie Doris, als Leiterin der Mordkommission natürlich aufmerksame Zuhörerin, bemerkte, sprachen die beiden Herren in erster Linie über sich selbst. Ihr Mann hatte ihr noch beim Frühstück gesagt, dass er viel darum geben würde, zwei Alphatiere dieses Kalibers auf engstem Raum beobachten zu können. Er würde sich bestimmt königlich amüsieren.

Der Neue, Dr. Wolfgang Marbolt, hatte gleich bei seiner Einführung angekündigt, dem Besuch aller seiner Dienststellen oberste Priorität einzuräumen. Heute war das Landeskriminalamt an der Reihe. Doris Lenhart begleitete ihn selbstverständlich bei seinem Gang durch ihre Abteilung.

Bei der Vorstellung ihrer Mitarbeiter erwies er sich als gut informiert, interessiert und sogar ab und zu leutselig. Er hatte fast für jede oder jeden von ihnen ein freundliches Wort, und seine Fragen trafen immer einen guten Punkt, wie es der Chefinspektorin schien. Ihr war er dennoch unsympathisch. Er trug zu viel Gel im schwarzen Haar, und der in einem fahlen Grau gehaltene Anzug war viel zu eng geschnitten.

Am meisten störte sie allerdings sein permanentes lautes Lachen, das so gar nicht zu seinen kleinen, tief liegenden Augen, die wenig Vertrauen erweckten, passte. Musste er sich von jemandem, der ihm wichtig vorkam, abgeschaut haben. Zu guter Letzt war in ihrem Arbeitszimmer ein abschließendes Gespräch vorgesehen. Es fand unter vier Augen statt. Ihren Vorschlag, auch ihren Stellvertreter hinzuzuziehen, hatte er höflich, aber bestimmt abgelehnt.

Nachdem ihre Sekretärin für sie beide Kaffee gebracht hatte, den er ohne Zucker trank, eröffnete er das Gespräch und fixierte dabei seine Kaffeetasse.

»Man sieht gleich, dass du da eine recht gute Truppe beisammen hast.«

Doris zuckte bei der Beschreibung »recht gute Truppe« innerlich zusammen. Sie blickte ihr Gegenüber mit einem irritierten Gesichtsausdruck an. Ihre Blicke trafen sich.

»Eines will ich gleich klarstellen. Mein Team leistet nicht recht gute, sondern hervorragende Arbeit. Da stelle ich dir gern die Zeitungen der letzten Monate zur Verfügung.«

»Ich bitte dich, sei nicht gleich so empfindlich. Also, ich bin bereit, mit mir verhandeln zu lassen und nehme das ›recht‹ zurück, aber wie du weißt, ist der Bessere immer der Feind des Guten. Soweit ich informiert bin – und ich bin sehr gut informiert, weil ich von Wien aus eure Arbeit immer sehr genau verfolgt habe –, sind es auch nicht so sehr eure, sondern deine Erfolge gewesen. Deinem Stellvertreter sieht man doch zehn Meter gegen den Wind an, dass er schon bessere Zeiten gesehen hat.«

Darum wollte Marbolt Gerhard Malzacher also nicht bei ihrem Gespräch dabeihaben. Doris zog mit beiden Händen den Rock über die Beine und lehnte ihren Oberkörper abrupt nach vorne.

»Seine Zeiten sind meiner Meinung nach noch nie so gut gewesen. Ich wüsste nicht, was ich ohne ihn täte. Ja, es stimmt schon, er kommt ein bisschen abgeschmuddelt daher, aber sein Äußeres täuscht. Ich bin überzeugt, dass er auch dich bald von seinen Qualitäten überzeugen wird. Jeder im Haus wird dir bestätigen, dass er einen sagenhaften Riecher hat.«

Marbolt führte seine Tasse ganz langsam zum Mund. Nachdem er sie ebenso langsam wieder abgestellt hatte, blickte er die Chefinspektorin an.

»Das soll mir recht sein. Da ich aber aus seiner Personalakte weiß, dass er schon knapp neunundfünfzig ist, halte ich es im Sinn einer mittelfristigen Personalplanung für richtig, dass ich mich schon jetzt um einen Nachfolger umsehe. Ich gehe davon aus, dass es dir recht ist, wenn ich dafür keine Frau in Betracht ziehe. Gleich zwei Frauen an der Spitze der Mordkommission wären doch etwas zu viel des Guten.«

Was für ein falsches Lächeln, dachte Doris, als sie ihr neuer Chef mit kühlen Augen und etwas schiefem Mund angrinste.

»Im Übrigen darf ich dir ganz im Vertrauen sagen, dass der Herr Minister sein Auge wohlgefällig auf dich gerichtet hat. Im Bundeskriminalamt wird in spätestens zwei Jahren eine interessante Stelle frei. Da würdest du perfekt hineinpassen. Das ist der Hauptgrund, warum ich mich jetzt schon um einen Nachfolger für deinen Stellvertreter umsehe. Damit wir in der Führung der Abteilung Kontinuität haben.«

Doris hoffte, dass ihr Chef nicht merkte, wie sie die Luft einsog. Ihr war jetzt klar, dass Marbolt ohne lange Umschweife und ohne viel Federlesens seine eigenen Leute an Bord bringen wollte. Schon beim ersten Gespräch mit seinen Absichten rauszurücken, dazu gehörte schon einiges. Ihr würden unruhige Zeiten bevorstehen.

»Ich gehe davon aus, dass ich da selbst auch ein Wörtchen mitzureden habe.«

»Selbstverständlich.«

Was für eine gönnerhafte Selbstverliebtheit, dachte Doris. »Ich will ja nur, dass du es dir beizeiten durch den Kopf gehen lässt. Ich habe dem Herrn Minister versprechen müssen, dass ich ihm innerhalb von sechs Monaten wegen dir Bescheid gebe. Er möchte auch Planungssicherheit haben. Und nimm bitte das Ganze nicht zu tragisch. Es weht eben ein neuer Wind.«

## 3. April, 15:22 Uhr

Er gab ja zu, dass Krems eine schöne Stadt war. Aber wie hatten die Stadtväter nur so einen idiotischen Architekten beauftragen können? Man konnte doch nicht eine Brücke auf der einen Hälfte mit zwei Bögen und auf der anderen Hälfte in der Form einer Geraden bauen.

Offensichtlich waren die Architekten früher schon genauso blöd gewesen wie heute. Wenn sie ihm den Auftrag gegeben hätten, er hätte eine schönere Brücke gezeichnet, auch wenn er überhaupt nicht vom Fach war.

Es war ihm klar, dass sein Missmut über die Brücke auch mit der Auffahrt von der Mauterner Seite zu tun hatte. Auf der konnte er gar nicht anders, als einen Blick auf die Spitze des Braunsdorfers zu werfen, einem der Hausberge der Kremser. Sie fiel einem geradezu ins Gesicht. Genau dort oben hatte er seiner Elfriede den Heiratsantrag gemacht. Oder besser gesagt, sie ihm. Wenigstens passte der grüne Anstrich der Brücke irgendwie zur Gegend.

Er fuhr heute mit seiner jungen Kollegin Julia Deckert Streife. Passte ihm sehr. Er gönnte sich immer mal wieder einen Seitenblick auf die junge Polizistin. Mindestens so sehr gefiel ihm aber, dass sie begierig war, von seiner langjährigen Erfahrung zu lernen.

Eigentlich hatte er gehofft, bereits in der Stellung des Gruppeninspektors mit seiner Kollegin die erfolgreiche Absolvierung ihrer Zeit als Polizeiaspirantin zu feiern, aber aus der Beförderung war noch nichts geworden. Warum, darüber konnte er nur rätseln.

Julia hatte sich bei der Feier aber auch von ihm als Revierinspektor einen herzhaften Gratulationsschmatz geben lassen. Gestört hatte ihn bei dieser Zeremonie allerdings, dass sie sich gleich nach seinem Kuss die linke Wange mit ihrem rechten Handrücken abgewischt hatte. Zugegebenermaßen war sein Kuss ziemlich feucht gewesen.

Als sie am Ende der Brücke auf den Kreisverkehr kurz vor Mautern fuhren, läutete das Telefon seiner jungen Kollegin. Nachdem sie abgenommen und kurz zugehört hatte, sprach sie nur das Wort »Verstanden« in den Hörer und legte auf.

»Felix, ein Hilferuf aus Weißenkirchen, weil die dortigen Kollegen wegen eines schweren Verkehrsunfalls unabkömmlich sind. In einem Weingarten soll eine Leiche gefunden worden sein. Schon ziemlich verwittert. Alles Weitere erzähle ich dir auf der Fahrt.«

Der Revierinspektor schaltete die Sirene ein und nahm im Kreisverkehr wieder die Ausfahrt Krems. Keine fünf Sekunden später war er erneut auf der Brücke. Diesmal warf er allerdings keinen Blick auf den Braunsdorfer.

Nach nicht einmal sechs Minuten – durch den Dürnsteiner Tunnel war Felix Frisch mit mindestens hundertvierzig Stundenkilometern geprescht – sahen die beiden Beamten kurz vor Weißenkirchen einen Mann, der am Straßenrand winkte. Felix schoss auf den Mann zu und bremste so spät, dass seine Kollegin in ihrem Sitz nach vorn gedrückt wurde.

Der Mann, der ihnen gewunken hatte, stellte sich als Max Nimmervoll vor und erklärte ihnen kurz, was seine beiden Kinder gefunden hatten. »Sie können da noch ein paar Meter hinein fahren. Dann müssen sie noch ein Stück zu Fuß gehen. Über die Bahn. Die da oben winken, das sind meine Kinder.«

»Felix, du kannst allein fahren. Ich begleite Herrn Nimmervoll. Wir sind gleich bei dir.«

Der Revierinspektor, der enttäuscht war, dass seine Kollegin bis jetzt nicht ein Wort über seine Fahrkünste gesagt hatte, stieg mit gesenktem Kopf ins Auto, startete und fuhr mit durchdrehenden Rädern den gesandeten Weg entlang, an dessen Ende man einen parkenden Geländewagen sehen konnte. Dort stieg er aus und nutzte die Gelegenheit, um seine immer dünner werdenden Haare, die ihm viel Kummer bereiteten, zu kämmen.

Auch daran war seine Frau schuld, die ihm immer in den Ohren gelegen hatte, sich täglich die Haare zu waschen. Sonst würden sie immer gleich fettig werden. Woher hätte er wissen sollen, dass man vom häufigen Haarewaschen Haarausfall bekommen konnte?

Als er fertig war, stieg er zusammen mit den beiden Fußgängern, die ihn in der Zwischenzeit erreicht hatten, über die Bahntrasse und dann auf einem schmalen, aber recht bequemen Steig zu den beiden Kindern empor.

Anna und David kamen ihrem Vater und den beiden Polizisten entgegen. Felix Frisch schätzte den Buben auf zwölf und das Mädchen auf zehn Jahre. Der Bub schien recht vergnügt zu sein, während seine Schwester sichtlich verstört war. Was sie aber nicht daran hinderte, zuerst seiner Kollegin und dann ihm die Hand entgegenzustrecken. »Ihr habt also eine Leiche gefunden. Dann zeigt mal her!«

Julia wandte sich an das Mädchen. »Dein Vater hat uns erzählt, dass du deinen geliebten Hund begraben wolltest.«

Das Mädchen nickte verängstigt. »Mama hat es verboten. Hätte ich nur auf sie gehört.«

Julia hatte die Kleine an der Hand genommen. »Wer weiß, wozu es gut ist. Vielleicht hilfst du dabei, ein Verbrechen aufzuklären. Dann wirst du noch berühmt.«

Man konnte sehen, dass dieser Gedanke der Kleinen alles andere als unangenehm war. Ein kurzes Lächeln machte ihr trauriges Gesicht gleich freundlicher.

In der Zwischenzeit hatten sie alle die kleine Grube erreicht. Neben ihr lag ein frischer, etwa siebzig Zentimeter hoher Erdhaufen. Felix Frisch bemerkte auch gleich die beiden Schaufeln und die Spitzhacke, die an einen nahen Weinstock angelehnt waren.

Als sein Blick in die Grube fiel, schien er enttäuscht zu sein. »Das ist keine Leiche. Das ist ein Skelett«, sagte der Revierinspektor im Ton eines Oberlehrers. Er wandte sich an David. »Gibst du mir eine Schaufel her?«

Es dauerte keine Minute, bis er das Skelett zumindest an der Oberseite völlig freigelegt hatte. »Auf die Schnelle würde ich sagen, das Skelett einer Frau. Schmale Schultern, breites Becken. Keine Spuren von Gewaltanwendung.«

»Es gibt hier auch keine Spuren von Kleidung. Jemand muss die Frau hier nackt vergraben haben.« Die Polizistin zupfte nachdenklich mit ihrem rechten Zeigefinger an ihrer Unterlippe.

Felix lächelte wissend. »Gut beobachtet, Julia. Schaut nach Sexualverbrechen aus.«

Julia warf dem Revierinspektor einen kritischen Blick zu. »Eine Frau mit einer künstlichen Hüfte kommt sicher nicht hierher, um sich auszutoben«, antwortete sie knapp.

Felix Frisch war zu überrascht, um das maliziöse Lächeln seiner jungen Kollegin zu bemerken. »Wie kommst du denn darauf, dass die Frau eine künstliche Hüfte hat?«

Julia, die in der Zwischenzeit Latex-Handschuhe übergestreift hatte, beugte sich über die Grube und wischte an der linken Hüfte des Skeletts etwas Erde beiseite. »Da schau. Das Stück da ist viel heller. Und viel weniger verwittert oder zerfressen.«

Felix Frisch, der sich schnell wieder gefasst hatte, wandte sich an den Besitzer des Weingartens. »Da können Sie einmal sehen, was eine junge Polizistin unter der sachkundigen Führung eines alten Hasen wie mir lernt. Ist schon toll, unsere Julia. Und nachdem eine künstliche Hüfte ein klarer Hinweis darauf ist, dass die Frau nicht schon seit hundert Jahren hier liegt, werde ich jetzt unsere Kollegen von der Mordkommission in St. Pölten verständigen.«

## 3. April, 15:50 Uhr

Die Chefinspektorin saß in ihrem schmucklosen Büro, in das sie heute früh Blumen gebracht hatte, und starrte aus einem der sechs schießschartenartigen Fenster. Sie dachte über das Gespräch mit ihrem neuen Boss nach. Was für ein himmelhoher Unterschied zu seinem Vorgänger. In der Sekunde, in der er sie über seinen Schritt in die Pension informiert hatte, war ihr klar gewesen, dass sie ihn vermissen würde. So klug, kompetent und im persönlichen Umgang angenehm wie er war. Sie hätte sich jedoch nie träumen lassen, dass ihre Sehnsucht nach ihm bereits nach drei Tagen unter neuer Führung so groß sein würde. Schon möglich, dass dem Innenminister ihre gute Arbeit aufgefallen war. Die Morde, die dank ihrer Hilfe im letzten Jahr aufgeklärt worden waren, hatten immerhin auch in den überregionalen Medien viel Staub aufgewirbelt. Aber warum sollte er ihr deswegen einen Schreibtischjob in Wien anbieten wollen? Ihm musste außerdem klar sein, dass sie daran nicht sonderlich viel Interesse hatte. Sie war sicher, dass ihr möglicher Wechsel nach Wien eine Idee ihres neuen Chefs war. Er wollte sie loswerden, damit er sich mit seinen eigenen Leuten umgeben konnte. Und er hatte offensichtlich schon ihren Nachfolger im Auge.

Seine Taktik war ihr klar. Zuerst würde er in der Person ihres Stellvertreters den schwächeren Turm beschießen und, sobald der sturmreif geschossen war, sie selbst als eigentliches Ziel attackieren. Die Adresse des Landeskriminalamts hieß »Schanze 7«, früher hatte ihr Name »Auf der Bauernschanze« gelautet. Wie passend für ein Gefecht. Sie würde die Rolle der Scharfschützin übernehmen. Im Fall des Falles würde sie auch keine Skrupel haben, auf den Kredit zu setzen, den ihr die Zeitungen wegen ihrer spektakulären Erfolge eingeräumt hatten. Ihr kam entgegen, dass der »Niederösterreichische Tag« einen kritischen Kommentar über ihren neuen Vorgesetzten verfasst hatte, in dem es hieß, er verdanke seine Ernennung vor allem parteipolitischem Kalkül.

Ein kurzes Klopfen an ihrer Tür, und schon ging sie auf, ohne dass die eintretende Person auf ein »Herein« gewartet hätte. Obwohl sie ihren Schreibtischsessel so gedreht hatte, dass sie mit dem Gesicht zum Fenster saß, was sie immer tat, wenn sie nachdachte, wusste sie sofort, wer da gleich seinen massigen Körper ins Büro schieben würde.

Es konnte nur Gerhard Malzacher sein, den alle im Büro wegen seiner Ähnlichkeit mit der Filmfigur Bud Spencer »Spencer« nannten. Nur er konnte sich ihr gegenüber Freiheiten herausnehmen, die sie anderen Mitarbeitern nie hätte durchgehen lassen. Doris gab ihrem Drehstuhl mit ihrem rechten Bein einen kleinen Schwung und lächelte ihren Stellvertreter an.»Du willst wohl wissen, wie es mit dem Marbolt gelaufen ist?«

»Auch.« Ohne eine Aufforderung seiner Chefin abzuwarten, fläzte er sich in den Holzsessel, der vor dem Schreibtisch stand.

»Ich bin neugierig, wie lange der Sessel dein Gewicht aushält. Aber sag nicht, dass ich dich nicht gewarnt hätte.«

»Komm, lenk nicht ab. Wie war's?«

»Was erwartest du denn? Du hast ihn doch beim Rundgang erlebt. Interessiert. Gescheit. Und wirklich sehr freundlich. So war er auch im Gespräch mit mir. Von dir hält er übrigens sehr viel.« Sie bemühte sich, ihren Stellvertreter besonders freundlich anzuschauen, in der Hoffnung, dadurch glaubhaft zu wirken.

»Komm, Doris! Ich sehe dir doch an der Nasenspitze an, dass du mir einen Scheiß erzählst. Der Mann war schon ein Schleimer, als er noch im Büro unseres hochverehrten Herrn Landeshauptmanns gearbeitet hat. Und glaub mir, in der Schule des Innenministers steht auch nicht ›Charakterbildung‹ als Hauptfach auf dem Stundenplan.«

Malzacher wuchtete seinen Körper von der linken auf die rechte Seite. Der Sessel ächzte und knarzte, als würde er jeden

Moment zusammenbrechen. Malzacher schien das nicht im Geringsten zu stören.

»Spencer, du bist wieder einmal völlig auf dem Holzweg. Er mag dich. Und mich mag er auch.«

»Dass er dich mag, überrascht mich nicht einmal. Weil du für seine Karriere nützlicher bist als ich. Aber an deiner Stelle würde ich ihm auch nicht über den Weg trauen. Ich weiß nicht, ob es ein Rasierwasser gibt, das sich ›Falscher Hund‹ nennt. Wenn ja, dann wäre er dafür ein ideales Testimonial oder wie das heißt.«

Malzacher, der die abwehrende Handbewegung seiner Chefin bemerkte, sagte: »Ja, ich bin schon still. Und ich werde ihm selbstverständlich mit aller Loyalität, zu der ich fähig bin, dienen. Aber wegen dem Marbolt allein bin ich gar nicht da. Stell dir vor, wer mich gerade angerufen hat.«

»Keine Ahnung.«

»Dieser Unglücksmensch mit Namen Frisch, der sich als Revierinspektor verkleidet hat.«

»Der hat mir gerade noch zu meinem Glück gefehlt. Wo drückt ihm denn der Schuh?«

»Er behauptet, in einem Weingarten bei Weißenkirchen zu stehen, in dem Kinder angeblich ein weibliches Skelett gefunden haben.«

»Der lässt auch nichts unversucht, um auf sich aufmerksam zu machen«, sagte Doris mit einem Kopfschütteln.

»Vielleicht macht ihm seine Frau die Hölle heiß, weil er noch nicht Gruppeninspektor ist.«

»Dann muss er entweder gescheiter werden oder sich eine andere Frau suchen. Sag ihm jedenfalls, dass wir für Skelette nicht zuständig sind. Er soll seinen Fund den Archäologen melden. Und du geh nach Hause und mach dir einen schönen Abend.« Sie blickte auf ihre Uhr. »Vielleicht schaffe ich es noch zum Elternsprechtag.« Doris versuchte, ihre Stirnfransen aus dem Gesicht zu blasen, und stand auf. Ihr Stellvertreter blieb sitzen.

»Da gibt es nur einen Haken. Er behauptet, dass das Skelett eine künstliche Hüfte hat. Ich habe noch nie gehört, dass sich Archäologen für Gelenke aus Kunststoff interessieren.«

Die Chefinspektorin setzte sich wieder. »Dieser Frisch kann doch nicht einmal ein Knie von einer Hüfte unterscheiden. Wie will so jemand erkennen, ob ein Knochen aus Kunststoff ist?«

Malzacher feixte. »Vielleicht hat er den Tipp von den Kindern bekommen.« Er stand auf. »Wird mir nichts anderes übrig bleiben, als hinzuschauen. Ich nehme an, dass du keine Lust hast, mich zu begleiten?«

»Diesmal liegst du mit deiner Annahme ausnahmsweise richtig. Wenn das mit der künstlichen Hüfte wirklich stimmt, kann es ja nicht so schwer sein, die Person zu identifizieren. Meines Wissens haben künstliche Gelenke alle eine Kontrollnummer. Wegen eventueller Haftungsfragen.«

»Donnerwetter. Was du alles weißt.«

»Vielleicht kannst du dir bei der Gelegenheit wenigstens einen guten Urgesteinsriesling mitnehmen. Der vom Jamek ist besonders zu empfehlen.«

»Um Himmels willen. Sag das nicht so laut. Und vor allem nicht vor dem Marbolt. Sonst nützt dir dein ganzes Wissen um Kontrollnummern nichts. In deiner Personalakte wird nur stehen, dass du eine Säuferin bist.«

## 3. April, 16:30 Uhr

Gerhard Malzacher hatte sich entschlossen, zunächst ohne Begleitung durch die Kollegen der Spurensicherung nach Weißenkirchen zu fahren. Auch wenn ihm die Sache mit der künstlichen Hüfte eigenartig vorkam, glaubte er im Moment nicht wirklich an einen Fall für die Mordkommission. Zumal das Skelett auch keine Anzeichen von Gewalt aufwies, wie ihm Felix Frisch versichert hatte.

Dennoch war der Chefinspektor gar nicht unglücklich über seine Fahrt. Er war nicht wie seine Chefin in der Wachau geboren, aber er liebte diese Gegend, seit er in seiner Schulzeit einen Klassenausflug auf die Ruine Aggstein unternommen hatte. Für ihn als gebürtigen Amstettner war das ein Erlebnis gewesen. Wandertag. Zuerst eine Fahrt mit dem Schiff von Melk nach Aggstein und dann ein Fußmarsch hoch zur Ruine. Er erinnerte sich noch, wie er während des Aufstiegs gestöhnt hatte, weil er schon als Dreizehnjähriger zu den Kindern gehörte, bei denen das Essen besonders gut anschlug. Aber kaum oben angekommen, hatte ihn sofort das Gefühl überkommen, dass sich die Mühe gelohnt hatte. Dabei hätte er gar nicht sagen können, warum.

Sein Klassenvorstand hatte eine Führung durch die Ruine organisiert. Allerdings mit einem Führer, dem auch ein Halbwüchsiger anmerkte, dass er schon zum neunhundertfünfzigsten Mal den gleichen Text in der gleichen Tonlage herunterleierte. Dennoch hatten die Geschichten vom Rosengärtlein, von dem aus so viele Gefangene in den Tod gestürzt waren, und von den Burgherren, die eine Kette über die Donau gespannt und Handelsschiffe ausgeplündert hatten, die sich darin verfingen, ihre Wirkung auf den kleinen Gerhard nicht verfehlt.

Die Zeit der Raubrittergeschichten war für ihn allerdings längst vorbei. Ohne dass seine Faszination für die Wachau darunter gelitten hätte. Er fuhr deshalb nicht auf der neuen Brücke im Ostteil von Krems über die Donau. Er entschied sich, bis Mautern südlich der Donau zu bleiben und über die alte Brücke nach Stein und dann weiter in die Wachau zu fahren. Er mochte diese Brücke. Auch wegen ihrer unharmonischen Form. 1945 war sie von den deutschen Truppen, die sich auf dem Rückzug befanden, gesprengt worden. Das hatte ihm vor vielen Jahren ein Kremser Polizeikommandant erzählt. Glücklicherweise war sie wieder aufgebaut worden. Von ihr genoss man einen sagenhaften Blick auf die stromabwärts liegende, viele Jahrhunderte alte Häuserfront von Stein, die dem Namen der Stadt alle Ehre machte. Gleich vier Kirchtürme sprangen dem Betrachter ins Auge. Heute wurden sie von der untergehenden Sonne im Westen angestrahlt wie durch einen Scheinwerfer. Was für ein prachtvoller Anblick!

Ein paar Minuten später sah er knapp vor Weißenkirchen den Revierinspektor, dem er vor zwanzig Minuten seine ungefähre Ankunftszeit durchgegeben hatte. Er wartete am Straßenrand in Begleitung eines Mannes im Alter von Mitte vierzig. Wahrscheinlich handelte es sich um den Besitzer des Weingartens. Mit einer betont ausladenden Geste bedeutete Frisch dem Chefinspektor, der sich durch seine Lichthupe zu erkennen gegeben hatte, nach rechts einzubiegen. Ohne anzuhalten, fuhr Malzacher bis zum Polizei-Golf, neben dem er einparkte. Er wurde wie ein alter Bekannter von Felix Frisch begrüßt, der ihn dann mit dem Besitzer des Weingartens bekannt machte.

»Die Kinder des Herrn Nimmervoll habe ich nach Hause geschickt. Ich habe mir von ihnen ihre Geschichte genau erzählen lassen. Meine Kollegin Julia, die mich anfänglich begleitet hat, hat sie zu ihrer Mutter gebracht. Zu viele Leute auf einem Fleck stören nur.« Frisch blickte ganz beflissen auf den stellvertretenden Chef der Mordkommission. Malzacher hatte das Gefühl, dass er sich Lob für seine Umsicht erwartete. Den Gefallen wollte er ihm aber nicht tun.

»Hätten mich zwar nicht gestört, aber passt schon. Können wir gleich zur Fundstelle gehen?«

»Selbstverständlich. Wenn es dir recht ist, gehe ich voraus.«

»Jaja, geh nur.« Malzacher wandte sich im Gehen an Max Nimmervoll. »Seit wann haben Sie diesen Weingarten?«

»Soweit ich weiß, hat den mein Vater vor circa fünfundzwanzig Jahren gekauft. Er ist einer der ersten gewesen, die hier nach dem Weinskandal auf Qualität gesetzt haben. Hat sich für unsere Familie schwer ausgezahlt. Von der Riede da stammt unser berühmter Urgesteinsriesling. Achtzig Prozent der Flaschen gehen in den Export.«

Malzacher war nicht sicher, ob die Gesichtsfarbe des Weinbauers auf reichlichen Konsum seines Rieslings zurückzuführen war oder darauf, dass er die letzten Wochen schon viel Zeit im Freien verbracht hatte.

»Dann werden Sie ja wohl keine Flasche für mich übrig haben. Zum Glück, wegen meines Blutdrucks darf ich ohnehin keinen Alkohol trinken.« Er zwinkerte Max Nimmervoll zu. Der zwinkerte zurück.

»Da kennen Sie aber meinen Urgesteinsriesling schlecht, Herr Chefinspektor. Der hat sogar blutdrucksenkende Wirkung.«

Felix Frisch, der schnaufend fünf Meter vor Malzacher ging und sich sichtlich ausgeschlossen fühlte, drehte sich um. »Wir sind gleich da. Noch dreißig Meter.«

»Da bin ich jetzt aber gespannt.«

Keine Minute später standen sie vor der ausgehobenen Grube. Malzacher sah mit einem Blick, dass Frischs Einschätzung richtig war. Es handelte sich offensichtlich um das Skelett einer Frau. Einer ziemlich zierlichen Frau sogar.

»Herr Nimmervoll, Sie sagen, dass sich dieser Weingarten seit fünfundzwanzig Jahren im Familienbesitz befindet. Ist er in diesen fünfundzwanzig Jahren einmal umgegraben worden?«

»Schon, aber nicht hier am Rand. Da müssen wir allein schon wegen der Steinmauer aufpassen, dass sie uns nicht einstürzt.«

Frisch beeilte sich, in das Gespräch einzusteigen. »Als gebürtiger Kremser kenne ich mich beim Terrassenweinbau aus. Da muss man beim Graben wegen der Steinmauern höllisch aufpassen.«

»Das heißt aber, dass die Frau da schon seit hundert Jahren hätte begraben sein können.«

»Habe ich auch gedacht. Bis mir die Sache mit der künstlichen Hüfte aufgefallen ist. Da, schau her.« Der Revierinspektor zeigte mit sichtlichem Stolz auf einen Abschnitt des Skeletts, der weißer war als die angrenzenden Teile und auch weniger verwittert aussah.

Malzacher trat näher. »Schaut tatsächlich so aus. Gratuliere. Wer hat denn so auf die Hüfte da draufgehaut? Schaut ja ganz frisch aus.«

Malzacher merkte, dass Max Nimmervoll einen roten Kopf bekam. »Das ist leider meinem David passiert. Wie er mit der Spitzhacke in den Erdboden geschlagen hat.«

»Kein Grund zur Aufregung. Obwohl es natürlich schöner gewesen wäre, wenn wir das gute Stück völlig intakt in die Hände bekommen hätten. Dann hätten wir nämlich noch die Kontrollnummer der Prothese erkennen können.«

Malzacher ging in die Knie, was ihm wegen seines Gewichts ziemlich schwerfiel, und beugte sich über das Skelett. Dann nahm er eine kleine Bürste aus seiner Sakkotasche und begann, sorgfältig die Knochen der linken Hand zu säubern. »Eigenartig. Der linke Ringfinger fehlt. Ich bin kein Pathologe, aber es schaut mir nicht danach aus, als ob der Finger fachgerecht von einem Chirurgen amputiert worden wäre. Soweit man das überhaupt noch feststellen kann.«

Um aufstehen zu können, war er auf die Hilfe des Revierinspektors angewiesen.

»Danke.« Jetzt schnaufte auch er. Nachdem er wieder zu Atem gekommen war, sagte er: »Wirklich schlau werde ich aus der Geschichte noch nicht. Ich habe zwar keine Ahnung, wann man zum ersten Mal künstliche Hüften eingesetzt hat, aber allzu lang kann das nicht her sein. Da müssten sich doch noch irgendwelche Reste von Kleidern finden lassen. Gummibänder zum Beispiel. Aber keine Spur davon. Und die Sache mit dem Finger gefällt mir auch nicht. Da könnte ein Ring dran gewesen sein, der sich nicht ohne Gewalt hat entfernen lassen. Ich sage es ungern, aber es bleibt mir gar nichts anderes übrig, als diesen Weingarten vorerst zu einem Tatort zu erklären. Heute können wir hier nichts mehr untersuchen. Dafür wird es bald zu dunkel.«

Der Weingartenbesitzer unterbrach Malzacher aufgeregt. »Sie werden mir doch nicht den ganzen Weingarten umgraben lassen? Wissen Sie, wie lange es braucht, bis ich dann wieder Trauben auf den Stöcken habe?«

Felix Frisch stellte sich in Positur. »Dann hätten Sie den Köter Ihrer Tochter in die Donau schmeißen sollen. Wäre für alle Beteiligten ohnehin das Gescheiteste gewesen.«

Malzacher ertappte sich bei dem Gedanken, dass der Revierinspektor gar nicht so dumm war, wie er immer gedacht hatte, versuchte aber, den Weinbauern zu beruhigen. »Keine Sorge. Mehr als zwei, drei Weinstöcke werden nicht dran glauben müssen. Und ich bin natürlich froh, dass Sie den Hund nicht in der Donau entsorgt haben. Mein Kollege hat nur Spaß gemacht. Das Skelett werde ich abtransportieren lassen. Und morgen schicke ich gleich in der Früh die Spurensicherung. Felix, soll ich mit deinem Chef reden, damit der Fleck über Nacht bewacht wird, oder reicht es, wenn du ihm einen schönen Gruß von mir ausrichtest?«

»Ich werde mich darum kümmern, keine Sorge. Ich werde selbst Wache halten. Da braucht es einen sehr erfahrenen Mann.«

## 3. April, 18:35 Uhr

Seine Frau hatte ihn schon in der Früh gewarnt, dass sie es wegen des Besuchs ihres neuen Chefs möglicherweise nicht zum Elternsprechtag schaffen würde. Daher hatte sie ihn gefragt, ob er eventuell für sie einspringen könnte.

Erich Lenhart war mit ihr schon zu Beginn der Schulzeit der älteren Tochter übereingekommen, Sprechtage nur im äußersten Notfall zu versäumen, weil deren Besuch auch eine Form der Wertschätzung für die Arbeit der Lehrer war. Er hatte aber Verständnis dafür, dass sie ihren neuen Vorgesetzten nicht gleich am ersten Tag sitzen lassen konnte. Er verschob seine Nachmittagstermine, um selbst in die Schule fahren zu können. Er war daher überrascht über den Anruf seiner Frau, dass sie den Sprechtag doch schaffen würde. Da er selbst schon zur Schule unterwegs war, kam er schnell mit ihr überein, sich die Arbeit zu teilen. Sie würde sich um die Lehrer ihrer Sechzehnjährigen kümmern, er um die ihrer elfjährigen Sophie.

Als er knapp nach halb sieben in die Wohnung gegenüber der Hesser-Kaserne in der St. Pöltner Innenstadt zurückkehrte, war seine Frau noch nicht da. Das war für ihn keine Überraschung. Lehrer hatten in der Regel über Sechzehnjährige mehr zu erzählen als über Elfjährige, und Eltern mussten sich daher länger anstellen, um etwas über die Leistungen ihrer Sprösslinge aus den Oberstufenklassen zu erfahren.

Er wusste, dass Sophie eine problemlose Schülerin war. Intelligent, fleißig und darüber hinaus anpassungsfähig. Zuhause war sie manchmal bockig, wenn sie sich in Konkurrenz zu ihrer Schwester Veronika fühlte, aber insgesamt bereit, einen elterlichen Rat anzunehmen. Es kam daher für ihn nicht unerwartet, dass die Lehrer in den Hauptgegenständen nur Gutes über sie zu berichten hatten.

Aus einer reinen Laune heraus, die er auch mit zwei Stunden Abstand nicht erklären konnte, hatte er sich spontan entschlossen, der Turnlehrerin von Sophie einen Besuch abzustatten. Eigentlich war das völlig unnötig, weil seine Tochter die Sportlichkeit ihrer Mutter geerbt hatte. Alles andere als eine sehr positive Beschreibung durch die Lehrerin wäre für ihn eine Überraschung gewesen.

Als er an der Tür zur 7a des Gymnasiums in der Hainfelderstraße klopfte, in der die Sportlehrerin auf nachfragende Eltern wartete, hörte er sofort ein sehr freundliches »Herein«. Beim Eintritt bot sich ihm ein für einen Elternsprechtag ungewohntes Bild. Eine sehr sympathische, sportliche Frau, die er auf Anfang fünfzig schätzte, lächelte ihn an. Sie hatte eine hellblonde Haarfarbe, bei der er nicht sicher war, ob sie natürlich oder Chemie war. Die Lehrerin saß mutterseelenallein in dem großen

Zimmer, nicht etwa am Pult, sondern auf einem Sessel vor der ersten Bankreihe links vom Zwischengang. Das offene Lächeln, das sie ihm zeigte, erweckte den Eindruck, als ob sie nicht nur erfreut, sondern geradezu dankbar über seinen Besuch war.

Nachdem er sich vorgestellt hatte, bat sie ihn mit freundlicher, erstaunlich jugendlich wirkender Stimme, Platz zu nehmen. Gleich darauf erlebte er die nächste Überraschung. Die Lehrerin verzichtete auf einen Blick in ihr Notizbuch, wie es sonst üblich war, sondern begann gleich, über Sophie zu sprechen. In Turnen und Sport konnte sie nur das Beste über sie sagen. Und dann setzte sie etwas hinzu, das ihn gleichzeitig freute und neugierig machte. »Sie können stolz auf ihre Tochter sein. Sie ist nicht nur eine ausgezeichnete Sportlerin und, wie ich von meinen Kolleginnen und Kollegen weiß, eine fast perfekte Schülerin, sie hat auch einen sehr guten Charakter.«

Wie konnte man am Reck oder beim Schwimmen den Charakter eines Menschen feststellen?

»Das höre ich natürlich sehr gern, Frau Professor. Aber es macht mich neugierig, wie Sie zu dem Urteil über den Charakter meiner Tochter kommen.«

»Ich habe da eine sehr einfache Methode. Ich beobachte die Kinder beim Völkerball, das wird in der Unterstufe noch immer viel und gern gespielt. Dabei sehe ich drei Typen von Kindern. Die einen, die mit dem Ball auch dann auf ein Kind schießen, wenn es gestürzt ist. Das sind die mit einem Durchschnittscharakter. Dann die zweite Gruppe, die nicht nur auf ein gestürztes Kind schießt, sondern auch bewusst auf dessen Gesicht zielt. Diese Gruppe können Sie charakterlich vergessen. Und dann die dritte – leider die kleinste –, die nie auf ein gestürztes Kind schießen würde. Das sind die besonders anständigen Kinder. Und ihre Sophie zählt zu dieser Gruppe.«

Auch wenn ihm als gelernten Psychologen diese Klassifizierung etwas simpel schien, verstand er doch deren Logik. Jedenfalls freute er sich über das Lob über seine Jüngste. Die Professorin sah ihm offensichtlich die Freude an und beeilte sich hinzuzufügen: »Ist leider gar nicht auf meinen Mist gewachsen. Darauf hat mich als ganz junge Turnlehrerin ein erfahrener Kollege hingewiesen. Er hat seine Theorie vor fast vierzig Jahren an einem seiner Schüler entwickelt, der sich einen geradezu sadistischen Spaß daraus gemacht hat, seinen Kameraden ins Gesicht zu schießen. Mein Kollege hat damals gemeint, dass da ein potentieller Mörder heranwächst. Oder aber ein Mordopfer. Ich gebe aber zu, dass diese Schlussfolgerung selbst mir zu kühn gewesen ist.«

## 3. April, 19:15 Uhr

Auch am Piaristengymnasium Krems fand heute der Elternsprechtag statt – wie immer kurz vor Verteilung der Osterferien. Auch zu diesem Sprechtag war ein Vater unterwegs. Ein sehr besorgter. Bei diesem Vater handelte es sich um Doktor Christoph Ritzek, Primar der Chirurgischen Abteilung des Landesklinikums Krems.

Im Gegensatz zu Erich Lenhart, dem Personalchef aus St. Pölten, wusste der Arzt aus Krems, dass der Aufstieg zu der Schule, an der er selbst maturiert hatte, für ihn ein schwerer Gang sein würde. Nicht wegen der Steilheit der Frauenbergstiege zum Gymnasium, sondern weil er wusste, dass alle schulischen Signale für seinen Sohn Martin auf Rot standen. Seine Frau, deren erklärter Liebling Martin war, hatte die Lehrer immer in Verdacht gehabt, ihrem Sohn gegenüber voreingenommen zu sein. Dr. Ritzek wusste es besser. Sein Bub, der voriges Jahr die vierte Klasse mit Ach und Krach positiv abgeschlossen hatte, hatte bis jetzt einfach nichts getan, was darauf schließen ließ, dass er dieses Kunststück auch heuer wiederholen konnte. Ritzek hatte sich noch vor fünf Jahren nicht vorstellen können, dass er diese Schule, die erst vor Kurzem mit ihm als Gast der Festveranstaltung ihr Vierhundert-Jahr-Jubiläum gefeiert hatte, je ungern und schweren Herzens betreten würde.

Da er Angst hatte, seine Frau könnte die Nerven verlieren und einem Professor ihren Verdacht direkt ins Gesicht schleudern, war er selbst zu diesem Sprechtag gekommen. Zusätzlich hoffte er insgeheim auf einen kleinen Bonus für seinen Sohn. Immerhin hatte er seinerzeit an eben dieser Schule zu den hervorragendsten Schülern gezählt. Der Mathematik- und der Biologielehrer seines Sohnes würden sich sicher noch daran erinnern, waren sie damals doch seine Klassenkameraden gewesen. Außerdem war er als Primararzt eine bekannte Kremser Persönlichkeit.

Aber auch diese kleine Hoffnung erfüllte sich nicht. Die Lehrer schienen ihm geradezu gnadenlos. Martin sei ein Träumer, der die Schule mit einer Wärmestube verwechselte. Zwar war er überall beliebt und auch wirklich liebenswert, aber Begriffe wie Logik, Präzision oder Disziplin waren für ihn vollkommene Fremdworte. Als der Mathematiklehrer auch noch mit kumpelhaftem Lächeln anmerkte, dass er manchmal gar nicht glauben könne, dass Martin Christophs Sohn sei, so sehr würden sich die Leistungen des Sohnes von denen des Vaters unterscheiden, war selbst der Herr Primar nahe daran, die Nerven zu verlieren. Natürlich hatte er keinen Zweifel an seiner Vaterschaft, doch diese Bemerkung, die von seinem ehemaligen Klassenkameraden entweder scherzhaft gemeint war oder unterstreichen sollte, wie gut er sich an den Schüler Christoph Ritzek erinnerte, erschien ihm ungehörig distanzlos.

Doch das Schlimmste war, dass diese Einschätzungen zutrafen. Sein Sohn war in seiner derzeitigen Form für kein Gymnasium geeignet.

Wie würde er das nur seiner Frau beibringen können? Weiß der Himmel, was mit seinem Sohn los war. Gott sei Dank hatten ihnen ihre Töchter, die beide die AHS in der Rechten Kremszeile besucht hatten, nie schulische Probleme bereitet. Die Älteste studierte bereits an der Medizinischen Universität in Wien. Und die Jüngere, die auch mit ihren Händen sehr geschickt war, machte gerade eine Ausbildung zur Prothesentechnikerin.

Zunächst hatte er überlegt, seiner Frau gar nicht die ganze Wahrheit zu sagen, um ihr nicht alle Hoffnung zu nehmen. Er hatte aber eingesehen, dass Martins Zeugnis für sie dann bloß ein noch größerer Schock sein würde. Wenn er ihr versprach, ihren Liebling die Klasse notfalls wiederholen zu lassen, würde sie über die schlimme Nachricht schon irgendwie hinwegkommen. Sollte sie auch, denn in vierzehn Tagen würden sie beide den zwanzigsten Hochzeitstag feiern.

Er hatte seine Marlies in Schwarzach/St.Veit kennengelernt, wo er nach seinem Turnus in Krems die Facharztausbildung begonnen hatte. In der Skisaison fast nur Knochenbrüche, viele davon sehr kompliziert. Sie war dort Krankenschwester gewesen. Obwohl er in seiner Studentenzeit und als junger Arzt alles andere als ein Kostverächter gewesen war, hatte er es mit seiner Wahl so ausgezeichnet getroffen, dass er seit der Heirat nie mehr auch nur in Versuchung geraten war. Sie hatte auch jeden seiner berufsbedingten Ortswechsel ohne Murren mitgemacht. Vor neun Jahren war er dann ans Ziel seiner Träume gekommen: das Chirurgie-Primariat in Krems.

Er hatte vorgehabt, seine Frau zum Hochzeitstag ins Danieli nach Venedig einzuladen, aber sie hatte entschieden abgelehnt. Viel zu teuer. Sie wünschte sich zum bevorstehenden Geburtstag ein Abendessen im Landhaus Bacher und zum Hochzeitstag eine Nacht im Schlosshotel Dürnstein, wo sie schon seinerzeit auf Wunsch seiner Marlies die Hochzeitsnacht verbracht hatten. Es musste auch wie damals Zimmer 34 sein, das er schon vor zwei Wochen reserviert hatte.

Eine Hochzeitsreise von Salzburg in die Wachau schien ihm durchaus angebracht. Aber was sollten sie jetzt in einem Hotel, das nur sieben Kilometer von ihrem höchst komfortablen Kremser Haus am Fuß des Rosenhügels entfernt war? Eine verrückte Idee. Doch er hatte gelernt, seiner Frau in gewissen Dingen nicht zu widersprechen.

## 4. April, 08:35 Uhr

Sie war noch am Vorabend von Spencer telefonisch darüber informiert worden, worauf er in Weißenkirchen gestoßen war. Ein höchst eigenartiger Fund. Wer vergräbt schon eine Frau in einem Weingarten? Noch dazu eine alte Frau, wenn sich die Information über die künstliche Hüfte als den Tatsachen entsprechend herausstellen sollte, woran sie keinen Zweifel hatte. Die Kontrollnummer konnte wahrscheinlich nicht mehr eruiert werden. Das machte die Sache nicht einfacher.

Sie war jetzt seit fast zwei Jahren Leiterin der Mordkommission und hatte es in diesen Jahren mit einer Reihe von spektakulären Mordfällen zu tun gehabt. Einige von ihnen waren ihr zunächst höchst rätselhaft erschienen, aber sie war immer sicher gewesen, die Rätsel letztlich zu lösen. Warum hatte sie seit gestern Abend ein derart ungutes Gefühl? Es war doch nicht einmal sicher, ob es sich um Mord handelte. Wahrscheinlich hatte ihr das Gespräch mit Marbolt mehr zugesetzt, als sie wahrhaben wollte.

Ihr Mann, dem sie von der unerfreulichen Begegnung erzählt hatte, schien die Sache nicht besonders ernst zu nehmen. Er hatte eine verblüffende Argumentation für seine Sorglosigkeit: Weder ein Landeshauptmann noch ein Minister würde eine erfolgreiche und gleichzeitig attraktive Frau gegen ihren Willen von ihrem Posten abziehen können. Das würde sich in der Öffentlichkeit gar nicht gut machen. Da müssten sie schon eine noch erfolgreichere und noch attraktivere Frau im Talon haben.

Beides zusammen ist so gut wie ausgeschlossen, wie er ihr mit dem Lächeln versicherte, mit dem er sie seinerzeit gegen harte Konkurrenz erobert hatte. Seine Worte gefielen ihr durchaus, beruhigten sie aber nicht wirklich. Sie hatte sich allerdings gefreut, als er ihr vor dem Einschlafen von der Turnprofessorin und ihrer Einschätzung von Sophie erzählte. Sie hielt die Geschichte mit dem Völkerball zwar für eine kuriose Methode zur Charakterbestimmung, aber im Fall ihrer Jüngsten lag die Lehrerin bestimmt richtig.

Sie hatte mit ihrem Stellvertreter, der noch am Vorabend das Team der Spurensicherung für den Einsatz heute Vormittag gebrieft hatte, vereinbart, sich um halb neun zur Besprechung der weiteren Vorgangsweise in ihrem Büro zu treffen.

Die Sonne schien, von ein paar dünnen Wolken leicht verschleiert, in ihr Fenster. Ihre schwarzen Haare, die sie heute früh gewaschen hatte, in der Hoffnung, sich damit auch den Frust von der Seele zu spülen, glänzten noch stärker als gewöhnlich. Sie hatte sich sogar ihre Stirnfransen frisch geschnitten, weil einige von ihnen schon an ihre Augenbrauen stießen.

Als Malzacher eintrat, musste sie schmunzeln. Wahrlich kein sehr erhebender Anblick. Der Hemdknopf über dem behaarten Bauchnabel stand wie immer offen. Die Kragenspitzen zerknüllt, als ob er in dem Hemd geschlafen hätte. Und die Kragenweite sicher um zwei Nummern zu klein. Das Hemd hatte er wahrscheinlich schon vor mindestens zehn Jahren gekauft. Seitdem hatte Spencers Hals an Umfang mindestens drei Zentimeter zugelegt.

»Guten Morgen.« Er kam sofort zur Sache. »Gestern habe ich dir am Telefon gesagt, dass mir Übles schwant. Tut es heute noch immer.«

»Guten Morgen. Jetzt setz dich einmal nieder. Magst du einen Kaffee?«

»Nur, wenn du ihn mir höchstpersönlich servierst. Und bitte mindestens auf Augarten. Steht mir zu, wo ich doch bei deinem Chef so hoch im Kurs stehe, findest du nicht?« Er setzte sich wieder auf den Sessel, den er schon gestern Nachmittag mit seinem Gewicht malträtiert hatte. »Vielleicht spendiert er für mich sogar einen neuen Sessel. Den da kann er sich nehmen. Sein Spatzengewicht hält der noch hundert Jahre aus.«

Doris stand auf. »Augarten habe ich nicht. Aber meine Papierbecher sind von Meißen. Wenn du damit vorliebnimmst, kannst du einen Kaffee haben. Ich bringe ihn dir sogar.«

Sie gab ihm einen Klaps auf seinen breiten Rücken.

»Klingt irgendwie preußisch. Aber wenn der Inhalt wenigstens österreichisch stark ist, soll es mir recht sein.«

Nachdem sie mit zwei Bechern dampfenden Kaffees zurückgekommen war und sich wieder gesetzt hatte, kam sie ohne weiteres Herumalbern zur Sache. »Ich habe ehrlich gesagt auch kein gutes Gefühl. Aber das haben wir am Anfang eines Falles noch nie gehabt. Vielleicht ist es auch gar kein Fall, und jemand hat sich einen Spaß erlaubt und eine Leiche gestohlen.«

»Doris, da habe ich von dir schon originellere Erklärungen gehört. Wer soll bitte die Leiche einer unbekleideten alten Frau stehlen und in einem Weingarten vergraben? Der einzige, der mir dazu einfällt, wäre ein sternhagelvoller Prosekturdiener. Aber der wäre dann nicht mehr imstande, ihr einen Finger auszureißen.«

»Du bist sicher, dass er nicht amputiert ist?«

»Ganz sicher bin ich nicht, aber ziemlich. Auf meiner Rückfahrt von Weißenkirchen bin ich gleich in Krems gewesen und habe den Staatsanwalt informiert. Ganz schön fixer Bursche. Hat gleich in meinem Beisein an der Gerichtsmedizin in Wien angerufen und einen Pathologen angefordert. Hat auch gleich einen aufgetrieben, der versprochen hat, heute nach Krems zu kommen und sich das Skelett anzuschauen. Aber keine Ahnung, wann er mit seiner Arbeit fertig sein wird. Von den Wienern sind wir in der Hinsicht ja nicht gerade verwöhnt.«

»Und du hast den Verdacht, dass an dem Finger ein Ring gesteckt hat ...«

»... den der Mann nicht gleich vom Finger gekriegt hat. Theoretisch könnte er natürlich am Wert des Ringes interessiert gewesen sein. Aber ich vermute einmal, dass er einfach nicht wollte, dass die Frau über ihren Ring identifiziert werden kann. Nur hat er nichts von der künstlichen Hüfte gewusst.«

»Könnte der Täter keine Frau gewesen sein?«

»Eher unwahrscheinlich. Eine Person, auch wenn sie zierlich ist, zweihundert Meter bergauf zu schleppen, setzt sehr große Kräfte voraus. Statistisch betrachtet ist also ein Mann wahrscheinlicher.«

Die Chefinspektorin nickte zustimmend.

»Leuchtet mir ein. Und was erwartest du dir von der Spurensicherung?«

»Um ehrlich zu sein, kann ich das nicht genau sagen. Sie sollen zumindest einen Teil des Weingartens durchackern. Ich gehe zwar nicht davon aus, dass sie dort neue Skelette finden, aber vielleicht finden sie den Rest eines Kleidungsstücks oder Ähnliches, das uns weiterhilft. Ich habe nämlich wenig Hoffnung, dass wir mit der Kontrollnummer weiterkommen. Wenn sie tatsächlich den Ring finden, dann war es wirklich ein besoffener Prosekturdiener.«

»Was ist mit dem Besitzer des Weingartens?«

»Den schließe ich mehr oder weniger aus. Der hätte sonst seinen Kindern nicht erlaubt, an dieser Stelle ihren toten Waldi zu begraben.«

## 4. April, 09:10 Uhr

Keine fünf Minuten nach dem Gespräch mit Spencer läutete das Telefon der Chefinspektorin. Die Sekretärin ihres Chefs, die ebenso neu im Amt war wie er selbst, forderte sie auf, sofort ins Büro des Landespolizeidirektors zu kommen. Dr. Marbolt müsste sie dringend sprechen. Doris war verblüfft. Der neue Kommunikationsstil schlug sich also schon bis zum Sekretariat durch. Diesen Kommandoton hätte sich die Sekretärin ihres früheren Chefs nie erlaubt.

Während der Fahrt von der Schanze ins Regierungsgebäude musste sie sich mehrmals ermahnen, auf die neue Lage gelassen zu reagieren. Sie durfte nicht erwarten, dass der neue Chef eine Kopie des alten sein würde. Vielleicht tat es der Entwicklung ihrer Persönlichkeit sogar gut, sich auf einen anderen Vorgesetzten einstellen zu müssen.

Als sie jedoch das knappe »Guten Morgen« der Sekretärin hörte, gefolgt von der Aufforderung, gleich weiter in Marbolts Büro zu gehen, war ihr Vorsatz, Ruhe und Gelassenheit zu bewahren, bis auf einen kleinen Rest verflogen. Von diesem kleinen Rest blieb nichts mehr übrig, als sie sein Gesicht sah. Ihr neuer Chef sah aus, als ob eine Katastrophe passiert wäre und sie allein die Schuld daran trug.

Er saß kerzengerade hinter seinem Schreibtisch und las in einer Akte. Mit einer Handbewegung, die an Knappheit nicht zu überbieten war, deutete er ihr, vor ihm Platz zu nehmen. Auch wenn der Blick von Doris in erster Linie auf sein Gesicht konzentriert war, fiel ihr auf, dass er an einem neuen Schreibtisch saß. Auf einem einzigen schlanken Stahlfuß, der sich circa siebzig Zentimeter über dem Boden zu verbreitern begann, lag eine Platte aus Glas in Form eines Ovals. Keine Schreibtischlade. Was für ein Unterschied zum Schreibtisch ihres früheren Chefs. Der war aus einem undefinierbaren Weichholz gewesen, dem man die Zahl der Akten angesehen hatte, die sich dort seit gut fünfundzwanzig Jahren gestapelt hatten.

»Ich nehme an, meine Liebe, du bist an Offenheit interessiert. Aber auch wenn du es nicht sein solltest, so werde ich trotzdem offen zu dir sein.«

»Wenn du mit meinem früheren Chef gesprochen hättest, hätte er dir sicher gesagt, wie sehr ich Offenheit schätze.« Doris war gleichzeitig überrascht und erfreut über ihre Antwort.

Gut gebrüllt, Löwin. Sie konnte an seinem Gesicht erkennen, dass er mit dieser Antwort nicht gerechnet hatte. Sie empfand es als kleine Genugtuung, dass er noch gereizter fortfuhr, als er ohnehin schon war.

»Ich schätze es gar nicht, wenn in diesem Raum immer noch alte Zeiten beschworen werden. Ich sage dir das, ohne auf unangebrachte Sentimentalitäten Rücksicht zu nehmen. Das ist auch Teil meiner Offenheit. Haben wir uns verstanden?«

Doris entschied sich, diese Frage nicht zu beantworten. Sie blickte ihrem Chef unverwandt ins Gesicht, wie sie es auch schon in ihrem ersten Gespräch mit ihm getan hatte. »Du wirst mir bestimmt gleich sagen, warum du mich herbestellt hast?«

Marbolt setzte ein überraschtes Gesicht auf. »Jetzt enttäuschst du mich aber. Da wird in meinem Zuständigkeitsbereich eine Leiche gefunden, und ich als oberster Chef erfahre nichts davon. Und du ahnst nicht, warum ich dich gerufen habe?«

»Da muss ich dich leider korrigieren. Wir haben keine Leiche, sondern ein Skelett gefunden. Das ist ein großer Unterschied. Wir wissen noch nicht einmal, ob es da für uns etwas zu untersuchen gibt. Du kannst versichert sein, dass du sehr rasch davon erfährst, sollte die Staatsanwaltschaft eine Morduntersuchung einleiten.«

»Da betreibst du aber eine ganz schöne Haarspalterei.« Wolfgang Marbolt lehnte sich in seinem Sessel zurück. »Aber vielleicht hat die Leiterin meiner Abteilung ›Leib und Leben‹ trotzdem die Güte, mich über das Skelett zu informieren.«

Doris hatte in dem Moment das Gefühl, zumindest einen kleinen Sieg davongetragen zu haben. Ihre Freude darüber hielt sich allerdings in Grenzen. Marbolt war besser informiert, als sie ihm zugetraut hatte. In Zukunft musste sie noch vorsichtiger sein.

## 4. April, 09:50 Uhr

Die Schmidgasse galt nicht gerade als hervorragende Einkaufsstraße. Dazu war die Besucherfrequenz auf den knapp hundertfünfzig Metern zwischen Körnermarkt und Oberer Landstraße einfach zu gering – auch wenn das Steinertor gleich ums Eck stand. Dennoch hatte Hilde Dahlmeyer keine Sekunde gezögert, dort in einem nur dreißig Quadratmeter großen Lokal eine Boutique zu eröffnen.

Das Lokal übernahm sie von ihrer Mutter, die dort vierzig lange Jahre Wachauer Goldhauben gestickt und ausgebessert hatte, bevor sie eine schwere Arthritis dazu zwang, ihren geliebten Beruf aufzugeben. Die letzten fünfzehn dieser vierzig Jahre war die Stickerei ohnehin nur mehr reine Liebhaberei und ein Verlustgeschäft gewesen, weil die Hochzeiten der Wachauer Trachten und der dazugehörigen Hauben längst vorbei waren. Einzig dem Starrsinn ihrer Mutter war es zu verdanken, dass es diese Goldhauben noch immer gab. Hildes Mutter stand zu ihren Überzeugungen, wie falsch sie auch immer sein mochten.

Hilde stand der Sinn nicht mehr nach Goldhauben, seit sie diese als junges Mädchen ihrer Mutter zuliebe bei diversen Dirndlmodeschauen vorgeführt hatte. Natürlich unter größtem Applaus. Sie wäre bei diesen Gelegenheiten lieber im Bikini über den Laufsteg geschritten. Bis heute war sie davon überzeugt, dass sie damit orkanartige Begeisterungsstürme hervorgerufen hätte.

In ihrem Taufschein stand nicht Hilde, sondern Kriemhild. Damit hatte sie es aber noch besser getroffen als ihr vor einigen Jahren tödlich verunglückter Bruder, der den germanischen Edelnamen Giselher trug. Kein Wunder bei ihrer Mutter, die 1934 als Brunhilde Kaltenegger geboren worden war.

Hilde Dahlmeyer schämte sich ihres Vornamens nicht. Dazu liebte sie ihre Mutter zu sehr. Die hatte ohnehin nie viel Glück im Leben gehabt. Der Vater der kleinen Brunhilde war einst einer der ersten Kremser gewesen, die im Zweiten Weltkrieg gefallen waren, und hatte so seine Frau als ganz junge Witwe mit zwei Kindern zurückgelassen. Als späterer Ehefrau war es ihrer Mutter nicht viel besser gegangen. Ihr neuer Ehemann war nicht wie ihr Vater in Polen geblieben, der hatte es nur bis nach Fürstenfeld geschafft. Er war von einer Dienstreise in die Steiermark wegen einer jüngeren Frau nicht mehr zurückgekehrt. Hilde und ihr Bruder hatten ihren Vater nie mehr wiedergesehen.

Auch wenn die Lage der Boutique alles andere als ideal war, brauchte sie ihren Entschluss geschäftlich nie zu bereuen. Es gab in Krems natürlich auch andere, durchaus herzeigbare Modegeschäfte, aber Frau Dahlmeyer war mit ihren jetzt vierundvierzig Jahren eine stadtbekannte Person, was den Nachteil der Lage mehr als wettmachte. Zu dieser Bekanntheit verhalf ihr ihre attraktive Erscheinung, die von einem makellos jung wirkenden Gesicht gekrönt wurde, auf dem ihr sehr intensives Leben nicht die geringsten Spuren hinterlassen hatte. Zur Bekanntheit trug aber mindestens ebenso sehr der Umstand bei, dass sie über Empfehlung ihrer Mutter bei der letzten Gemeinderatswahl für die FPÖ kandidiert und gleich die meisten Vorzugsstimmen unter den Kandidaten aller wahlwerbenden Gruppen erhalten hatte. Es gab sogar schon ein Angebot, die Partei als Spitzenkandidatin in die nächste Wahl zu führen. Aber davor scheute sie sich. Sie wusste selbst, dass sie sich im Grunde genommen für Politik gar nicht interessierte. Das war aber nicht der Hauptgrund für ihr Zögern. Obwohl sie ein sehr kontaktfreudiger Mensch war, hatte sie einfach wenig Lust, sich Abend für Abend auf Veranstaltungen, die sie anödeten, herumzutreiben und auf Dinge zu verzichten, die ihr wirklich wichtig waren.

Außerdem war ihr klar, dass für die erfolgreiche Vorzugsstimmenkampagne außer ihren Kundinnen, von denen sich die meisten neben ihrem entsprechenden finanziellen Background auch durch überdurchschnittlich hohes Selbstbewusstsein auszeichneten, vor allem ihre männlichen Fans verantwortlich waren. Das alleine würde aber für eine erfolgreiche Spitzenkandidatur nicht reichen.

Auch wenn sie wenig Freude mit ihrem offiziellen Vornamen hatte, wusste sie, dass sie mit ihren weizenblonden Haaren der Namensgeberin aus der Nibelungensage optisch alle Ehre machte. So sehr, dass ihr in der zweiten Klasse der Handelsakademie eine Klassenkameradin unter großem Hallo der ganzen Klasse den Vorschlag gemacht hatte, sich unbedingt nur von einem Siegfried entjungfern zu lassen. Ein Siegfried war aber nicht bei der Hand gewesen, und so hatte drei Monate später ein Oliver diese Aufgabe übernommen. Sehr ideologiefest war sie ja im Unterschied zu ihrer Mutter nie gewesen.

Die Boutique sollte laut dem Schild, das an der Innenseite der Eingangstür angebracht worden war, schon seit einer dreiviertel Stunde geöffnet haben. Doch Hilde Dahlmeyer hatte es nicht eilig, als sie von ihrer Wohnung am Dominikanerplatz, gleich neben dem Geburtshaus von Franz Liszts Mutter, in Richtung Schmidgasse ging.

Es war ein Fußmarsch von drei Minuten. Als sie am Körnermarkt beim Haus »Zu den vier Jahreszeiten« vorbeikam, stand gerade eine Touristengruppe davor, die sich von einem Stadtführer die Einzelheiten der prachtvollen Rokokofassade erklären ließ. Die Boutiquenbesitzerin, die trotz eines langen Abends aussah, als hätte sie mindestens neun Stunden tief und unschuldig geschlafen, tat so, als würde sie die Blicke der männlichen Touristen, die sich wie auf Kommando von der mehr als zweihundertfünfzig Jahre alten Fassade ab- und ihr zuwandten, nicht bemerken. Sie übersah jedoch auch die Touristin in ausgelatschten Schuhen nicht, die ihrem Begleiter den Ellbogen heftig in die Seite stieß.

Sie war derartige wortlose Komplimente gewohnt. Dennoch fand sie, dass der Rammstoß ihren Tag schon gerettet hatte, bevor er noch richtig beginnen konnte.

## 4. April, 11:05 Uhr

Gerhard Malzacher hatte beschlossen, das gefundene Skelett nicht mit besonderer Eile zu behandeln. Die Spurensicherung würde ohnehin mit ihrer gewohnten Mischung aus Schnelligkeit und Genauigkeit arbeiten, ohne dass er ihr im Nacken sitzen musste. Die Herrschaften würden nur bockig werden. Was den Arbeitseifer des Gerichtsmediziners anging, der von Wien nach Krems beordert worden war, und den er nicht persönlich kannte, war er da nicht so sicher. Aber auch das war für Spencer kein Problem. Wenn der sich Zeit lassen wollte, bitte sehr.

Er telefonierte gerade mit dem Chef der Schiedsrichterbesetzungskommission der niederösterreichischen Fußballlandesliga. Bei dem wollte er seinen Wunsch deponieren, nicht gleich wieder als Spielebeobachter bei einem Match hoch im Norden an der tschechischen Grenze eingesetzt zu werden. Als er gerade seine Gründe erklären wollte, steckte einer seiner Mitarbeiter den Kopf zur Tür herein. Spencer, der sich bei dieser Art von Telefonaten besonders ungern unterbrechen ließ, bedeutete dem Mitarbeiter mit einer unmissverständlichen Geste, die Tür gefälligst wieder von außen zu schließen. Das lag nicht daran, dass er vor seinen Mitarbeitern den Inhalt dieser Gespräche geheim halten wollte. Im Gegenteil, die ganze Mordkommission wusste über das Wochenendhobby ihres stellvertretenden Chefs Bescheid. Sie wussten auch, dass er zur Vorbereitung seines Freizeitvergnügens die Dienstzeit und das Diensttelefon benützte. Aber der Chef der Schiedsrichterbesetzungskommission war ein vielbeschäftigter Mann, den man schwer ans Telefon bekam.

Der Mann, der zu einem blitzartigen Rückzug aufgefordert wurde, schien dieses Zeichen entweder nicht bemerkt zu haben oder zu ignorieren. Er blieb nicht nur stehen, sondern bedeutete seinem Chef mit einer Auf- und Abwärtsbewegung der geschlossenen linken Hand, den Hörer aufzulegen. Diese Geste war ebenfalls unmissverständlich.

Spencer entschuldigte sich bei seinem Gesprächspartner mit einem Notfall und versprach, später noch einmal anzurufen. Dann wandte er sich dem Störenfried zu. »Ich kann für dich nur hoffen, dass es wirklich wichtig ist. Sonst kannst du in deinem Heimatkaff wieder Streife schieben.«

Malzacher grinste. »Dann wäre ich dich endlich als Chef los. Aber leider ist es wirklich dringend. Ich habe den Gerichtsmediziner am Apparat. Und er muss in spätestens drei Minuten weg.«

»Warum sagst du mir das nicht gleich? Worauf wartest du noch? Dalli, Dalli. Aber wie der Blitz, wenn ich bitten darf.«

Keine zehn Sekunden später hatte er den Mediziner am Apparat. Mit einer Lautstärke, die vielleicht einem Telefonat von der niederösterreichischen Metropole in die Hauptstadt von Burkina Faso angemessen gewesen wäre, begrüßte er seinen Gesprächspartner in Wien.

»Jetzt sagen Sie bloß, Sie können mir schon etwas über das Skelett erzählen. Dann arbeiten Sie ja schneller, als die Polizei erlaubt.«

»In Wien gibt es bei der Arbeit keine Geschwindigkeitsbeschränkung. Ich habe nicht gewusst, dass das in St. Pölten anders ist.«

Dem Chefinspektor war der ironische Ton natürlich nicht entgangen. »Den Rüffel habe ich verdient. Gefällt mir. Dann schießen Sie bitte los!«

»Sehr viel, das Sie weiterbringen wird, kann ich Ihnen leider nicht bieten. Der Verwesungsprozess der Knochen ist schon stark fortgeschritten. Ich bin allerdings sicher, dass das Skelett von einer Frau über sechzig stammt. Wahrscheinlich deutlich über sechzig. Circa ein Meter sechzig groß und wahrscheinlich eher von der dünnen Sorte. Und sie hatte eine künstliche rechte Hüfte. Gut erkannt. Nur leider wurde sie teilweise zertrümmert. Das kann aber erst vor Kurzem geschehen sein.«

»An der Zertrümmerung ist der Finder des Skeletts schuld. Unfreiwillig. Stimmt es übrigens, dass künstliche Gelenke alle eine Kontrollnummer haben müssen?«

»Prinzipiell schon, die Hüfte hat aber nur mehr Spuren davon. Ich bezweifle, ob Ihnen die Reste weiterhelfen werden.«

»Habe ich mir schon gedacht.« Spencer, der sich Notizen machte, konnte seine Ungeduld nur schwer zügeln. »Haben

Sie schon eine Einschätzung, wie lange die Frau unter der Erde gelegen sein könnte?«

»Nachdem es keine Spur von Haaren mehr gibt und von den Zähnen auch nicht mehr viel übrig ist, würde ich sagen mindestens fünfzehn und maximal fünfundzwanzig Jahre. Bei einem reinen Lehmboden könnten es sogar ein bisschen mehr sein.«

»Anzeichen von Gewaltanwendung?«

»Sicher keine Schussverletzung und auch kein Schlag durch einen schweren Gegenstand. Der linke Ringfinger fehlt. Die Knochenfragmente sind an der Stelle sehr ausgefranst. Könnte sein, dass der Finger unsachgemäß entfernt worden ist. Aber viel Geld würde ich darauf nicht setzen. Tut mir leid.«

»Wie heißt es so schön in der Bibel, oder wo immer das steht: Ich bin so klug als wie zuvor. Ich habe nichts anderes erwartet. Die Frau könnte aber erwürgt oder vergiftet worden sein?«

»Die Frage, ob die Frau stranguliert worden ist, wird Ihnen kein Gerichtsmediziner der Welt beantworten können. Beim Gift sieht es anders aus. Ihnen brauche ich ja nicht zu erklären, dass sich einige Gifte in den Knochen eine Ewigkeit lang nachweisen lassen. Ganz nebenbei bemerkt: Das Zitat steht nicht in der Bibel, sondern im ›Faust‹.«

»Danke für den Hinweis. Aber dafür wissen Sie sicher nicht, wie letzten Sonntag der SV Würmla gegen den SC Retz gespielt hat. Man kann eben nicht auf allen Gebieten beschlagen sein.«

»Vielleicht auf mehr, als sie glauben, Herr Chefinspektor.« Malzacher merkte, dass dem Pathologen das Gespräch Spaß machte.

»Also, ob die Frau an Gift gestorben ist, kann ich auf die Schnelle nicht feststellen. Da müsste ich das Skelett nach Wien in die Gerichtsmedizin bringen lassen.«

»Könnte nicht schaden. Nachdem für eine solche Fahrt nach Wien der Amtsschimmel gesattelt werden muss, werde ich das von hier aus übernehmen. Ich werde mit dem Staatsanwalt reden. Eine letzte Frage habe ich noch. Halten Sie es für möglich, dass die Frau über das Hüftgelenk identifizierbar ist?«

»Wenn die Kontrollnummer nichts hergibt, eher chancenlos. Ich kann keinen Kunstfehler erkennen, an den sich ein Operateur erinnern würde. Abgesehen davon, dass er das sowieso nie täte, auch wenn er es könnte. Es sind auch vor fünfundzwanzig Jahren schon viele Hüftgelenke operiert worden. Selbst wenn sie alle Krankenakten über einen Zeitraum von zehn Jahren studieren, werden Sie da nichts finden, was Ihnen weiterhelfen wird. Abgesehen davon, dass die Frau ja nicht nur in Krems, St. Pölten oder Amstetten operiert worden sein könnte. Wien oder Linz wäre genauso denkbar.«

»Herr Doktor, Sie sind mir sehr sympathisch, aber das hilft mir nicht wirklich weiter. Haben Sie nicht wenigstens zumindest eine Kleinigkeit auf Lager, die Balsam für meine Seele sein könnte?«

»Ich glaube, die habe ich.«

Malzacher spürte, dass er den Hörer fast zerdrückte, so angespannt war er plötzlich. Gleichzeitig hörte er sich in einem überraschend sanften Tonfall sagen: »Ich habe doch noch das Gefühl, Sie in mein Abendgebet einschließen zu müssen.«

»Sie haben mich nach dem Resultat SV Würmla gegen SC Retz gefragt. Vier zu zwei. Und wenn Sie sich fragen, woher ich das weiß: Ich war bei der Partie zufällig Schiedsrichter.«

## 4. April, 11:30 Uhr

Der Chef der Chirurgie hatte von dem Skelettfund gehört. Es war aber nicht das Skelett, sondern vielmehr dessen künstliche Hüfte, die ihn dazu bewog, den Fund zu inspizieren. Rein professionelle Neugierde.

Er wollte einfach sehen, ob es daran Spuren starker Abnützung gab, die einen Hinweis auf die Qualität des verwendeten Materials liefern konnten. Wie oft bekommt man schon eine Prothese zwanzig Jahre nach dem Ableben seiner Trägerin zu Gesicht?

Nachdem man ihm mitgeteilt hatte, dass die Knochen so rasch wie möglich in die Gerichtsmedizin der Med-Uni in Wien zur weiteren Untersuchung gebracht werden sollten, rief er den Haus-Pathologen mit der Bitte, ihm die Knochen kurz zu zeigen, an.

Der Operationsgehilfe, der das in einen weißen Plastiksack gehüllte Skelett aus einer der vierundzwanzig Kühlboxen zog, über die die Prosektur verfügte, legte es vorsichtig vom Transportwägelchen auf einen der beiden schwenkbaren Seziertische. Der Primar öffnete selbst den Plastiksack, setzte eine Brille auf und beugte sich über die kümmerlichen Überreste der Leiche.

»Trotz des Hiebs, den sie abbekommen hat, ist deutlich zu erkennen, dass es sich um eine zementierte Prothese handelt. Der Eingriff ist also bei einer älteren Person vorgenommen worden. Mit schon reduziertem Knochenmaterial in der Pfanne.«

»Würde ich auch sagen. Dass die Frau zumindest bei ihrem Tod schon jenseits der sechzig gewesen sein muss, sieht man auch an anderen Merkmalen.«

»Ich hoffe, Sie wollen jetzt mit mir kein Anatomie-Seminar abhalten.« Ritzek lachte seinen deutlich jüngeren Kollegen an.

»Wie lange schätzen Sie, dass die Frau schon in dem Weingarten gelegen ist?«

»Der Gerichtsmediziner hat gesagt, mindestens fünfzehn Jahre. Eher mehr. Auch zwanzig bis fünfundzwanzig sind möglich.«

»Dann habe ich sie jedenfalls nicht operiert. In meiner Turnuszeit habe ich noch nicht operieren dürfen. Abgesehen davon, dass die Frau auch ganz woanders operiert worden sein könnte. Für die Operation müsste ich mich allerdings gar nicht schämen. Hat der Kollege damals gut gemacht. Und was geschieht jetzt mit den Knochen? Ich höre, Sie wollen sie nach Wien schicken.«

»Nicht ich, sondern die Kriminalpolizei. Wollen wissen, ob es Hinweise auf Gift gibt. Brauchen aber noch das Okay der Staatsanwaltschaft.«

»Verstehe.« Der Primararzt, der in der Zwischenzeit seine Brille wieder in die Tasche seines weißen Mantels gesteckt hatte, rieb sich zweifelnd und nachdenklich die Nase. »Da würde ich an deren Stelle zuerst einmal die Vermisstenmeldungen von damals überprüfen. So viele alte Damen werden in der Wachau in einem Zeitraum von mehr als zehn Jahren nicht verschwinden. Kann natürlich auch sein, dass die Dame ganz woanders vermisst wird. Ist zum Glück nicht unser Bier. Hat der Gerichtsmediziner geschaut, ob zumindest ein Teil der Kontrollnummer noch vorhanden ist?«

»Hat er. Hat nichts Brauchbares gefunden.«

»Kein Wunder, wie die Hüfte da bearbeitet worden ist. Haben Sie eine Lupe?«

## 4. April, 17:15 Uhr

Er hatte sich schon vor ewigen Zeiten vorgenommen, seinen jährlichen Friedhofsbesuch auf Allerseelen zu verlegen, ohne diesen Plan je zu verwirklichen. Dabei hätte Allerseelen viele Vorteile gehabt. Erstens das Wetter. Ein nasskalter Novembertag passte einfach besser zu einem Gräberbesuch als ein früher Frühlingsabend im April. Er hatte auf dem Friedhof an einem besonders warmen Tag sogar schon einmal einen Allergieanfall erlebt – wegen der vielen Pflanzen und Gräser, die hier wuchsen. Bevor er hierherkam, hatte er immer geglaubt, dass es auf einem Friedhof nur Schnittblumen gab. Jetzt wusste er es besser. Pollenallergie war eine der lästigen Leiden, die ihn seit seiner Kindheit begleiteten.

Zum anderen wäre er als Friedhofsbesucher an einem Allerseelentag nie aufgefallen. Nicht dass er sich deswegen große Sorgen machen musste. Warum sollte ein Mann nicht an einem Grab trauern dürfen? Oder zumindest so tun. Er hatte stets genau darauf geachtet, die vielen Frauen, die ihm meistens mit einer Gießkanne in der Linken und einer Forke in der Rechten entgegenkamen, im Unklaren darüber zu lassen, welches Grab Ziel seiner Visite war. Es war ihm erst im Laufe der Jahre bewusst geworden, dass Friedhofsbesuch und Grabpflege eine reine Frauensache war. Er war also selbst auf dem Friedhof ein Außenseiter. Von der Wiege bis zur Bahre. Um ein Haar hätte er geschmunzelt.

Das Verheimlichen seines Ziels fiel ihm leicht. Fast ein Kinderspiel. Da er nie wirklich trauerte, konnte er sich vor dem Grab darauf konzentrieren, die Umgebung zu beobachten. Sobald jemand in seine Nähe kam, wurde aus der Salzsäule, die vor einem Grab stand und in tiefe Trauer versunken schien, ein langsam dahin schlendernder Flaneur mit einem Faible für Friedhofsatmosphäre. Er hatte einmal davon gelesen, dass ein solches Faible ein Hinweis auf einen nekrophilen Charakter war. Dabei hatte er tatsächlich schmunzeln müssen. Er hatte sich einmal beim Schmunzeln vor dem Spiegel beobachtet. Er war allerdings nicht selbstverliebt genug, um sich dabei sympathisch vorzukommen.

Jetzt war niemand zu sehen. Seit acht Jahren beherbergte das Nachbargrab zur Linken einen Kommerzialrat Ing. Romeo Nowak, wie man auf dem Grabstein lesen konnte. Dafür waren dort weder ein Geburts- noch ein Sterbedatum zu finden. Alles bestand aus grauem Marmor. Ausgestattet mit zwei pompösen Bronzeleuchtern links und rechts.

Hinter dem Grabstein befand sich eine dichte Hecke aus Buchsbaum. Wahrscheinlich, um es gegen die bröckelnde Friedhofsmauer optisch abzuschirmen. Alles stank hier nach Geld. Heute musste er sich einmal mehr fragen, wie Eltern mit dem Namen Nowak nur so grausam sein konnten, ihren Sohn Romeo zu nennen. Schon von Geburt an mit einer Belastung geboren. Damit kannte er sich aus. Interessant, dass der Vorname auf dem Grabstein ausgeschrieben war. Es hätte immerhin auch R. Nowak gereicht. Vielleicht war dieser Herr sogar stolz auf seinen Vornamen gewesen. So wie auf seine Titel. War wahrscheinlich zu seinen Lebzeiten ein unguter Zeitgenosse gewesen.

Auf der anderen Seite des einzigen Grabes, das ihn hier wirklich interessierte, gab es eines, das auf ihn wie ein Kontrastprogramm zur letzten Ruhestätte des Kommerzialrats wirkte. Die einzige Gemeinsamkeit der zwei Gräber waren die Titel. Die Leute wollten nicht ohne Titel in die Grube fallen.

Der Grabstein bestand seiner Einschätzung nach aus Granit. Er war sehr schmalbrüstig und schon ziemlich verwittert, was kein Wunder war, da er seit fast siebzig Jahren an dieser Stelle stehen musste. Johann Töpfl. Amtsoberoffizial i.R. 8. VI. 1879 – 17. IX. 1951. Die goldfarbene Schrift war bereits teilweise abgeblättert, und das Grab selbst war mit Steinen verschiedenster Art eingefasst, die alle recht locker in der Erde steckten. Es sah fast aus wie ein Grab für arme Leute. In der Mitte lauter Vergissmeinnicht, die sogar er erkannte, obwohl er sich für Blumen überhaupt nicht interessierte. Das Erdreich war feucht, so als ob es erst kürzlich gegossen worden wäre. Wahrscheinlich von einer Tochter, die ihrem Vater wohl bald Gesellschaft leisten würde.

Jedenfalls war ihm klar, dass er sich von diesem Apriltermin nie würde trennen können. 5. April. Der Geburtstag seines Peinigers. Heute musste er mit dem Vorabend vorliebnehmen. Trotz größter Bemühungen hatte er seine morgige Dienstreise nicht verschieben können. Doch das war gar nicht so schlimm. Seine Mutter hatte ihm, als er bereits längst von zuhause weg war, auch immer am Vorabend telefonisch zu seinem Geburtstag gratuliert. Sie wollte sicher sein, wie sie ihm einmal erklärt hatte, die erste Gratulantin zu sein. Ihr Grab besuchte er seltener als dieses hier. Er hatte wenig Grund, ihr und seinem Vater dankbar zu sein. In die guten Gene, die er von den Eltern mitbekommen hatte, hatten sich zu viele schlechte gemischt. Deshalb war er sein ganzes Leben lang ängstlich und feig gewesen und unsportlich dazu. Jedenfalls würde er heute die Manie seiner Mama übernehmen und schon am Vorabend des Geburtstags gratulieren. Oder zumindest an das Geburtstagskind denken.

Seine Migräne war seit heute früh noch lästiger als sonst. Sie hatte eigenartigerweise bis jetzt nicht nachgelassen. Das war kein gutes Zeichen. Kommendes Ungemach hatte sich bei ihm immer mit einer besonders heftigen Attacke über seinem rechten Auge angekündigt. Schon seit Mittag war er dabei gewesen, sich den Kopf zu zerbrechen, aus welcher Ecke das Unheil wohl diesmal kommen konnte. Seine Überlegungen waren ohne greifbares Resultat geblieben.

Auch jetzt dachte er angestrengt nach. Dabei hätte er fast die alte Frau übersehen, die nur mehr dreißig Meter von ihm entfernt war und sich mit einer randvollen graugrünen Gießkanne abmühte. Er hatte nicht den Eindruck, dass sie ihm auch nur die geringste Beachtung schenkte. Trotz allem höchste Zeit, die Maske des interessierten Flaneurs aufzusetzen.

## 5. April, 09:00 Uhr

Die Mitarbeiter der Spurensicherung hatten das Erdreich rund um die Fundstelle des Skeletts auf einer Fläche von drei mal drei Metern bis zu einer Tiefe von eineinhalb Metern abgetragen und dabei sogar die Terrassenmauer wegen Einsturzgefahr abstützen müssen. Trotz sorgfältiger Untersuchung des Aushubs waren sie kaum auf etwas kriminaltechnisch Verwertbares gestoßen. Das überraschte Doris Lenhart nicht wirklich.

Die Reste einer Wieselburger-Bierflasche, an der sich einer der Beamten geschnitten hatte, und eine leere Kondompackung, die ein junger Kollege aufgrund der Verpackung auf ein Maximalalter von fünf Jahren schätzte, waren die ganze Ausbeute gewesen. Selbst wenn die Packung älter gewesen wäre, hätte sie ihnen nicht weitergeholfen. Sonst noch zwei rostige Nägel und mehrere Knochen eines kleinen Tieres.

Sie hatte einige Zeit überlegt, ob sie ihren Chef gleich informieren sollte. Sie entschied sich schließlich dafür, weil sie an einer Eskalation der Spannungen kein Interesse hatte. Deeskalation war auch der Rat ihres Manns gewesen, mit dem sie das höchst eigenartige Verhalten des neuen Polizeidirektors am Vorabend diskutiert hatte.

Als sie ihn anrief, um ihm das Ergebnis der Untersuchung durch die Spurensicherung mitzuteilen, war sie zunächst überrascht, dass er sich ausgesucht liebenswürdig für die Information bedankte. Geradezu verblüfft war sie allerdings von seiner Erklärung, morgen zum Thema »Skelettfund« eine Pressekonferenz machen zu wollen.

Ihren Einwand, dass es bis jetzt nicht den geringsten Hinweis auf ein Verbrechen gab, wischte er beiseite. Er wollte auch noch gar nicht von einem Mord sprechen, sondern den Fund dazu benutzen, die Bevölkerung zu aktiver Mitarbeit zu motivieren.

Die Sache war ein geradezu idealer Anlass, den mündigen Bürgern Niederösterreichs Gelegenheit zu bieten, ihre Zivilcourage unter Beweis zu stellen. Vielleicht ersparte sich die Kriminalpolizei dadurch sogar eine mühevolle Durchforstung aller Vermisstenmeldungen. Marbolt hielt es für völlig ausgeschlossen, dass eine ältere Frau verschwand, ohne dass es einer Nachbarin oder Freundin aufgefallen wäre. Auch wenn die Sache fünfzehn Jahre oder länger zurücklag. Natürlich würden sich bei seinem Aufruf zu couragierter Mitarbeit auch viele lästige Wichtigmacher melden, aber er wusste sich da mit dem Minister eines Sinnes, dass die Polizeibehörden diesen Preis zu zahlen hatten. Dann fügte er mit honigsüßer Stimme hinzu, dass er ihrem Einwand Rechnung tragen und sie daher bei der Pressekonferenz nicht dabeihaben wollte. Von einer Morduntersuchung konnte man, wie Doris selbst gesagt hatte, immerhin noch keinesfalls sprechen.

Mit dem Wunsch nach einem schönen Tag verabschiedete sich Wolfgang Marbolt, und Doris rannte aus ihrem Zimmer. Sie war nicht wütend, weil der Chef sie bei der Pressekonferenz übergangen hatte. Die konnte ohnehin nur ein Desaster werden. Nein, sie war vielmehr amüsiert von seinem eitlen Geltungsdrang und seinem liebesdienerischen Eifer, dem Minister nach dem Mund zu reden. Dieses Amusement wollte sie gleich mit ihrem Stellvertreter teilen.

Als sie bei seinem Büro ankam, stand die Tür offen. Was sie sah, schockte sie, obwohl sie von ihm einiges gewohnt war. Er saß auf seinem Sessel, blickte gedankenverloren in die Gegend und bohrte gleichzeitig mit seinem rechten Zeigefinger in seinem Nabel herum. Als sie sich räusperte, schnippte er das, was sein Zeigefinger ausgegraben hatte, mit seinem Mittelfinger in ihre Richtung. »Seitdem ich weiß, wie gut ich bei unserem Neuen angeschrieben bin, kann ich mir natürlich noch mehr erlauben.« Dabei knöpfte er seelenruhig das Hemd über seinem behaarten Bauch zu.

»Jetzt übertreibst du es aber. Kein Wunder, dass dir deine Frau davongerannt ist.«

»Du bist sicher nicht zu mir gekommen, um mir Ratschläge über den Umgang mit Frauen zu geben. Außerdem schaust du wie eine Katze aus, die gerade eine Schüssel Schlagobers geschlürft hat.« Er stand auf und rückte für sie einen Sessel zurecht, dessen Sitzfläche nur mehr Reste eines hellbraunen Furniers erkennen ließ.

»Der Sessel da hat schon bessere Zeiten gesehen, aber dich wird er noch aushalten.«

»Kann ich sicher sein, dass ich mich da auf keine Reste von dem drauf setze, was du gerade in deinem Nabel gefunden hast?«

»Keine Sorge. Wäre nur Abrieb von meinem Pyjama. Macht garantiert keine Flecken. Außerdem habe ich immer in eine ganz andere Richtung gezielt.« Spencer grinste sie an.

Doris wischte mit ihrer Linken über die Sitzfläche und setzte sich. »Dein Wort in Gottes Ohr.« Sie strahlte. »Stell dir vor, der Marbolt will morgen eine Pressekonferenz machen.«

»Schon wieder? Die hat er doch erst anlässlich seines Amtsantritts gemacht. Andererseits ist es kein Wunder. Immerhin haben ihn die Journalisten vorige Woche übersehen, so spindeldürr wie er ist.«

Doris lehnte sich zurück und verschränkte ihre Arme vor ihrer Brust. Sie schwieg für ein paar Sekunden, weil sie den kommenden Moment besonders genießen wollte. »Du wirst es nicht glauben, aber er möchte wegen des Skeletts mit der Presse reden.«

Spencer lehnte sich ebenfalls zurück und begann langsam, seinen Kopf zu schütteln. »Na, da haben wir uns ja einen besonderen Vogel eingehandelt. Ich hoffe, du hast dich geweigert, da dabei zu sein. Wir wissen bis jetzt genau genommen nullkommajosef.«

»Ich habe mich nicht geweigert.« Nachdem sie das Entsetzen ihres Stellvertreters auf seinem Gesicht gesehen hatte, setzte sie verschmitzt hinzu: »Er will mich ausdrücklich nicht dabei haben.«

»Das erste Intelligente, was ich von dem Menschen gehört habe.« Dann bekam Spencers Gesicht einen Ausdruck, den die Chefin der Mordkommission nur als Ausdruck der plötzlichen Eingebung und Erleuchtung interpretieren konnte.

»Lang vor deiner Zeit hat es bei uns einmal eine berühmte Fernsehsendung gegeben. ›Aktenzeichen XY ungelöst‹, in Deutschland läuft die noch immer. Ich stelle mir gerade vor, wie unser hochverehrter Herr Chef die leere Kondomschachtel in die Kamera hält und sich mit dem verlogen-pathetischen Unterton des damaligen Moderators an die Fernsehzuschauer wendet: Meine Damen und Herren, wenn jemand unter Ihnen ist, der ein Präservativ aus dieser Schachtel verwendet hat, oder jemanden kennt, der das getan hat, dann melden Sie sich bitte. Hinweise nimmt jede Polizeidienststelle oder unser Aufnahmestudio entgegen. Jeder Hinweis wird natürlich diskret behandelt.« Spencer prustete los.

»Der rennt noch in sein Unglück.« Doris stand auf und streifte mit beiden Händen über die Rückseite ihres hellbeigen Rocks.

Bei diesen Worten wurde Spencer wieder ernst. »Vorsicht, Doris. Solche Typen rennen nicht ins Unglück. Sie lassen andere an ihrer Stelle ins Unglück rennen. Dieser Instinkt ist diesen Leuten angeboren. Deshalb machen sie auch Karriere.«

## 5. April, 16:00 Uhr

Sie war pünktlich. Wie immer. Sie hatte schon seit ewigen Zeiten Frauen affig gefunden, die Männer warten ließen. Eine geradezu kindische Art, sich begehrt machen zu wollen. Das hatte sie nie notwendig gehabt. Allerdings nützte jetzt ihre ganze Pünktlichkeit nichts. Die enge Straße in Unterloiben war hoffnungslos zugeparkt. Wie das beim Loibnerhof fast immer der Fall war. Wieder so eine typische Idee des Herrn Stadtparteiobmanns. Wollte den Zusammenhalt seiner Truppe durch den Besuch eines Heurigen fördern. In Loiben noch dazu. Sie hätte an seiner Stelle wenigstens ein Lokal in Krems ausgesucht. Bei den Kremser Wirten würde es nicht besonders gut ankommen, wenn die Partei, die sich die Förderung der Kremser Wirtschaft auf ihre Fahnen geheftet hatte, in Unterloiben fremdging. Aber sie wusste, dass es kaum einen Ort gab, der es mit dem Garten vom Knoll aufnehmen konnte. Bei den zweiundzwanzig Grad, die das Außenthermometer ihres Wagens anzeigte, war der Gastgarten einfach fantastisch. Schade nur, dass die Apfelbäume noch nicht blühten. Die Blüten der Apfelbäume fand sie zehnmal schöner als die der Marillen.

Nach vergeblicher Suche musste es also der Behindertenparkplatz unmittelbar vor dem Eingang sein. Bestimmt würden sich viele Heurigenbesucher deswegen ihr Maul zerreißen. Hilde Dahlmeyer presste ihren feuerroten Mercedes SLK in die enge Nische. Der Platz war so knapp, dass ihr Auto trotz mehrerer Einparkversuche in die Fahrbahn hineinragte. Verkehrsbehindernd und daher verboten. Beides kümmerte sie wenig. Die rote Farbe erkannte man bei Tageslicht gut. Und länger als zwei Stunden wollte sie sowieso nicht bleiben. Noch dazu war ihr Auto bei der Polizei bekannt. Da machte sie sich auch keine Sorgen.

Sie hörte im Autoradio noch Elvis und seinen Song »One night with you« zu Ende. Ihr Freund hatte es mehr mit Guns N' Roses, aus denen sie sich wiederrum überhaupt nichts machte. Aber abgesehen davon war er Extraklasse. Spitze, wie nur ein Achtundzwanzigjähriger Spitze sein konnte.

Sie schloss das Hardtop ihres Wagens und überprüfte im Innenspiegel noch einmal ihr Make-up. Die Wimpern waren eine Spur zu stark getuscht, aber sonst sehr okay. Dafür war ihr Dirndl ausgesucht dezent. Der Rock reichte weit über ihre

Knie. Mit einer Bluse, die auch nicht den kleinsten Einblick in ihr Dekolleté gestattete. Auf den ersten Blick sah alles betont einfach aus. Trotzdem war sie sicher, dass manche der weiblichen Gäste an dem Spalier der Tische, durch das sie gleich hindurchgehen würde, die Raffinesse des Schnitts und die Qualität der verwendeten Materialien sofort erkannten. Der Stoff war dunkelblau mit weißen Blümchen, noch dazu mit Wollborderie. Kenner wussten sofort, dass es sich dabei nur um ein Wachauerdirndl von Gexi Tostmann handeln konnte.

Die Eifersucht anderer Frauen war am heutigen Abend unbegründet. Die Männer der Stadtpartei lagen alle weit unter ihrer Reizschwelle. Wie beim Kegelklub, dessen Mitglied sie auf Wunsch des Parteiobmanns geworden war. Zudem war seit Neuestem ebenfalls vom Zusammenrücken die Rede. Dort wollte sich dieser unselige Rechnungsprüfer allerdings nicht mit einem Heurigen begnügen. Er war auf die Idee verfallen, die Verbrüderung durch einen gemeinsamen Saunabesuch zu fördern. Sie war alles andere als ein Kind von Traurigkeit, aber sie hatte sich angewöhnt, an den Kegelabenden nur mehr lange Hosen und XL-Pullover zu tragen. Was allerdings diesen Herrn Frisch nicht daran hinderte, schon zu sabbern, wenn er sie nur von weitem sah. Wäre er nicht bei der Polizei gewesen, hätte sie ihn schon längst zur Rede gestellt. Einen wohlgesinnten Revierinspektor konnte man allerdings immer brauchen.

Sie griff in ihren Kittelsack. Ein Taschentuch war da. Der BH, der fast so eng geschnitten war wie ihr Auto, zwickte beim Aussteigen. So diskret wie es nur ging, rückte sie ihn zurecht. Als sie den sechs Monate alten Mercedes abschließen wollte, fiel ihr Blick auf einen Mann, der etwas aus einem Wagen zu holen schien. Er war ihr in den letzten Jahren schon ein paar

Mal über den Weg gelaufen und irgendwie bekannt vorgekommen, ohne dass sie gewusst hätte, wohin sie ihn zuordnen sollte. Sie hatte ihn allerdings mit mehr Haaren in Erinnerung. Die beginnende Glatze passte ihm gar nicht schlecht, denn er besaß einen schön geformten Kopf.

Als sie endlich den Gastgarten betrat, wusste sie plötzlich, woher sie ihn kannte.

## 5. April, 16:10 Uhr

Gerhard Malzacher dachte schon den ganzen Tag an den neuen Polizeidirektor. Mit so wenig Substanz eine Pressekonferenz bestreiten zu wollen, dazu gehörte entweder eine maßlose Selbstüberschätzung oder ein völliger Mangel an Urteilsvermögen. Wahrscheinlich kam beides zusammen. Der Neue würde aber nicht die geringsten Hemmungen haben, einen Misserfolg auf seine Mitarbeiter abzuwälzen. Davon war Spencer überzeugt. Er hatte sich über Marbolt erkundigt, nachdem bekannt geworden war, dass er die niederösterreichische Polizei übernehmen würde. Das war für ihn nicht schwer gewesen, da er viele Leute im Apparat der Bundespolizeidirektion kannte. Doris hatte gestern noch sehr freundlich über ihn gesprochen, aber selbst ohne ihre unverhohlene Schadenfreude heute früh hatte er erkannt, dass hinter ihrer scheinbaren Gelassenheit eine unbehagliche Reserviertheit lag.

Er fand das eigenartig. Sie war ihm in fast allen Belangen überlegen: Auftreten, Intelligenz, Spürnase, Argumentationsstärke, alles top. Und dennoch verspürte er mehr denn je in sich den Beschützerinstinkt, den er schon gefühlt hatte, als sie zur Leiterin der Abteilung bestellt worden war. Die Kollegenschaft war damals geteilter Meinung gewesen. Es gab nicht wenige, die der Auffassung waren, er hätte sich die Beförderung verdient. Zumal er auch wesentlich dienstälter war. Aber er hatte es besser gewusst. Außerdem war sein Ehrgeiz eher unterentwickelt. Er wollte gar nicht in der ersten Reihe stehen. Es hatte auch bei seiner privaten Leidenschaft, der Schiedsrichterei, nie für weit oben gereicht. Die meisten seiner Schiedsrichterkollegen, mit denen er begonnen hatte, träumten bereits im ersten Lehrgang davon, einmal ein Finale der Champions League zu pfeifen. Diese Träume hatten sich natürlich im Lauf der Jahre alle in Schall und Rauch aufgelöst.

Er war von Anfang an mit der Landesliga zufrieden gewesen. Er hatte sich dort als Referee einen Namen gemacht, der für zwei Eigenschaften besonders bekannt war: für seine Lauffaulheit und für seine Autorität, die er auf dem Platz ausstrahlte.

Als er sich gerade die Frage stellte, wie jemand mit seiner Ehefrau so viel Pech und mit seiner Chefin so viel Glück haben konnte, klopfte es. Auf sein »Herein« trat derselbe Mitarbeiter ein, der ihn gestern bei seinem Telefonat mit dem Chef der Schiedsrichterbesetzungskommission gestört hatte.

»Du willst wohl wissen, ob ich schon wieder wenig dienstlich telefoniere?«

»Klar. Weil ich unbedingt versetzt werden möchte. Aber ganz im Ernst, draußen steht ein Herr Nimmervoll. Er möchte mit dir reden.«

Mit einem Schwung, der den Mitarbeiter sichtlich überraschte, stand Spencer auf und ging zur Tür. »Na, dann sollten wir den Herrn Nimmervoll nicht warten lassen.« Er machte die Tür auf und rief: »Nur herein in die gute Stube, Herr Nimmervoll. Was verschafft mir das Vergnügen?«

Der Winzer aus Weißenkirchen trat mit einem Karton ein, den er mit beiden Händen hielt, und dessen Inhalt Malzacher gleich erkannte: drei Bouteillen.

»Das kann doch nicht wahr sein. Und deshalb sind Sie extra von Weißenkirchen nach St. Pölten gekommen?« Er wies auf den Sessel, dessen Sitzfläche seine Chefin am Vormittag gesäubert hatte. »Wahrscheinlich wissen Sie gar nicht, dass ich das eigentlich nicht annehmen darf. Mehr als eine Flasche ist uns verboten.« Er sah das enttäuschte Gesicht seines Gastes. »Aber ich weiß natürlich einen Ausweg. Eine Flasche ist für mich. Eine für meine Chefin. Und für die dritte wird sich schon noch jemand finden.«

»Ich habe mir schon in meinem Weingarten gedacht, dass Sie einer von den ganz Cleveren sind. Im Unterschied zu diesem Revierinspektor aus Krems. Ich sage Ihnen, der hat sich aufgeführt, als ob er Sherlock Holmes persönlich wäre.«

Malzacher grinste übers ganze Gesicht. »Vielleicht ist er das auch. Nur haben es seine Kremser Vorgesetzten noch nicht gemerkt.«

Jetzt lachte auch der Weinhauer. Das Lachen war so herzhaft, dass Malzacher einen Goldzahn links unten erkennen konnte. Max Nimmervoll brach sein Lachen abrupt ab. »Wenn ich ehrlich sein soll, bin ich aber nicht nur wegen meines Urgesteinsrieslings gekommen.«

»Wo brennts denn? Sagen Sie bloß, dass Ihr Sohn noch ein Skelett gefunden hat. Auf einer anderen Terrasse.«

Max Nimmervoll schien erleichtert. »Das nicht. Er hat nur beim Graben des Lochs einen kleinen roten Würfel gefunden, wie man ihn beim ›Mensch, ärgere dich nicht‹ verwendet. Und ihn eingesteckt. Zu seiner Entschuldigung muss ich sagen, dass er da das Skelett noch nicht entdeckt hatte. Und dann hat er in der Aufregung vergessen, mir den Würfel zu geben. Es ist mir trotzdem sehr peinlich. Er hat ihn mir erst heute beim Mittagessen gezeigt. Zuerst habe ich gemeint, wir schmeißen den Würfel einfach weg.«

Malzacher unterbrach ihn. »Das war schon sehr gescheit von Ihnen, dass Sie das nicht getan haben. Obwohl er wahrscheinlich völlig harmlos ist.«

»Ich habe Ihre Leute gesehen, wie sie das Erdreich gesiebt haben. Da habe ich mir gedacht, ich bringe Ihnen den Würfel besser.« Er griff in seine rechte Jackentasche und fischte einen kleinen Würfel heraus, dessen rote Farbe wie auch das Weiß seiner Augenzahlen kaum mehr zu erkennen war.

Malzacher nahm den Würfel und beäugte ihn von allen Seiten.

»Jedenfalls danke ich Ihnen. Wo, sagen Sie, hat Ihr Sohn den Würfel gefunden?«

»In der Grube, die er für den toten Hund seiner Schwester ausgeschaufelt hat. Er schätzt, in ungefähr vierzig Zentimetern Tiefe.«

Mindestens eine Minute herrschte Stille im Raum, die nur von einem leisen Räuspern des Kriminalbeamten unterbrochen wurde.

»Wird höchstwahrscheinlich wirklich nichts zu bedeuten haben. Aber es ist auf alle Fälle interessanter als alles, was die Spurensicherung bis jetzt entdeckt hat. Ich glaube, ich werde heute Abend ein Glas auf Ihr Wohl und das Ihres Sohnes trinken.«

»Aber den Wein vorher unbedingt gut einkühlen. Die ideale Trinktemperatur liegt bei zwölf Grad.«

## 5. April, 19:15 Uhr

Eigenartig, dass er so selten an den Tag seiner Befreiung dachte. Wäre er nicht einmal im Jahr auf den Friedhof gegangen, wer weiß, ob er ihn nicht vollständig verdrängt hätte. Das wäre allerdings sehr bedauerlich gewesen, weil er an diesem Tag erkannt hatte, dass er über eine Eigenschaft verfügte, die er nie bei sich vermutet hatte. Er bezweifelte, ob sie ihm schon in die Wiege gelegt worden war. Nicht bei diesen Eltern. Wäre sie angeboren gewesen, hätte er sicher schon viel früher von ihr Gebrauch gemacht.

Wahrscheinlich war er einer von den Menschen, bei denen es eine Weile dauert, bis sie sich ihrer Stärken bewusst werden. Er hatte schon in der Volksschule gewusst, dass er überdurchschnittlich intelligent war. Da hätte es der ständigen Bestätigung durch seine Mutter gar nicht bedurft. Aber es war ihm auch schon damals bewusst gewesen, dass er ängstlich und feig war. Und unsportlich noch dazu. Er wäre gern intelligent und sportlich gewesen, aber diese Kombination von Talenten war ihm versagt geblieben. Dafür hatte er am Tag der Befreiung eine andere Kombination von Talenten an sich entdeckt. Intelligenz und Kaltblütigkeit. Er war sich dieser Fähigkeit zu spät bewusst geworden. Hätte er früher von diesem besonderen Talent gewusst, dann wäre vieles anders gekommen. Er hätte schon viel früher eingreifen können.

Die Geschichte vor fast fünfundzwanzig Jahren hatte nach einer Demonstration seines kalten Blutes geradezu geschrien. Wie oft hatte er sich als Kind von seinen Eltern den Satz vom Krug, der so lange zum Brunnen geht, bis er bricht, anhören müssen. An dem Tag vor einem knappen Vierteljahrhundert war der Krug nicht nur gebrochen. Er war geradezu geborsten.

Vor zwanzig Minuten war er auf der Rückfahrt von Linz bei Melk über die Donaubrücke gefahren. Ab Spitz hätte er bis Krems im Schlaf fahren können, weil er diesen Streckenabschnitt bestimmt schon mehrere hundert Male gefahren war. Aber an Dürnstein im Schlaf vorbeizufahren, wäre eine Schande. Er konnte sich am Anblick der Stiftskirche von Dürnstein, wenn sie nach der leichten Rechtskurve plötzlich vor dem Autofahrer auftauchte, nie sattsehen. Dabei mochte er gerade diesen Abschnitt der Wachaustraße überhaupt nicht. Hatte auch mit dem denkwürdigen Tag zu tun. Wobei er doch stolz auf sich sein konnte. Hier hatte er den ultimativen Beweis für seine neue Stärke erbracht. Es war geradezu ein Triumph an Kaltblütigkeit gewesen.

Heute früh war er mit glasklarem und völlig schmerzfreiem Kopf aufgestanden. Der gestrige Friedhofsbesuch schien ihm sehr gutgetan zu haben. Schon seit Jahrzehnten war er ein erfolgreiches Heilmittel.

Aber zum ersten Mal seit mehr als zwanzig Jahren brachte er es heute über sich, seinen Kopf an dem Streckenabschnitt, den er gerade passierte, nach links zu wenden. Er war sich nicht mal sicher, ob es tatsächlich die richtige Stelle war. Ein Vierteljahrhundert ist eine lange Zeit. Aber er, der in diesen vielen langen Jahren seinen Kopf an diesem Streckenabschnitt geradezu krampfhaft auf die Fahrbahn gerichtet und ihm nicht einmal einen Zentimeter Bewegung nach links gestattet hatte, wendete diesen Kopf nun mehr als zehn Zentimeter nach links. Ohne jede Aufregung und ohne die kleinsten Anflüge von schlechtem Gewissen.

Da er immer ehrlich zu sich selbst gewesen war, musste er zugeben, dass er einen Anflug von Befangenheit spürte. Befangenheit ja, aber keine Aufregung. Wie ruhig die Terrassen doch dalagen. Nirgendwo ein hektisches Treiben, wie man es spätestens ab Anfang September überall feststellen konnte. Die Weinstöcke noch ohne Spuren von Weinlaub. Das Grün der Gräser im fahlen Licht der Frühlingssonne war mehr zu erahnen als zu sehen. Er glaubte auch, ein paar Weinstöcke zu erkennen, die mit einem roten Plastikband oder etwas Ähnlichem eingefriedet waren. Wahrscheinlich waren sie zum Ausgraben freigegeben worden. Aus Altersgründen oder aus irgendeinem anderen Grund, das interessierte ihn nicht. Sein Interesse am Weinbau hatte sich immer in Grenzen gehalten.

War dieser bewusste Blick auf die Weintrassen ein Beweis dafür, dass er dabei war, den Tag der Befreiung ganz aus seinem Bewusstsein zu verdrängen? Ging gewissermaßen eine Ära zu Ende? Schwer zu sagen. Vielleicht würde er nächsten April gar keinen Antrieb mehr verspüren, den Friedhof zu besuchen. Aber bis nächsten April würde noch viel Wasser die Donau hinabfließen.

## 6. April, 08:50 Uhr

Dieser Idiot, dieser schreckliche Vollidiot, dachte Doris Lenhart. Statt Spencer und ihr dankbar zu sein, dass sie ihm noch vor seiner Pressekonferenz den Würfel gebracht hatten, damit er nicht nur Scherben einer Flasche und eine leere Kondompackung vor der Presse ausbreiten konnte, hatte ihr neuer Chef nichts Besseres zu tun, als ihrem Stellvertreter Vorhaltungen zu machen, dass er die beiden Kinder von Nimmervoll nicht sofort an Ort und Stelle befragt hatte.

»Ich will gar nicht um den heißen Brei herumreden. Ist nicht meine Art. Das war einfach schleißige Polizeiarbeit.

Stellt euch vor, der Bub hätte den Würfel vergessen. Der wäre nie wieder aufgetaucht.«

Doris, die Spencers Mienenspiel bestens kannte, sah ihm an der Nasenspitze an, dass er viel darum gegeben hätte, wenn der Kleine den uralten und noch immer verdreckten Würfel einfach weggeschmissen hätte.

»Die Kinder waren von der Kremser Polizeibeamtin längst nach Hause zu ihrer Mutter gebracht worden, da bin ich gerade von hier weggefahren. Und sie hat recht damit gehabt.«

Spencers ohnehin laute Stimme wurde noch eine Spur lauter. »Die Kinder müssen einen Schock gehabt haben. Hätten sie da die ganze Zeit im Weingarten herumstehen sollen und warten, bis ich komme? Stell dir vor, du hättest als Elfjähriger ein Skelett gefunden!«

»Wie ich in so einer Situation als Elfjähriger reagiert hätte, tut hier überhaupt nichts zur Sache. Ein weiterer Beweis für Ihre Inkompetenz.«

Doris erschrak. Nicht nur der Vorwurf der Inkompetenz brachte sie aus der Fassung. Marbolt hatte gerade klar gemacht, dass er Spencer das vertrauliche »Du«, das bei Marbolts Vorgänger noch eine Selbstverständlichkeit gewesen war, nicht gestattete. Diesen Affront wollte sie ihrem Chef unter keinen Umständen durchgehen lassen. »Herr Polizeidirektor, ich nehme zur Kenntnis, dass Sie der Meinung sind, dass mein Stellvertreter und ich uns nicht mit Ruhm bekleckert haben. Das halten wir aus.« Doris beobachtete Marbolt genau. Die Verblüffung in seinem Gesicht wäre auch jemandem aufgefallen, der nicht so genau hingesehen hätte.

»Ich bitte dich. Ich schätze es, wenn sich Vorgesetzte vor ihre Mitarbeiter stellen. Habe ich auch immer so gehalten. Außerdem habe ich mich versprochen. Selbstverständlich bin ich auch mit Herrn Malzacher per Du. Ich habe mir nur die Frage erlaubt, was passiert wäre, wenn der junge Mann seinem Vater nichts von diesem Würfel erzählt hätte. Wobei ich ebenso wenig wie ihr beide weiß, ob dieses Spielzeug da auch nur das Geringste mit dem Skelett zu tun hat.«

Wenigstens ein Etappensieg, dachte Doris und blies sich ihre Stirnfransen aus der Stirn. In solchen Situationen war ihr gar nicht bewusst, was für ein hoffnungsloses Unterfangen das war. Stirnfransen waren ja dazu da, in die Stirn zu fallen.

»Irgendwie habe ich das Gefühl, dass ich mich vielleicht etwas vorschnell für eine Pressekonferenz entschieden habe. Das Material ist doch sehr dünn.«

»Da kann ich dir gar nicht widersprechen. Habe ich dir aber schon gestern gesagt.« Die Genugtuung in der Stimme der Chefinspektorin war unüberhörbar.

»Aber viel zu leise, meine Liebe. Ich bin halt ein Vollblutpferd. Deshalb nimmt es mit mir in Sachen Schnelligkeit auch kaum jemand auf. Aber das ein oder andere Mal renne ich zu schnell los, wie es eben auch Rassepferde manchmal machen. Da erwarte ich schon von meinen engsten Mitarbeitern, dass sie mich zurückhalten. Ich vertrage schon einen ordentlichen Rempler. Habe ich noch nie jemandem übel genommen. Da könnt ihr euch überall erkundigen. Ich bin überzeugt, dass ich diesbezüglich die beste Nachrede habe. Was hältst du davon, wenn ich die PK absage?«

»Ich bin zwar kein Medienprofi …«

»Nur keine falsche Bescheidenheit!« Da war es wieder, dieses schiefe Lächeln, das ihr schon beim ersten Gespräch so unangenehm aufgefallen war.

»Aber ich glaube nicht, dass man eine Pressekonferenz so kurzfristig absagen sollte. Ich würde dir nur den Rat geben, bei deiner Botschaft nicht die Mithilfe der Bevölkerung in den Vordergrund zu stellen. Sag einfach, dass die Polizei natürlich alle Vermisstenanzeigen durchforsten wird, und du darüber hinaus den Staatsanwalt ersuchen wirst, einen Spezialisten zu beauftragen, aus dem Schädel des Skeletts ein Gesicht zu formen. Das können sie aber meines Wissens nur in Deutschland. Und sobald dieses Gesicht fertig ist, wirst du dich damit wieder an die Öffentlichkeit wenden und um Mithilfe bitten.«

Der Polizeidirektor lehnte sich sichtlich entspannt in seinem Sessel zurück. Dann wurden seine Augen, mit denen er die Kriminalbeamten betrachtete, zu engen Schlitzen, und sein ganzer Körper schien wieder Spannung auszudrücken. Und Verschlagenheit.

»Daran habe ich selbstverständlich auch schon gedacht. Bis vor einer Sekunde bin ich mir nicht hundertprozentig sicher gewesen. Aber wenn mich die Chefin der Mordkommission in meiner Überzeugung bestärkt, dann sehe ich keinen Grund mehr für ein Zögern.«

## 6. April, 12:00 Uhr

Nach der ausgiebigen Säuberung seiner Arme und Hände war Christoph Ritzek gerade dabei, seine aseptische Kleidung anzuziehen. Eine Gallenoperation stand an. Er ließ sich von einer Schwester, die bereits in Operationsmontur vor ihm stand, in seinen Operationskittel helfen und hörte mit halbem Ohr die Mittagsnachrichten. Die wurden von einem Radiogerät ausgestrahlt, von dem niemand wusste, wie es je seinen Weg in den Vorbereitungsraum gefunden hatte. Da Musik bei der Vorbereitung auf einen Eingriff manchmal ganz angenehm war, hatte sich nie jemand bemüßigt gefühlt, den Apparat zu entfernen. Auch er als Chef der Abteilung nicht. Er hatte nur verlangt, das Gerät in regelmäßigen Abständen zu desinfizieren.

Wenn er Glück hatte, würde er um spätestens halb zwei im Garten seines Hauses am Rosenhügel ein schnelles Mittagessen mit anschließendem Kaffee einnehmen. Der musste ganz schwarz und möglichst stark sein. Er wusste, dass er sich wegen der Stärke keine Sorgen zu machen brauchte. Seine Frau, die ihren Kaffee lieber dünner trank, stopfte den Einsatz der Kaffeemaschine mit seiner Lieblingsmischung Columbia Edelmild regelmäßig mit einem Kraftaufwand voll, der einem Presslufthammer zur Ehre gereicht hätte. Er hatte sie nie überzeugen können, den Kaffee, so wie er, stark zu trinken. Sie verdünnte ihn immer mit viel Milch, obwohl er ihr schon ewig in den Ohren lag, den Konsum von Kuhmilch einzuschränken. Die Milch würde im Magen klumpen. Bei aller Liebe zu ihm hatte sie diesen Rat immer als Spinnerei von homöopathieversessenen Esoterikern abgetan, für die sie als ehemalige Krankenschwester nicht die geringste Sympathie aufbrachte.

Zumindest gefiel beiden die Kombination aus dem Gelb der Forsythien und dem Rot und Rosa der Rosen, die sie so sehr liebten. Dieser Farbenrausch stellte eine Augenweide dar und machte aus ihrem Garten ein kleines Paradies. Seine Frau hatte es sich auch nie nehmen lassen, den Kaffee in Augarten-Tassen zu servieren. Modell »Wiener Rose«, von denen sie sowohl die Barock-, als auch die Biedermeierversion in einem ehemaligen Empire-Bücherschrank aus Nussholz stehen hatte. Der bewahrte nun das Ritzeksche Geschirr auf. Zum Frühstück taten es auch einfache, weiße Tassen, aber die Zeremonie des Kaffeetrinkens nach dem Mittagessen verlangte einfach nach mehr.

Der Primararzt, der ein paar Minuten vorher nach einem kurzen Blick in den Operationskalender gesehen hatte, dass für 15:15 Uhr ein Blinddarm angesetzt war, den er aber seinem Oberarzt überlassen würde, und für 17 Uhr der Trümmerbruch eines linken Unterschenkels, den er sich selbst vornehmen wollte, überhörte die Meldung von der Pressekonferenz des Polizeidirektors beinahe. Einen roten »Mensch, ärgere dich nicht«-Würfel hatte man bei diesem mysteriösen Skelett gefunden. Dieses Brettspiel hatte er als Kind ab und zu gespielt, aber nicht besonders gern. Gewürfelt hatte er öfter. Als Student und auch noch als ganz junger Arzt. Bei den unterschiedlichsten Gelegenheiten. Aber wer würfelte schon in einem Weingarten?

## 7. April, 07:30 Uhr

Er hatte gestern weder Radio gehört noch ferngesehen. Beides ödete ihn meistens an. Aber es musste schon etwas Außerordentliches passieren, damit er bei seinem Frühstück keinen Blick in sein Leib- und Magenblatt »Der Niederösterreichische Tag« warf. Das brachte meistens etwas Abwechslung in seinen Frühstücksalltag mit dem ewig gleichen Birchermüsli, grünem Tee und einer Scheibe Vollkornbrot mit Schwarzwälder Schinken. Jeden Sonntag ohne Schinken, dafür mit einem weichen Ei. Vier Minuten. Alles darunter war ja geradezu gefährlich. Eine Salmonelleninfektion war das Letzte, was er brauchte.

Den zweispaltigen Bericht über die Pressekonferenz des Polizeidirektors begann er nur wegen der Überschrift zu lesen: »Kinder machen grausigen Fund«. Immer diese Übertreibungen. Was konnte an einem Fund schon grausig sein? Wahrscheinlich hatten die Kinder im Wald einen toten Fuchs gefunden, weil Eltern wieder einmal ihre Aufsichtspflicht vernachlässigt hatten. Eine Pflichtverletzung, die sich in den letzten Jahren geradezu seuchenartig verbreitete.

Als er aber nicht von einem toten Fuchs las, sondern davon, dass zwei Kinder in einem Weingarten bei Weißenkirchen ein Skelett einer alten Frau entdeckt hatten, begann er, mit seinen beiden Händen an seiner Pyjamahose über seine Oberschenkel zu reiben. Die Frau war nicht mehr zu identifizieren. Das einzige besondere Kennzeichen war eine künstliche Hüfte. Aber durch den Schlag eines Kindes war sie zertrümmert worden, sodass eine Rückverfolgung der Prothese nicht möglich war.

Er wunderte sich, dass er keinen Lachkrampf bekam. Wenigstens spürte er eine deutliche Erleichterung. Zwecks Identifikation sollte eine möglichst wirklichkeitsgetreue Wiederherstellung des Gesichts durch Spezialisten aus Deutschland erfolgen. Contenance, mein Lieber, Contenance. Wirklichkeitsgetreu. Das sagte sich ja leicht. Konnte vielleicht bei Tutanchamun funktionieren oder bei einem Kreuzritter. Da konnten angebliche Spezialisten den Menschen von heute ein X für ein U vormachen. Immerhin kam bei diesen Rekonstruktionen keine naseweise und obergescheite Nachbarin vorbei und behauptete, das nachgebildete Gesicht sähe einem gewissen Tutanchamun vom Haus gegenüber zum Verwechseln ähnlich. Alles Larifari. Zur Vorsicht würde er am Abend googeln. Etwas über die Trefferquoten solcher Nachbildungen musste zu finden sein. Er nahm einen Schluck Tee und biss von seinem Brot ab, ohne zu merken, dass es weder mit Margarine bestrichen noch mit Schinken belegt war.

Wenn er nur hier zu lesen aufgehört hätte. Aber er hatte natürlich weiterlesen müssen. Denn er hatte, wie er sich in selbstkritischen Stunden eingestand, die verfluchte Angewohnheit, die Dinge alle bis zur bitteren Neige auszukosten und zu zelebrieren. Eine leere Kondomschachtel hatte man gefunden. Wie ungemein passend. Nur leider nicht älter als fünf Jahre. Die Polizei konnte einem richtig leidtun. Und einen Würfel, der einmal hellrot gewesen sein musste. Mit weißen Augenzahlen. Beide Farben waren aber nur mehr in Spuren sichtbar.

Er war froh, dass er saß und nicht stand. Mit so weichen Knien hätte er sich unter keinen Umständen auf den Beinen halten können. Er merkte, wie er sich selbst aufforderte, nur jetzt nicht die Nerven zu verlieren. Doch dieses Risiko war äußerst gering. So blitzschnell wie schon einmal in seinem Leben kam er zu dem Schluss, dass ihm jetzt nur eines helfen konnte: seine Kaltblütigkeit. Er musste jedes Risiko ausschließen. Nur keine falsche Sentimentalität.

Deshalb beschloss er, heute noch nach Klein-Haugsdorf an die tschechische Grenze zu fahren. Dort konnte man immerhin auch noch am späten Abend einkaufen.

## 7. April, 08:30 Uhr

»Da hast du unserem großen Förderer und Gönner ganz schön aus der Patsche geholfen. Ich nehme an, du hast die Zeitungen auch schon gelesen. Zur Vorsicht habe ich sie dir mitgebracht.« Gerhard Malzacher legte drei Zeitungen auf den Tisch seiner Chefin, der wie immer über und über voll mit Unterlagen war. Er sah aus, als wäre er seit einem halben Jahr nicht aufgeräumt worden.

Zu ihrer Überraschung nahm er sehr vorsichtig auf dem Sessel Platz, in den er sich noch gestern geradezu hineingeworfen hatte.

»Da hat einer wohl Angst bekommen, dass der Sessel doch einmal zusammenkrachen könnte.« Doris lächelte Spencer gut gelaunt an. Ihre gute Laune kam von ihrem Blick in den Badezimmerspiegel heute Früh, als sie feststellte, dass sich ihr gestriger Besuch beim Zahnarzt ausgezahlt hatte. Ihre Zähne waren wirklich weißer geworden, und der Blick in den Spiegel gestern Abend war keine optische Täuschung gewesen. Ein Spiegel log nicht zweimal. Es war teuer gewesen, weil keine Krankenkasse der Welt eine Zahnbleichung bezahlte. Der Nutzen der Aktion schien ihr jedoch die Höhe der Kosten weit zu übertreffen.

»Wenn ich zusammenbreche, schickt er mich gleich in die Invaliditätspension. Ein paar Jährchen möchte ich aber schon noch an deiner Seite arbeiten. Wer kann schon von sich behaupten, eine Chefin mit so weißen Zähnen zu haben.« Spencer feixte Doris an.

»Wenn sogar du das bemerkst, dann ist das der beste Beweis, dass ich das Geld nicht zum Fenster hinausgeschmissen habe.« Sie setzte sich auf ihren Schreibtisch und ließ ihre Beine, die in hochhackigen Schuhen steckten, baumeln. »Natürlich habe ich schon alle gelesen. Er geht mir zwar schwer auf den Geist, aber ich bin trotzdem froh darüber, dass die Pressekonferenz ganz glimpflich verlaufen ist. Einen Misserfolg hätten ja wir ausbaden müssen.«

Sie merkte an der Bewegung seiner linken Hand, dass ihr Stellvertreter protestieren wollte.

»Hast du selbst gesagt.« »Mach dir keine Hoffnungen, Doris. Ich weiß ja seit Langem, dass du wesentlich intelligenter und brillanter bist als ich, aber in einem Punkt bin ich dir überlegen. Ich rieche Charakterkretins hundert Meter gegen den Wind. Den Herrn werden wir nie auf unsere Seite kriegen. Für den bist selbst du nur eine Schachfigur. Widerstand kann der Mensch überhaupt nicht vertragen. Das ist natürlich große Klasse gewesen, wie du ihn gezwungen hast, mich zu duzen, aber die Niederlage merkt er sich. Und zwar lang. Ich an deiner Stelle hätte ihn nicht auf die Idee mit den deutschen Forensikern gebracht. Ich hätte ihn voll einfahren lassen. Ohne deinen Tipp wäre er bei der Pressekonferenz total aufgeschmissen gewesen. Und ich hätte ihm das gegönnt.«

»Du unterschätzt uns Frauen und unsere Raffinesse immer noch. Glaub mir, es ist noch nicht aller Tage Abend. Nur bin ich im Unterschied zu dir der Meinung, dass er eine Chance verdient hat. Auch wenn ich jetzt schon befürchte, dass er sie nicht nutzen wird. Außerdem bin ich freundlich, weil er im Fall des Falls gar nicht wissen soll, woher die Kugel kommt, die ihn trifft.«

Sie kannte den Gesichtsausdruck genau, mit dem sie Spencer anblickte. Ihr Ehemann hatte ihn schon oft beschrieben. Er war eine Mischung aus Offenheit und Arglosigkeit, garniert mit einem geheimnisvollen Lächeln.

»Der Staatsanwalt genehmigt ihm das nie. Eine deutsche Spezialistin macht so etwas ja nicht um der Ehre willen. Die wird ein geschmalzenes Honorar verlangen. Die Staatsanwaltschaft wird die Kosten sicher nicht übernehmen. Da wird unser großer Gönner ganz kleinlaut vor die Presse treten und zugeben müssen, dass er sich übernommen hat.«

»Und woher willst du das wissen? Vielleicht kennt Marbolt den Staatsanwalt gut.« Spencer blickte seine Chefin skeptisch an.

»Ich weiß es eben. Mehr sage ich nicht einmal dir.«

»Dich möchte ich auch nicht zur Feindin haben.«

»Dann beschieße mich nicht mehr mit Kügelchen aus deinem Nabel. Aber was machen wir jetzt wirklich? Schließlich muss nicht er, sondern wir herausfinden, wer die Frau ist. Als Erstes brauchen wir eine Liste mit den Vermisstenanzeigen. So viele alte Frauen werden ja nicht als vermisst gemeldet worden sein. Auch wenn wir uns einen Zeitraum von zehn Jahren und mehr vorknöpfen müssen. Und rede noch einmal mit einem Chirurgen. Vielleicht helfen uns die Bruchstücke der Seriennummer doch weiter.«

## 7. April, 11:05 Uhr

Der Chef der Kremser Chirurgie hatte die letzten zehn Minuten im Aufwachraum des Landesklinikums verbracht, um nach einer Patientin zu sehen, die er um 8 Uhr früh operiert hatte. Schilddrüse. Kalter Knoten. Alles reine Routine. Aber nachdem die Dame vor der Operation erkennen ließ, dass sie sehr besorgt war, hatte er die Krankenschwester, die heute im Aufwachraum Dienst hatte, gebeten, ihn zu verständigen, sobald die Patientin aus der Narkose erwacht war. Er wollte ihr einfach die Hand halten und dabei sagen, dass die Operation völlig planmäßig und ohne die geringste Komplikation verlaufen war. Abgesehen von dem Medikament, das sie von nun an täglich nehmen musste, würde sie bald wieder die Frau sein, die sie vor dem Eingriff gewesen war, und sicher hundert Jahre alt werden.

Als er in sein kleines Zimmer zurückkehrte, fand er auf seinem Schreibtisch neben dem Bild seiner Frau mit den drei

Kindern eine Nachricht. Es handelte sich um die Bitte, den stellvertretenden Leiter der niederösterreichischen Mordkommission zurückzurufen.

Ihm war klar, dass diese Bitte höchstwahrscheinlich mit dem Weißenkirchener Skelett zu tun hatte. Er nahm noch rasch einen Schluck Wasser und wählte dann die angegebene Handynummer.

»Ritzek hier, Landesklinikum Krems. Guten Morgen. Was verschafft mir die Ehre, Herr Malzacher? Oder lassen Sie mich raten. Hat Ihr Anruf mit dem Skelett aus Weißenkirchen zu tun?« Ritzek hörte dem Inspektor eine Weile zu.

»Ich habe mir das Skelett oder vielmehr das, was davon übrig ist, schon gestern selbst angesehen«, sagte Ritzek schließlich. »Selbstverständlich habe ich dabei auch das Malheur mit der Kontrollnummer entdeckt. Der junge Mann muss ganz schön zugeschlagen haben. Auch mit der Lupe habe ich nur mehr die letzte Ziffer, eine Sechs, erkennen können. Die vorletzte dürfte ein Dreier oder ein Achter gewesen sein. Aber leider sind diese Codes alle sechsstellig. Die Person zu finden, der diese Hüfte eingesetzt worden ist, dürfte daher der Suche nach der Nadel im Heuhaufen gleichen. Wenn wir sicher wären, dass die Operation in Krems erfolgt ist, könnten wir etwas finden. Das wäre noch immer mit viel Aufwand verbunden, weil wir diese Informationen nicht auf Knopfdruck verfügbar haben. Elektronisch wird das alles erst seit fünfzehn Jahren gespeichert. Aber wer sagt denn überhaupt, dass diese Hüfte bei uns operiert worden ist? Schon vor fünfundzwanzig Jahren haben mindestens zwanzig österreichische Spitäler solche Eingriffe vorgenommen.«

Sein Gesprächspartner aus St. Pölten unterbrach ihn und fragte, ob man nicht zumindest den Hersteller identifizieren konnte.

»Sie haben schon recht. Der Hersteller ist wahrscheinlich identifizierbar. Die meisten davon sind damals ausländische Firmen gewesen. Schweiz, Deutschland und Frankreich. Ich kenne die rechtliche Situation nicht, aber ob die irgendein Staatsanwalt auf der Welt zwingen könnte, eine ungeheuer aufwändige Recherche in Gang zu setzen, wage ich doch zu bezweifeln. Da kenne ich die staatsanwaltschaftlichen Möglichkeiten zu wenig. Damit Sie aber nicht nur negative Nachrichten aus Krems hören, mache ich Ihnen das Angebot, unsere Unterlagen für den Zeitraum, den der Pathologe als wahrscheinlichen Todeszeitpunkt angegeben hat, zu durchforsten. Ich lege zur Sicherheit noch hinten und vorne je zwei Jahre drauf. Vielleicht landen wir einen Glückstreffer.«

Bei diesen Worten blickte er voll Liebe auf das Bild vor ihm, das seine Frau zeigte. Wirklich ein Glückstreffer, den er da seinerzeit in Schwarzach/St.Veit gelandet hatte.

Die Ablenkung dauerte nur kurz, und er war schon wieder bei Malzacher. »Also, das nenne ich ein tolles Angebot. Eine Flasche Urgesteinsriesling aus Ihren Beständen. Da sage ich von ganzem Herzen danke. Die Flasche werde ich mit meiner Frau auf Ihr Wohl trinken, Herr Chefinspektor.«

## 7. April, 20:45 Uhr

Der Vorsitzende des Ersten Kremser Kegelclubs gestaltete die Vorstandssitzung wie immer langatmig und umständlich. Nicht nur sein Rechnungsprüfer war der Meinung, dass sich der Vorsitzende bloß selbst gern reden hörte.

Eine Eigenschaft, die Felix Frisch bei niemandem ausstehen konnte, schon gar nicht bei seinem Vorsitzenden. Natürlich war ihm klar, dass er ihn nicht gegen dessen Willen ablösen konnte. Schließlich handelte es sich um den Magistratsdirektor der Stadt Krems. Aber der stellvertretende Vorsitz müsste in absehbarer Zeit erreichbar sein. Vielleicht würde er dann sogar auf eine weitere Vereinskarriere verzichten. Der Vizevorsitz müsste auf alle Fälle reichen, um ihn ans Ziel seiner beruflichen Träume zu bringen.

Was seine privaten Träume anging, so hatte er heute einen Rückschlag erlebt. Die FPÖ-Gemeinderätin war schon wieder in einer Gewandung erschienen, die jeder Nonne Ehre gemacht hätte. Dass die Frau seit Neuestem mit ihren Reizen so geizte, konnte er sich nur damit erklären, dass es ein Mitglied im Vorstand gab, das seiner Hilde irgendwie zu nahe getreten war. Mit der unvorteilhaften Kleidung wollte sie dem Kerl signalisieren, dass ihr seine Avancen unangenehm waren. Deshalb hatte ihr Felix auch gleich bei der Begrüßung einen Zettel mit seiner Handynummer zugesteckt. Für den Fall, dass sie Hilfe brauchte.

Während des fast unerträglich langen Rechenschaftsberichts des Vorsitzenden musterte er heimlich die Runde und fahndete nach dem zudringlichen Typen. Ohne wirklichen Erfolg, aber er würde schon noch dahinter kommen, wem er die Verkleidung der Boutiquenbesitzerin verdankte. Wenn der Konkurrent wenigstens die Zurückhaltung und unaufdringliche Eleganz gehabt hätte, die ihn selbst auszeichnete.

Als der Vorsitzende endlich zum Punkt »Allfälliges« kam, meldete sich der Revierinspektor zu Wort. Er kam dabei auf seinen Vorschlag zurück, den er bereits in der letzten Sitzung gemacht hatte, die Kameradschaft des ganzen Vorstands durch einen gemeinsamen Saunabesuch zu stärken. Er wollte seinen Vorschlag zurückziehen. Natürlich war so ein Ausflug bloß ein völlig harmloses Vergnügen, doch er konnte einigen missgünstigen Personen in die falsche Kehle geraten. Keine einzige Vorstandskollegin und kein einziger Vorstandskollege, die natürlich alle über jeden Verdacht erhaben waren, verdienten diesbezüglich auch nur den Anflug einer schlechten Nachrede.

Er hatte diese Erklärung den ganzen Nachmittag geübt. Während seiner Wortmeldung blickte er immer wieder auf Hilde Dahlmeyer. Er war glücklich, in ihren Augen so etwas wie Dankbarkeit zu sehen. Dankbarkeit dafür, dass er sie eben vor der Peinlichkeit bewahrt hatte, in der Sauna den Blicken eines Lüstlings aus dem Vorstandskreis ausgesetzt zu sein.

Der Revierinspektor genoss nicht nur diese Dankbarkeit, sondern auch das zustimmende Gemurmel, das er voll Stolz entgegennahm. Er befürchtete, rot anzulaufen, und hoffte, das schwache Licht der Deckenlampe würde dafür sorgen, dass der Wechsel seiner Gesichtsfarbe unentdeckt blieb.

Er bemerkte, dass die Frau seiner Träume ihre Sachen hastig zusammenpackte, nachdem der Vorsitzende die Sitzung für geschlossen erklärt hatte. Eigentlich hatte er gehofft, dass sie ihm persönlich danken würde, aber sie schien in großer Eile zu sein. Sie rief ein flüchtiges »Auf Wiedersehen, bis zum nächsten Mal« in die Runde, und weg war sie. Felix unterdrückte seine Enttäuschung, ging von Vorstandsmitglied zu Vorstandsmitglied, schüttelte jedem die Hand und sonnte sich in dem Lob, das ihm sein eben eingebrachter Vorschlag auch noch bei der Verabschiedung eintrug.

Als er beim Vorstandsvorsitzenden angekommen war, musste Felix erkennen, dass ihn dieser von oben herab behandelte. Während der Magistratsdirektor die Hand eines Vorstandsmitglieds schüttelte, das während der ganzen Sitzung kein Wort gesagt hatte, wartete er ungeduldig auf seine Anerkennung. Er wollte sich schon dazwischen drängen, als eine Explosion das ganze Haus erschütterte.

Der Revierinspektor hatte genügend Jahre im Dienst der Polizei verbracht, um zu wissen, dass etwas Schreckliches passiert sein musste. Etwas, das von der Straße kam.

## 7. April, 21:05 Uhr

Christoph Ritzek hob die Hand. »Seid bitte etwas stiller. Hört sich wie ein Hubschrauber an. Eigenartig um diese Zeit.«

»Wahrscheinlich ist in Stein wieder einmal ein Häftling ausgebrochen. Und jetzt suchen sie die Gegend nach ihm ab. Solange er sich nicht in meinem Haus versteckt, soll es mir egal sein. Christoph, magst du noch einen Schluck?«

»Mit Vergnügen.« Er hielt dem Gastgeber sein Glas hin und wandte sich dabei an seine Frau. »Marlies, glaube ja nicht, dass ich deinen kritischen Blick nicht gesehen hätte. Aber das ist erst mein zweites Glas. Mach dir also keine Sorgen. Und außerdem kannst im Notfall auch du fahren.«

»Du weißt, dass ich in der Nacht nicht gern fahre.«

»Weiß ich, Schatz! Aber du bist die Strecke schon dutzende Male gefahren, und wir fahren von Senftenberg nur eine Viertelstunde nach Hause. Herwig, der Wein ist wirklich ausgezeichnet. Tolles Bukett.«

Der Chirurg brauchte mit diesem Lob nicht einmal zu schwindeln. Die Weine waren bei seinem Kollegen von der Anästhesie, Herwig Rummel, immer ausgezeichnet. Ganz im Unterschied zum Essen. Da mochte sich die Hausfrau noch so sehr anstrengen, irgendwie schmeckten bei ihr alle Speisen gleich. Immer gab es mindestens fünf Gänge. Wenigstens waren die Portionen klein, als würden sie auf der Apothekerwaage gewogen. Was kein Wunder gewesen wäre, war sie doch Apothekerin von Beruf. Sie hätte vermutlich auch auf eine solche Waage gepasst, denn die Hausherrin war winzig. Vielleicht einssechzig groß und maximal fünfzig Kilo schwer. Den Chirurgen belustigte, wie sie pausenlos zwischen Küche und Speisezimmer hin- und herlief und ihn und seine Frau in der Hoffnung, ihnen ein Kompliment für ihre Kochkünste abzuringen, anlachte.

Dr. Ritzek schätzte seinen Kollegen fachlich und menschlich. Im Operationssaal konnte er sich blind auf ihn verlassen. Er hatte immer wieder festgestellt, dass der Anästhesist kaum ein anderes Gesprächsthema als die Medizin kannte. Aber da er nicht nur in seinem Fach beschlagen war, sondern sich auch für viele Bereiche der Medizin jenseits der Anästhesie interessierte, war das für Ritzek nie ein Problem gewesen. Manchmal hatte er sogar den Eindruck, dass es zwischen ihnen beiden eine Art Wettbewerb gab, wer von ihnen in wie vielen Fachgebieten auf dem neusten Wissensstand war. Sein Kollege gewann oft, aber das störte ihn nicht wirklich.

Außerdem mochte er das Haus der Rummels. Hinter der Villa weiter bergan lagen nur mehr Weingärten bis hinauf zur mächtigen Ruine der Burg Senftenberg.

Davor gab es bis zur Straße nach Krems ebenfalls nur Rieden und den Senftenberger Friedhof. Er wusste, dass seine Frau mit dem Blick auf diesen Friedhof ein Problem hatte. Selbst als ehemalige Krankenschwester hätte sie keine Freude damit, vom Wohnzimmer aus ständig mit dem Tod konfrontiert zu sein.

Als die Gastgeberin gerade aus der Küche auf Schuhen mit Bleistiftabsätzen, die sie wohl zehn Zentimeter größer machen sollten, und einer Platte aus Gmundner Keramik zwischen ihren dick behandschuhten Händen hereintänzelte, läutete Marlies Ritzeks Handy. Sofort nachdem sie sich gemeldet hatte, fiel ihrem Mann eine große Veränderung in ihrem Gesichtsausdruck auf. Nackte Angst.

»Martin? Wo bist du?« Ihre Stimme klang hysterisch. Die Hausfrau starrte ihren Gast mit offenem Mund an und vergaß dabei, die Platte abzustellen.

Marlies Ritzek hörte eine Minute zu, ohne ihren Sohn zu unterbrechen. Dann begann sich ihre Miene etwas zu entspannen. »Gut, dass du uns angerufen hast. Wir sind sicher bald zu Hause.« Noch bevor sie das Handy weggelegt hatte, begann sie aufgeregt zu erzählen. »Stellt euch vor, in Krems hat es einen Bombenanschlag gegeben. Genaueres weiß man noch nicht. Die Polizei hat die Strecke zwischen dem GEDESAG-Turm und der Wiener Brücke abgeriegelt und alle Bewohner evakuiert. Alle rennen aufgeregt herum, weil niemand in dem Abschnitt heraus oder hinein darf. Martin ist mittendrin, weil dort sein Mathematiknachhilfelehrer wohnt. Überall Polizei und Bundesheer. Er meint, dass wir sicher nicht über das Kremstal nach Hause fahren können. Wir sollen die Strecke über Stratzing nehmen.«

»Die Welt steht wirklich nicht mehr lang. Jetzt sprengen die Terroristen sogar schon Krems in die Luft. Das erklärt auch, warum der Hubschrauber geflogen ist«, ließ sich der Hausherr vernehmen.

Die Frau des Hauses hatte ihren Blick wieder auf die Platte in ihren Händen gerichtet. »Ich hoffe aber doch, dass ihr euch den Kalbsbraten gut schmecken lasst. Er ist nach einem speziellen Rezept von Paul Bocuse. Wäre jammerschade, wo ich mir solche Mühe gegeben habe.«

## 7. April, 21:10 Uhr

Felix Frisch hatte natürlich mit einem Blick gesehen, dass jede Hilfe zu spät kam. Der rote Sportflitzer war der Breite nach in zwei Teile gerissen. Interessanterweise war die Motorhaube fast intakt geblieben. Auch dem Gesicht von Hilde Dahlmeyer konnte er auf den ersten Blick nicht ansehen, dass nicht mehr genug Körper übrig war, um den Kopf zu halten. Er war Polizist genug, um zu wissen, was in dieser Situation von ihm erwartet wurde.
Keine drei Minuten nach seinem Telefonanruf hörte er von allen Seiten Sirenen, deren Lautstärke in Windeseile zunahm. Er wusste auch, dass er die Besucher des Gasthauses, die alle, wie ihm vorkam, ohne Anzeichen von besonderer Vorsicht auf die Straße gelaufen waren, wieder in das Lokal mit der unmissverständlichen Anweisung zurückdrängen musste, dort so gut es ging Schutz zu suchen.

Nachdem er dem diensthabenden Kommandanten kurz Bericht erstattet hatte, war er von ihm beauftragt worden, gemeinsam mit den Besatzungen der vier Streifenwagen, die bereits am Tatort eingetroffen waren, den Bereich großräumig abzusichern und jede Person am Betreten oder Verlassen zu hindern. Er bezog gemeinsam mit drei Kollegen bei der Wiener Brücke Posten.

Der Dienstälteste nahm die dortige Ampelanlage außer Betrieb und gab allen von der Wachaubrücke und von der Unteren

Landstraße kommenden Autofahrern mit energischen Handzeichen die Anweisung, entweder wieder umzukehren oder Richtung Langenloiserberg weiterzufahren. Felix Frisch kümmerte sich um die Fußgänger. Die Nachricht von der Explosion schien sich blitzschnell herumgesprochen zu haben. Er hatte jedenfalls um diese Uhrzeit noch nie so viele Leute auf der Brücke gesehen.

Der Revierinspektor war von sich selbst überrascht. Es war nicht einmal eine Viertelstunde her, dass er sich von der Frau, die während der letzten Wochen das Ziel seiner erotischen Fantasie gewesen war, verabschiedet hatte. Sie war höchst lebendig und trotz ihrer altjüngferlichen Verkleidung bildschön auf die Straße getreten. Jetzt war sie tot, und er konnte nicht einmal um sie trauern.

War er einfach zu beschäftigt dazu, und die Trauer würde später kommen? Oder war er einfach zu sehr Polizist, der den Umgang mit Tod gewohnt war?

Wahrscheinlich hatte er sich da ohnehin in ein Gehirngespinst verrannt. Das war doch eine Frau gewesen, die an jedem Finger zehn haben konnte. Warum hätte sie sich da ausgerechnet mit einem wie ihn abgeben sollen?

Da fiel ihm ein, dass der Zettel mit seiner Telefonnummer noch in ihrer Tasche stecken musste. Ein kleiner Zettel, der in einer Gesäßtasche steckte, würde wahrscheinlich auch eine solche Explosion unversehrt überleben.

Das hatte ihm gerade noch gefehlt. Wieso hatte er auch so aufdringlich sein müssen? Der Zettel würde wahrscheinlich unangenehme Fragen auslösen. Nicht nur auf dem Wachzimmer, vor allem zuhause. Nicht auszuschließen, dass die Geschichte mit dem Zettel den Weg vom Wachzimmer zu seiner Frau fand. Die Vorstellung flößte ihm Angst ein. Höchste Zeit, dass er sich für die Telefonnummer in der Tasche des Opfers eine Erklärung einfallen ließ. Wenn sie besonders clever ausfiel, könnte sie ihm vielleicht sogar nützlich sein.

## 7. April, 21:15 Uhr

Der Polizeidirektor war froh gewesen, aus einer Vorstellung am Landestheater geholt zu werden. Es machte natürlich etwas her, wenn der Polizeioffizier, der im Theater Dienst hatte, mitten im Stück aufsalutierte und ihm dann etwas ins Ohr flüsterte.

Diese Aktion war wohl den meisten Besuchern aufgefallen und signalisierte zugleich Bedeutung und Gefahr. Es musste beinahe dramatisch gewirkt haben, als er seiner Frau in höchster Eile einen Kuss gegeben hatte und aus dem Saal geeilt war. Außerdem fand er das Stück schrecklich. »Bash« von einem gewissen Neil LaBute. Von dem hatte er zuvor noch nie etwas gehört, obwohl seine Frau, die er im Verdacht hatte, noch ehrgeiziger zu sein als er selbst, meinte, dieser Herr LaBute wäre ein amerikanischer Dramatikerstar von Weltgeltung.

Der Star konnte ihm gestohlen bleiben. Noch vor seinem Amtsantritt hatte sie ihm verkündet, oder besser gesagt angedroht, ihn um seiner Karriere willen den St. Pöltner Kulturbezirk rauf- und runterzuschleifen. Theater, Musik, Ballett – überall mussten die Marbolts Präsenz zeigen. Und er durfte sich nie abschätzig über einen solchen Abend äußern, bevor sie ihm dafür nicht grünes Licht gegeben hatte. Das geschah meist nach Lektüre der Rezensionen.

Als er sich in den rechten Vordersitz seines Dienstaudis fallen ließ, der schon mit laufendem Motor und eingeschaltetem

Blaulicht vor dem Eingang des Theaters wartete, war er wieder in seinem Element. Bombenanschlag. Nicht diese lächerlich gekünstelte Mordatmosphäre aus dem Theaterstück, sondern echt. Was brauchte ihn jetzt noch die Niederlage interessieren, die ihm der Kremser Staatsanwalt bereitet hatte?

Der hatte ihm klargemacht, dass es kein Engagement einer deutschen Forensikerin geben würde. Das war viel zu teuer und zum jetzigen Zeitpunkt auch verfrüht. Die Niederlage buchte er auf das Konto von Doris Lenhart.

Immerhin war die deutsche Forensikerin ihre Idee gewesen. Er war dem nur gefolgt, weil er sie motivieren wollte. Das würde ihm eine Lehre sein.

Keine Minute später hatte er den Kremser Bezirkspolizeikommandanten am Telefon, der ihm einen ausführlichen Lagebericht gab. Dieser bestätigte ihm, dass der Entschärfungsdienst des Bundeskriminalamts bereits unterwegs war. Nachdem er ihn gebeten hatte, einen Streifenwagen zur neuen Kremser Donaubrücke zu schicken, der ihn zum Tatort lotsen sollte, legte er auf. Als Nächstes rief er den Chef des Landesverfassungsschutzes an und beorderte ihn und seine Leute nach Krems.

Er wies seinen Chauffeur an, das Folgetonhorn einzuschalten und aufs Gas zu steigen. Als sein Wagen mit 170 Stundenkilometern Herzogenburg passierte, wählte er die Handynummer von Doris Lenhart. Er war überrascht, dass sie schon nach dem zweiten Freizeichen abhob.

»Servus! Ich nehme an, du hast schon gehört, was in Krems passiert ist.« Er hörte ihr fünf Sekunden zu. »Was, du bist schon kurz vor der Brücke? Dann drossle bitte deine Geschwindigkeit. Ich bin in spätestens zehn Minuten dort. Du triffst dann zwei Minuten nach mir am Tatort ein, haben wir uns verstanden? Außerdem ist das ein Fall für den Verfassungsschutz. Der hat Vorrang, damit das klar ist. Aber selbstverständlich wirst du ihm mit deinen Leuten assistieren. Wir sehen uns später. Ich versuche jetzt noch, den Herrn Minister zu erreichen.«

## 7. April, 21:30 Uhr

Gleich nachdem Marbolt aufgelegt hatte, gab Doris die Worte ihres neuen Chefs an Spencer weiter, der auf dem Beifahrersitz des grün-weißen Škodas saß. Sie parkte das Auto des Landeskriminalamts in der Auhofstraße ein.

Hier musste der Audi vorbeikommen, wenn er Richtung Wachaubrücke und dann weiter zur Wiener Brücke fahren wollte.

»Hast du schon einmal so ein Arschloch gesehen? Will als Erster am Tatort sein. Und sagt das auch noch ganz unverblümt. Wahrscheinlich wäre es ihm am liebsten, wir würden ihn mit schwingenden Palmwedeln ehrfürchtig begleiten.« Spencer legte seine Hand auf den Arm seiner Chefin. »Nicht dass ich dich aufstacheln möchte. Aber so etwas kann man ihm nicht durchgehen lassen. Jetzt kannst du zeigen, was du drauf hast.«

»Da kannst du dich drauf verlassen. Der Mensch wird noch bereuen, diesen Posten angenommen zu haben, das schwöre ich dir. Das Problem ist nur, dass wir nebenbei noch einen Bombenanschlag aufklären müssen. Aber das kriegen wir schon hin. Ich bin froh, dass mich Erich jetzt nicht sieht. Der würde immer nur sagen: Beruhige dich, mein Schatz!« Sie sah im Rückspiegel, dass zwei Fahrzeuge mit Blaulichtern bei Rot in die Auhofstraße einbogen. »Da kommen sie. Wir fahren in zwei Minuten los.«

Der Chauffeur des Audis hatte den Škoda offensichtlich erkannt und blinkte die beiden Kriminalbeamten an, ohne allerdings seine Geschwindigkeit zu reduzieren. Doris sah beim Vorbeifahren, dass Marbolt telefonierte. Spencer sah seine Chefin verschmitzt an. »Ich wette, du hast schon einen Plan.«

»Ehrlich gesagt, nein. Aber mir wird schon etwas einfallen. Verlass dich drauf. So, jetzt hinterher.«

Als ihr Auto keine zwei Minuten später bei der Wiener Brücke von einem Polizeibeamten hinter dem Wagen ihres Chefs eingewiesen wurde, und sie gemeinsam mit Spencer ausstieg, hörte sie Marbolt, wie er gerade eine Frage an den Bezirksparteikommandanten richtete.

»Wie schaut es mit Medien aus?«

»Die lokale Presse ist schon da. Die Wiener Zeitungen und das Fernsehen noch nicht. Wird aber nicht mehr lange dauern. Schätze, dass sie in einer halben Stunde da sind.«

Marbolt blickte auf die Uhr. »Jetzt ist es halb zehn. Dann werde ich um, sagen wir, viertel elf eine kurze Presseerklärung abgeben. Vielleicht kannst du mir in der Zwischenzeit die Fakten, soweit wir sie bis jetzt kennen, auf einem Blatt Papier zusammenschreiben.«

Die Chefinspektorin sah, dass sich ihr Kremser Kollege sichtlich bemühte, auf seinem Gesicht keine Regung erkennen zu lassen. »Hast du schon eine Ahnung, wann der Entminungsdienst aus Wien da sein wird?«

»Ich habe gerade mit einem ihrer Leute telefoniert. Wohnt in Tulln und sollte daher gleich da sein. Aber bis die mit ihren ganzen Gerätschaften aus Wien hier sind, wird seiner Meinung nach noch mindestens eine Stunde vergehen. Der Panzerwagen fährt nicht schneller als achtzig Stundenkilometer.«

»Und die Tote ist tatsächlich eine Gemeinderätin von der FPÖ? Könnte ein Hinweis auf einen terroristischen Anschlag sein, ohne natürlich vorschnelle Schlussfolgerungen ziehen zu wollen.«

»Sie ist offiziell noch nicht identifiziert, aber an der Identität kann es nicht den geringsten Zweifel geben. Einer unserer Revierinspektoren ist mit ihr noch zwei Minuten vor der Explosion beisammen gesessen, bei einer Vorstandssitzung des hiesigen Kegelklubs. Er hat dabei übrigens eine interessante Beobachtung gemacht.«

»Welche denn?«, fragte Marbolt.

»Das soll er dir am besten selbst sagen.«

»Dann soll er gleich herkommen.« Der Bezirkspolizeikommandant wandte sich an einen Beamten und befahl ihm, Felix Frisch zu suchen.

»Eine Frage noch: Sind die Angehörigen schon verständigt?«

»In Krems lebt noch die Mutter des Opfers. Aber wir haben sie natürlich noch nicht verständigt. Wir wollten zuerst euer Eintreffen abwarten.«

»Perfekt. Ist unsere Doris schon da?« Marbolt blickte umher, als müsste er die Chefin der Mordkommission erst suchen. »Da ist sie ja. Doris, ich habe für dich eine Aufgabe, für deren Erledigung niemand besser geeignet ist als du. Einer unserer Kremser Kollegen wird dich zur Mutter des Opfers bringen. Du wirst ihr bitte in deiner bewährten Art, den Tod der Tochter so schonungsvoll wie möglich beibringen und sie bitten, die Tote offiziell zu identifizieren. Die Identifizierung kann aber bis morgen warten.«

## 7. April, 22:10 Uhr

Obwohl Doris Lenhart ihre Kindheit in Krems verbracht hatte, war sie nie im Melkerhof in der Steiner Landstraße gewesen. Dessen Innenhof, der wegen seiner baulichen Schönheit und optischen Harmonie viele Touristen anzog, hatte sie damals nicht interessiert. Als sie jetzt aus dem Streifenwagen ausstieg, stand ihr der Sinn ebenfalls nicht nach dem Genuss eines kunsthistorischen Leckerbissens, egal wie viele Jahrhunderte er alt sein mochte.

Sie suchte an den gut beleuchteten Schildern des Eingangstores nach dem Namen »Dahlmeyer«. Sie läutete und war überrascht, die Stimme einer Frau zu hören, die nur »Durch den Hof links. Tür acht« sagte.

Doris hatte eigentlich die Frage erwartet, wer zu so später Stunde noch läutete. Die Chefinspektorin ging ein paar Schritte durch den Innenhof und stieg dann über wenige Stiegen ins Obergeschoss des einstöckigen Gebäudes.

Kaum oben angekommen, blickte sie in das schmale Gesicht einer Frau, das Trauer und Würde zugleich ausstrahlte. Die Frau stand in der offenen Tür. Sie trug ein halblanges Dirndl und hatte sich die Haare offensichtlich frisch zurechtgemacht. Mit einer Stimme, die hörbar um Haltung bemüht war, sagte sie: »Ich habe Sie schon erwartet. Bitte kommen Sie weiter.«

Doris entschied sich, nicht zu antworten, und ging schweigend auf die Tür zu.

»Ich kann Ihnen leider nicht die Hand geben. Dazu schmerzen mich meine Hände zu sehr.«

Die Chefin der Mordkommission blieb vor der Tür stehen. »Ich nehme an, Sie haben mich nicht nur erwartet, sondern

Sie wissen auch, warum ich hier bin. Mein Name ist Doris Lenhart vom Landeskriminalamt.« Sie sah in den Augen der alten Frau, in denen jetzt die Trauer die Oberhand gewonnen hatte, dass sie auf keine Bestätigung ihrer Vermutung warten musste.

»Frau Lenhart, Sie wissen sicher, wie Nachbarn manchmal sind. Eine meiner netten Nachbarinnen hat vor einer Viertelstunde an meiner Tür geklopft und mich aufgefordert, meinen Fernseher aufzudrehen. Es wäre etwas Schreckliches passiert, hat sie gesagt. Ich habe das Auto meiner Tochter gleich erkannt, auch wenn die Kamera ziemlich weit weg gewesen sein muss. Bitte kommen Sie weiter. Vielleicht gehe ich besser vor.«

Als Doris hinter Frau Dahlmeyer aus der kleinen Diele in ein Wohnzimmer trat, dessen dunkelbraune Samtvorhänge völlig zugezogen waren, fiel ihr Blick als Erstes auf einen Tisch, der mit einem hellgrünen Tischtuch bedeckt war. Darauf lagen die Porträtfotos von drei Personen, vor denen jeweils eine brennende Kerze stand.

Frau Dahlmeyer war der Blick der Chefinspektorin offensichtlich nicht entgangen. Sie setzte sich auf einen ebenfalls dunkelbraun gepolsterten Sessel und sagte mit fester Stimme: »Ich wohne seit meiner Kindheit hier. Als ich fünf gewesen bin, hat mir hier meine Mutter vom Soldatentod meines Vaters erzählt. Den können Sie auf dem Bild links sehen. Vor fünfzehn Jahren habe ich hier am Telefon die Nachricht von meinem Giselher erhalten. Er ist bei einem Autounfall in Australien gestorben, wohin er vor mehr als zwanzig Jahren ausgewandert ist. Das ist der Mann in der Mitte. Und heute also meine Kriemhild.« Die alte Dame drehte ihren Kopf weg und hielt ihre linke Hand an ihre Lippen, die leicht zitterten.

»Gnädige Frau, ich möchte Ihnen zunächst mein tiefes Mitgefühl aussprechen.« Die Chefinspektorin hatte sich mittlerweile ebenfalls gesetzt, nachdem sie von ihrer Gastgeberin mit einer kurzen Bewegung dazu eingeladen worden war.

Die alte Frau schien die Bemerkung der Chefinspektorin gar nicht wahrzunehmen. »Dabei habe ich mich so auf unsere heutige ›Mensch, ärgere dich nicht‹-Partie gefreut.« Frau Dahlmeyer verstummte. Doris wagte nicht, selbst etwas zu sagen.

»Kriemhild, mein Liebling. Warum hast auch du mich jetzt verlassen?« Brunhilde Dahlmeyer blickte auf das Foto ihrer Tochter. Lang, stumm und ohne Tränen.

Dann wandte sie sich mit einem Ruck an die Kriminalbeamtin. »Als die Nachricht vom Tod meines Vaters gekommen ist, hat meine Mutter auch nicht geweint. Ich erinnere mich noch sehr genau, obwohl ich erst fünf gewesen bin. Sie hat nur gesagt, dass in unserer Familie die Frauen zwar trauern, aber nicht weinen. Deshalb bemühe ich mich, jetzt auch nicht zu weinen.« Wieder senkte sie ihren Kopf und Doris sah, dass sie ihre Hände mit dicken Knoten an den Fingergelenken anstarrte.

»Irgendwie habe ich immer Angst gehabt vor diesem Tag. Jemand, der sein Leben so wie meine Tochter in vollen Zügen genießt, wird vom Schicksal dafür bestraft. Deswegen habe ich ihr auch zugeredet, sich politisch zu betätigen. Damit sie nicht nur Kleider und Männer im Kopf hat. Aber es ist zu spät gewesen.«

Die Chefinspektorin, der die Selbstdisziplin der Mutter übermenschlich erschien und dadurch die Trauer noch intensiver miterlebte, hielt den Zeitpunkt für gekommen, die Führung des Gesprächs zu übernehmen. »Habe ich Sie richtig verstanden, Frau Dahlmeyer, dass Ihre Tochter auf dem Weg zu Ihnen gewesen ist?«

Die Mutter der Toten richtete ihren Blick auf einen kleinen Tisch, der neben einer Nähmaschine stand, wie sie Doris noch aus dem elterlichen Haushalt kannte. »Ja. Wir haben einmal in der Woche ›Mensch, ärgere dich nicht‹ gespielt. Kriemhild hat dieses Spiel geliebt. Seit sie ein kleines Mädchen gewesen ist. Sie hat natürlich nie verlieren können. Schauen Sie.« Sie zeigte mit ihrer Hand auf das kleine Tischchen. »Da habe ich das Spiel schon für die heutige Partie hergerichtet. Vielleicht werde ich ihr das Spiel ins Grab mitgeben. Als letztes Lebewohl.«

»Sie verstehen sicher, dass ich Ihnen heute schon diese Frage stellen muss. Haben Sie eine Vermutung, wer Ihrer Tochter das angetan haben könnte? Wir können derzeit einen terroristischen Hintergrund nicht ausschließen, aber es könnte genauso gut auch ein Anschlag aus einem persönlichen Motiv gewesen sein. Wir ermitteln in alle Richtungen.«

»Das war sicher ein abgewiesener Verehrer. Die hat sie ja scharenweise gehabt. Beim letzten Mal hat sie mir erzählt, dass sogar ein Polizist aus ihrem Kegelklub zudringlich geworden ist. Richtig verfolgt soll er sie haben.«

»Das werden wir natürlich untersuchen. Soweit ich informiert bin, sind Sie die einzige Verwandte, die in Krems lebt?«

»Ich bin überhaupt die einzige Verwandte. Und bald wird es mich auch nicht mehr geben.«

»Werden Sie morgen in der Lage sein, ins Krankenhaus zu kommen, um Ihre Tochter zu identifizieren? Ich würde Sie selbstverständlich mit einem Wagen abholen lassen.«

»Was sein muss, muss sein.«

»Soll ich Ihnen eine Beamtin besorgen, die über die Nacht bei Ihnen bleibt?«

Frau Dahlmeyer blickte Doris mit traurigen Augen an. »Vielen Dank, Frau Lenhart. Aber eine Dahlmeyer kommt immer allein zurecht.«

Doris sah plötzlich ein Glitzern in den Augen der Mutter. Am liebsten hätte sie selbst losgeheult.

## 7. April, 22:25 Uhr

Als die Chefinspektorin an der Wiener Brücke aus dem Polizeiwagen stieg, sah sie, dass die Szene schon für die Presseerklärung ihres Chefs vorbereitet war. Die Straße Richtung Rehberg war von Scheinwerfern der Polizei und des Fernsehens hell erleuchtet. Ihr Chef blickte in die rechte Seitenscheibe seines Dienstwagens, kämmte die Haare und überprüfte den Sitz seiner Krawatte. Keine dreißig Sekunden später trat er aus dem Schatten. Zwei Fernsehteams schalteten ihre Kameras ein. Ein kurzes Blitzlichtgewitter setzte ein.

»Meine Damen und Herren. Ich versage es mir ausdrücklich, Sie willkommen zu heißen. Dazu ist der Anlass zu traurig. Im Hintergrund sehen Sie die Überreste eines Autos, in dem die bekannte und beliebte Kremser Boutiquebesitzerin und Gemeinderätin Hilde Dahlmeyer gestorben ist. Ich bitte Sie um Verständnis, dass wir Ihnen nicht gestatten können, näher an den Tatort zu rücken. Es geschieht zu Ihrer eigenen Sicherheit. Es besteht kein Zweifel, dass Frau Dahlmeyer einem Bombenanschlag zum Opfer gefallen ist. Das Auto muss noch vom Entschärfungsdienst, der mir im Übrigen bestätigt hat, dass wir an der Stelle, an der wir eben stehen, sicher sind, untersucht werden. Wir suchen auch noch die Gegend um das Gasthaus nach weiteren Sprengfallen ab.

Es ist noch zu früh, etwas über das Motiv für diese Schreckenstat zu sagen. Ich möchte aber ausdrücklich betonen, dass wir angesichts der politischen Tätigkeit von Frau Dahlmeyer auch in Richtung eines Terroranschlags ermitteln. Deshalb habe ich das Landesamt für Verfassungsschutz beauftragt, die Leitung der Untersuchungen zu übernehmen. Das ist auch im Sinne unseres Herrn Innenministers, mit dem ich vor wenigen Minuten gesprochen habe. Er wird morgen Vormittag selbst vor der Presse zu den Vorgängen Stellung nehmen.

Auch wenn ich natürlich nicht über die Hintergründe dieses feigen Anschlags spekulieren möchte, kann ich Ihnen dennoch eine Information geben, die unsere Ermittlungen in eine bestimmte Richtung lenken werden. Die Information verdanke ich einem unserer hervorragenden Polizeibeamten, der Frau Dahlmeyer von einer gemeinsamen Mitgliedschaft in einem Kremser Kegelklub kennt. Er hat mir soeben erzählt, dass sie sich ihm vor Kurzem anvertraut hat. Sie fühlte sich in jüngster Zeit verfolgt. Dieser aufmerksame Beamte hat die Sorgen von Frau Dahlmeyer so ernst genommen, dass er ihr erst vor zwei Stunden seine private Telefonnummer zur Verfügung stellte mit dem dringenden Ersuchen, sie bei Tag oder auch bei Nacht anzurufen, wann immer sie seine Hilfe bräuchte. Ich möchte diesem Mitglied des Kremser Polizeikorps an dieser Stelle für seine Umsicht ausdrücklich danken. Sie erlaubt uns, bereits jetzt konkrete Ermittlungsschritte einzuleiten.«

Doris war noch so aufgewühlt von ihrem Gespräch mit der Mutter des Opfers, dass sie ihrem Vorgesetzten nur mit halbem Ohr zuhörte. Sie hätte fast das Lob überhört, das dem Kremser Polizeibeamten zuteilgeworden war. Hatte sich das aus dem Mund von Frau Dahlmeyer nicht ganz anders angehört? Es konnte hier unmöglich von zwei verschiedenen Polizisten die Rede sein. In ihrem Gehirn begann ein Plan zu reifen. Eigentlich hätte sie sich schämen müssen, dass ihr gerade jetzt nach dem grausamen Tod einer so jungen Frau ein solcher Plan in den Sinn kam. Aber sie fühlte keine Scham. Sie hatte noch eine Rechnung offen, die sie so schnell wie möglich begleichen wollte. Mit sehr harter Münze. Spencer würde begeistert sein.

## 8. April, 09:10 Uhr

Marbolt hatte in der vergangenen Nacht einen Tiefschlag erlebt, aber dennoch recht gut geschlafen. Der Entschärfungsdienst des Bundeskriminalamts hatte einen Feuerwerkskörper als Auslöser der Explosion identifiziert. Er war beim Sicherungskasten unter dem Lenkrad montiert gewesen und bei einem offenen Auto sehr leicht anzubringen. Einer der Beamten hatte sogar gemeint, dass es sich bei diesem Feuerwerkskörper um einen von diesen überdimensionierten Schwarzpulverknallkörpern handelte, wie man sie in der Excalibur City im Niemandsland zwischen Tschechien und Österreich haufenweise kaufen konnte. Klang nicht gerade nach einem Ort, an dem sich Terroristen mit Munition eindeckten.

Geschlafen hatte er trotzdem gut. Seine Frau hatte ihn wegen seines Auftritts im Fernsehen, den sie natürlich live mitverfolgt hatte, mit Lob geradezu überschüttet. Souverän, entschlossen, aber keineswegs verbissen hatte er gewirkt, jeder Zoll ein Mann, der dem Zuseher Vertrauen und das Gefühl von Geborgenheit einflößte. Großartig. Er hatte sich das Band um eineinhalb Stunden zeitversetzt ebenfalls angesehen. Ja, seine Frau hatte recht. Dieser Auftritt würde den Leuten im Gedächtnis bleiben.

Er wollte den Verfassungsschutz noch eine Zeit lang ermitteln lassen, obwohl er selbst nicht mehr an einen Terrorakt glaubte. Zum Glück hatte er den Polizisten, dem er die Information über einen möglichen Verfolger verdankte, vor laufender Kamera erwähnt. Das war ein klarer Beleg dafür, dass er sich von Anfang an nicht auf einen terroristischen Anschlag festgelegt hatte. Terroristen verfolgten und bedrohten ihre Opfer bekanntlich nicht vorher.

Noch vor seiner Fahrt ins Büro hatte er beim Minister mit der Botschaft angerufen, dass die Presseerklärung des Ministers, die von ihm gestern noch ins Spiel gebracht worden war, für diesen Fall wohl nicht angebracht war. Sie würde dem Ereignis eine Aufmerksamkeit verschaffen, deren Dimension dem Anlassfall nicht gerecht würde. Diese Botschaft war sehr positiv aufgenommen worden, wie ihm schien.

Jetzt las er die Zeitungen, die ihre Andrucke noch spät in der Nacht wegen des Dahlmeyer-Falls gestoppt und verändert hatten. Er las sie genüsslich und voll Wohlbehagen, weil er überall groß im Bild war. Er fand sich sehr vorteilhaft getroffen. Auch der begriffsstutzigste Leser würde im neuen niederösterreichischen Polizeidirektor den unbestrittenen Chef im Ring erkennen. Einen Chef, der zu Höherem geboren war. Terrorverdacht machte sich immer gut. Konnte er diesen Verdacht bald unzweifelhaft ausschließen, kam das bei der Bevölkerung vermutlich noch besser an.

Er hatte noch in der Nacht mit dem Kremser Polizeikommandanten die ohnehin überfällige Beförderung dieses aufmerksamen Polizisten, dessen Namen ihm entfallen war, zum Gruppeninspektor vereinbart und ihm eingeschärft, ihn vom Termin der feierlichen Überreichung des Beförderungsdekrets zeitgerecht zu informieren. Diese Überreichung wollte er selbst vornehmen. Er würde auch für eine entsprechende mediale Begleitmusik sorgen.

Dann musste er an eine etwas unangenehmere Angelegenheit denken. Vielleicht hatte er den Reporter, der ihn bei seinem gestrigen Auftritt nach einem eventuellen Zusammenhang zwischen dem Skelettfund und der Autobombe gefragt hatte, doch etwas zu hart angefasst. Er hätte nicht gleich von einer »Schnapsidee« sprechen müssen. Es gab bis jetzt nicht den geringsten Hinweis auf einen Zusammenhang, und das hätte er dem Reporter genau so sagen sollen. Aber auch dieser kleine Ausrutscher war nicht weiter schlimm, denn der Mann war nur der Vertreter einer kleinen Lokalzeitung gewesen.

Er legte die Zeitungen weg und schaltete seinen PC ein. Er hatte noch in der Nacht alle ihm unterstellten Dienststellen angewiesen, ihm die Erstergebnisse ihrer Recherchen umgehend mitzuteilen. Als Erstes fand er einen Bericht der Chefin der Mordkommission. Laut Bildschirm um 23 Uhr 32 verfasst. Die Dame wollte ihm doch nicht mit ihrem Diensteifer imponieren? Er rieb sich das Kinn. Vielleicht war sie doch leichter kleinzukriegen, als er gedacht hatte. Betreff: Gespräch mit Mutter von Hilde Dahlmeyer. Ja, er gab schon zu, dass das eine delikate Aufgabe gewesen sein musste, um die er Doris nicht beneidete. Aber darüber gleich einen schriftlichen Bericht verfassen? Worin konnte dabei schon ein Wert für die weitere Untersuchung liegen? Zwei ganze Seiten knapp vor Mitternacht. Ihm blieb auch nichts erspart.

Er begann den Text zu überfliegen. Mutter sehr gefasst, um Haltung bemüht, imponierend. Geschenkt. Brunhilde Dahlmeyer würde den Täter im Kreis abgewiesener Verehrer suchen. Gar nicht unwahrscheinlich.

Die Tochter durfte seinen ersten Informationen nach immerhin ein ganz schönes Flittchen gewesen sein.

Was? Ein Kremser Polizist, der das Opfer aus ihrer gemeinsamen Tätigkeit bei einem Kegelklub kannte, soll auf eine ausgesprochen unangenehme Art und Weise zudringlich geworden sein? Höchste Zeit, dass er die Dienststelle in Krems genauer unter die Lupe nahm. Ein Polizist verfolgt das Opfer, das sich einem anderen Polizisten deswegen anvertraut? Sehr eigenartig. Abgesehen davon, dass die Kremser Kollegen offensichtlich rudelartig in Kegelklubs herumkugelten. Das musste er schnellstens abstellen.

Er lehnte sich in seinem Sessel zurück, stützte sich mit den Ellbogen auf die Armlehnen und faltete seine Hände. Er begann, einen schlimmen Verdacht zu spüren, der entlang des Rückgrats zu seinem Gehirn emporkroch und sich dort festsetzte.

Dieser Bericht durfte unter keinen Umständen in der Dienststelle zirkulieren. Er sah, dass Gerhard Malzacher eine Kopie erhalten hatte. Das machte die Sache noch unangenehmer, als sie ohnehin schon war, weil er dem weniger über den Weg traute als ihr. Aber das würde er schon hinkriegen. Wichtig war vor allem, dass von dem Bericht nichts nach außen dringen durfte. Er, Wolfgang Marbolt, würde sonst zum Gespött werden.

## 8. April, 09:40 Uhr

Der Anruf ihres Chefs hatte Doris nicht überrascht. Sie verblüffte schon eher, dass er einen Besuch in ihrem Büro angekündigt hatte. Der Besuch war mit der Bitte verbunden, auch ihren Stellvertreter einzuladen. Und das an einem Samstag. Er musste noch nervöser sein, als sie gedacht hatte.

Jetzt wartete sie mit Spencer, der vor zwei Minuten zu ihr gekommen war. Er grinste schon beim Eintreten übers ganze Gesicht, was ihre Stimmung noch mehr hob. »Jetzt verstehe ich, was Rache ist. Dem hohen Herrn geht offensichtlich der Arsch auf Grundeis. Ich kann dir gar nicht sagen, wie mich das freut.«

Die Chefinspektorin, die heute früh ihrem Gesicht mehr als die übliche Aufmerksamkeit gewidmet hatte und jetzt einen knapp knielangen schwarzen Rock und einen weißen Rollkragenpullover trug, redete auf ihren Stellvertreter ein: »Ich bitte dich, mach nicht ein Gesicht, als hättest du gerade die Nachricht erhalten, Österreich gegen Deutschland pfeifen zu dürfen. Wir stellen uns ganz dumm. So als wären wir ganz ahnungslos, was uns die Ehre des hohen Besuchs verschafft. Und sei vor allem nicht überrascht, egal, was ich sage. Ich lasse ihn schon nicht vom Haken, auch wenn es vielleicht auf den ersten Blick so aussieht. Ich will nur, dass der Genuss so lang wie möglich dauert.«

»Wird mir schwer fallen, aber ich werde mich bemühen.«

Keine zwei Sekunden später klopfte es. Auf ihr freundliches »Herein« trat Dr. Marbolt ein, der sich um einen lockeren und leutseligen Gesichtsausdruck bemühte. »Guten Morgen, meine Lieben!«

Doris und Spencer antworteten wie auf Kommando mit einem mindestens ebenso freundlichen »Guten Morgen!«.

Die Chefinspektorin stand von ihrem Sessel hinter dem Schreibtisch auf und ging dem Polizeidirektor entgegen. »Grüß dich. Was verschafft uns denn das Vergnügen? Komm bitte, nimm Platz. Magst du einen Kaffee?«

»Da sage ich nicht Nein. Dein Kaffee genießt ja in ganz St. Pölten einen sagenhaften Ruf.«

Nachdem er auch ihrem Stellvertreter, der beim Fenster lehnte, mit einem freundlichen »Servus, Spencer« die Hand geschüttelt und Doris bei der Abteilungssekretärin Kaffee für alle bestellt hatte, nahm er Platz.

»Ich habe eigentlich gar keinen besonderen Grund für meinen Besuch. Wollte nur wieder einmal vorbeischauen und mich bei euch beiden für eure großartige Arbeit bedanken. Ist wirklich vorbildlich, dass ihr auch am Samstag im Büro seid. Über Arbeit werdet ihr euch auch in den nächsten Tagen nicht beklagen können. Ganz schön schlimm, was da gestern in Krems passiert ist.«

Doris fielen die messerscharfen Bügelfalten seiner Hose auf. »Das Kompliment kann ich nur an dich zurückgeben. Die Zeitungen sind voll des Lobes über deinen gestrigen Auftritt.«

»Laut meiner Frau soll ich auch im Fernsehen ganz gut rübergekommen sein. Aber die neigt immer zur Übertreibung.«

»Ehefrauen haben für so etwas ein sehr gutes Gefühl. Ich selbst habe davon leider nichts mitbekommen. Ich bin gleich nach meinem Besuch bei der Mutter des Opfers nach Hause gefahren. Hat mich zu sehr mitgenommen.« Sie beobachtete Marbolt genau und glaubte, einen Ausdruck der Erleichterung in seinem Gesicht zu erkennen.

»Ich habe selbstverständlich deinen Bericht gelesen. Ich bin überzeugt, dass das niemand besser als du hingekriegt hätte. Die arme Frau muss völlig verwirrt gewesen sein.«

Gute Eröffnung, dachte Doris. Aber nicht gut genug. »Also, verwirrt würde ich nicht sagen. Im Gegenteil. Sie hatte sich ganz toll im Griff. War völlig klar im Kopf.« Sie sah, wie Spencer, der seinen Platz am Fenster nicht verlassen hatte, versonnen und scheinbar unbeteiligt seinen Kaffee umrührte. Sie wusste genau, was er jetzt dachte.

»Vielleicht ist verwirrt der falsche Ausdruck. Aber gleich auf einen unserer Kollegen als möglichen Täter hinzuweisen, ist doch wohl sehr vorschnell gewesen. Ich bin überzeugt davon, dass die alte Dame den Vorwurf heute so nicht mehr wiederholen würde.«

»Das bezweifle ich. Wenn es dir wichtig ist, fragen wir sie heute gern noch einmal. Und nachdem ich vielleicht voreingenommen sein könnte, schlage ich vor, dass sich Spencer um die Sache kümmert. Im Übrigen ist das Ganze bestimmt gar nicht so wichtig. Der Kremser Kollege, wie immer er heißt, war sicher nicht der Mörder.«

»Sehe ich genauso. Es wäre auch schade, Spencer mit so einer Kleinigkeit zu bemühen. Für ein Kaliber wie ihn gibt es wahrhaft Wichtigeres zu tun. Am einfachsten wäre es, wir ziehen den Bericht aus dem Verkehr. Wenn es euch ein Anliegen ist, könnt ihr ja bei Gelegenheit den Kremser Kollegen ganz diskret unter die Lupe nehmen. Wichtig ist nur, dass darüber nichts an die Öffentlichkeit dringt, solange es keine handfesten Beweise gibt. Gerade die Spitzen der Polizei und des Kriminalamts haben auch eine Verpflichtung, den Korpsgeist hochzuhalten. Ich werde übrigens den Verfassungsschutz wieder abziehen und euch beiden die Federführung bei der Untersuchung des Mordfalls übertragen.«

»Wir wissen dein Vertrauen zu schätzen. Was mich anlangt, kann ich mit einer sehr diskreten Handhabung der Polizisten-Causa sehr gut leben. Spencer, was meinst du?«

Doris sah, dass ihr Stellvertreter ein Grinsen nur mühsam unterdrücken konnte.

»Unser Chef hat völlig recht. Außerdem bin ich der Letzte, der sich mit einer alten Lady herumschlagen möchte. Ich tue so, als hätte ich den Bericht nie gelesen.«

Der Polizeidirektor stellte seine noch halb volle Kaffeetasse ab und stand auf. »So gefällt es mir. Wir haben wirklich Wichtigeres zu tun. Apropos, ich muss ins Büro zurück, weil ich ein Telefonat des Herrn Ministers erwarte. Muss ihm ausreden, dass er sich im Fall Dahlmeyer zu Wort meldet. Ihr beide wisst ja, wie Politiker sind. Können der Versuchung durch ein Mikrofon nicht widerstehen.« Er verabschiedete sich von beiden mit einem kräftigen Händedruck und fixierte dabei ihre Augen. Nachdem der Polizeidirektor die Bürotür hinter sich geschlossen hatte, setzte sich Spencer. »Weißt du, was mich an der Sache am meisten ärgert? Dass der Mensch uns für blöd hält.«

»Das wird er sich schon noch abgewöhnen. Verlass dich drauf. Der kommt schon noch in meine Gasse. Danke, dass du so brav mitgespielt hast. Wir mimen auf alle Fälle die reinsten Unschuldslämmer.«

## 8. April, 11:50 Uhr

Gestern Nacht hatte sie das schmiedeeiserne Tor gar nicht bemerkt, das neugierigen Besuchern den Zugang zum Innenhof versperren sollte. Der Efeu war ihr ebenso entgangen, der die gegenüberliegende Hausmauer bedeckte. Sie erinnerte sich bloß an die Stiege, die zum Wohntrakt führte, aber nicht an den Eingang, der von stark gestutzten Weinreben bewacht wurde und mehrere Hundert Jahre alt sein musste. Am Eingangstor hatte sie eine Tafel gesehen, auf der drei Ferienwohnungen angeboten wurden. Einen stimmungsvolleren Standort für Wachau-Urlauber konnte sich Doris kaum vorstellen. Sie sah Brunhilde Dahlmeyer, die schon im überdachten Gang des Wohntrakts auf sie wartete. So rasch sie konnte, lief sie die paar Stiegen hinauf, um die alte Frau zu begrüßen. »Guten Tag, Frau Dahlmeyer. Ich weiß, es ist nicht der richtige Zeitpunkt. Aber ich muss es loswerden: Sie wohnen hier in einem kleinen Paradies.«

»Da haben Sie recht. Dieses Paradies hat aber auch schon einmal sehr schlechte Zeiten gesehen. Die ersten Jahre nach dem Krieg ist hier alles sehr verkommen gewesen. Bitte, kommen Sie weiter.«

Doris fiel auf, dass Frau Dahlmeyer das gleiche Dirndl trug, das sie schon gestern Nacht angehabt hatte.

»Trinken Sie mit mir einen Kaffee?«

»Gern.« Doris setzte sich auf den Sessel, den ihr die Gastgeberin anbot. Ebenfalls der Gleiche wie gestern.

»Das habe ich mir schon gedacht. Meine Kriemhild hat auch zu jeder Tages- und Nachtzeit Kaffee getrunken. Machen offensichtlich alle jungen Frauen heutzutage.« Frau Dahlmeyer verließ kurz den Raum und kam mit einem Tablett zurück, auf dem zwei Tassen und eine Kaffeekanne standen.

Doris lief ihr entgegen, um ihr das Tablett abzunehmen. »Kommen Sie. Lassen Sie mich das machen.« Die Chefinspektorin hatte die von Arthritis geplagten Hände der alten Dame nicht vergessen und stellte die beiden Tassen und die Kaffeekanne behutsam auf den Tisch.

»Wie geht es Ihnen denn?«

»Ich bemühe mich. Wie es mir meine Mutter beigebracht hat. Haben Sie Kinder, Frau Lenhart?«

»Ich habe zwei Töchter. Sechzehn und elf.«

»Wenn Sie an Gott glauben, dann sollten Sie zu ihm beten, dass er Sie nie hinter dem Sarg von einer der beiden gehen lässt.«

»Ich weiß nicht, ob ich mir überhaupt vorstellen kann, wie Ihnen zumute ist. Sie sind eine ungemein tapfere Frau.«

Brunhilde Dahlmeyer machte eine abwehrende Handbewegung. »Ich bin heute früh schon im Spital gewesen.«

»Ich hoffe, es hat mit der Abholung geklappt.«

»Ja, vielen Dank, dass Sie das für mich arrangiert haben. Wissen Sie, meine Tochter ist mir im Tod noch schöner erschienen als im Leben. Ihr Gesicht ist beinahe unverletzt geblieben.«

Doris entschloss sich, zu schweigen, und nahm einen Schluck Kaffee.

»Ich finde es übrigens sehr geschmacklos, dass dieser Polizist, der meine Kriemhild bedrängt hat, seinem Vorgesetzten gegenüber behauptet, sie wäre von jemandem verfolgt worden. Und lässt sich dafür auch noch vom Polizeidirektor belobigen. Das ist widerlich!«

Doris bemühte sich um einen besonders arglosen Ton. »Ich habe gestern nicht mehr ferngesehen. Aber ich habe von dieser Belobigung gehört. Wäre es nicht möglich, dass es sich gar nicht um dieselbe Person handelt?«

»Ausgeschlossen. Dieser Kegelklub wird ja nicht gleich zwei Polizisten im Vorstand haben. Aber deswegen sind Sie sicher nicht zu mir gekommen.«

»Ich verspreche Ihnen, mich um diesen Polizisten zu kümmern. Aber Sie haben recht, ich bin aus einem anderen Grund hier. Da wir derzeit eher nicht mehr von einem terroristischen Anschlag ausgehen, müssen wir uns natürlich um das private Umfeld Ihrer Tochter kümmern. Deshalb bin ich bei Ihnen. Ich hoffe, es macht Ihnen nichts aus, wenn ich mir Notizen mache.«

Doris nahm einen Notizblock und einen Kugelschreiber aus ihrer Tasche.

Frau Dahlmeyer nahm einen Schluck Kaffee, und Doris fiel die Mühe auf, die sie mit dem Halten der Tasse hatte.

»Das verstehe ich vollkommen. Allerdings muss ich vorausschicken, dass ich, wie wahrscheinlich viele Mütter, nicht allzu viel über das Privatleben meiner Tochter weiß. Ich habe Kriemhild wirklich geliebt. Wie man als Mutter eine Tochter nur lieben kann. Das hat mich aber nie daran gehindert, ihr wegen ihrem sehr lockeren Umgang mit Männern Vorhaltungen zu machen. Aber sie wollte nie auf mich hören.«

»Habe ich Sie gestern richtig verstanden, dass sie nicht verheiratet gewesen ist?«

»Leider nicht. Dabei hätte ich mir nichts sehnlicher als Enkelkinder gewünscht. Es hätte mich nicht einmal gestört, wenn sie mir einen Enkel ohne Ehemann geschenkt hätte. Aber davon hat sie nie etwas wissen wollen. Weder mit noch ohne Ehemann. In letzter Zeit ist sie mit einem Wiener Rechtsanwalt liiert gewesen. War sicher verheiratet, obwohl sie nie etwas in der Richtung gesagt hat. Aber den hat sie abserviert, weil sie sich in einen Fitnesstrainer verschaut hat, soweit ich das mitbekommen habe. Auch aus Wien. Meine Tochter mit einem Fitnesstrainer. Schrecklich.«

»Kennen Sie zufällig die Namen?«

»Den Namen des Anwalts habe ich mir aufgeschrieben. Ich glaube, der steht auf einem Zettel in der Dose da, die neben dem ›Mensch ärgere dich nicht‹-Spiel steht.«

Sie zeigte auf das kleine, mittelbraune Tischchen, das Doris schon gestern aufgefallen war, und das sie aufgrund des Schwungs der Beine für ein Möbel aus dem späten Biedermeier hielt. »Gebe ich Ihnen, wenn Sie gehen. So muss ich nicht zweimal aufstehen.«

Doris sah, dass sich Frau Dahlmeyer ein leichtes Lächeln abrang. »Danke sehr. Den Fitnesstrainer machen wir auch so ausfindig. Und wie sieht es mit dem Kremser Bekanntenkreis aus?«

Frau Dahlmeyer schüttelte bedächtig den Kopf. »Wie gesagt. Mütter wissen in dieser Hinsicht oft wenig über ihre Töchter. Aber ich bezweifle, ob da in den letzten Jahren wirklich wer gewesen ist. Ganz sicher nicht seit der letzten Gemeinderatswahl, bei der sie die meisten Vorzugstimmen bekommen hat.«

Doris sah, dass das traurige Gesicht der alten Frau für ein paar Sekunden Anzeichen von Stolz zeigte.

»Wissen Sie zufällig, ob Ihre Tochter mit jemandem eine heftige politische Auseinandersetzung gehabt hat?«

»Das kann ich mir ehrlich gesagt nicht vorstellen. Da hätte ich doch sicherlich etwas gehört. Krems ist ja klein. Und die Leute im Gemeinderat haben sich eigentlich alle ziemlich gut miteinander vertragen. Hochpolitisch ist es da auch selten hergegangen.«

Doris machte sich eine Notiz. »Die letzte Frage ist mir wirklich peinlich, aber ich muss sie stellen. Sind Sie die einzige Erbin nach Ihrer Tochter? Oder wissen Sie von einem anderen Erben oder einer anderen Erbin?«

»Das braucht Ihnen gar nicht peinlich zu sein. Ich verstehe die Frage vollkommen. Ich bezweifle, ob meine Tochter ein Testament gemacht hat. An so etwas hat sie sicher nicht gedacht. Wahrscheinlich werde daher ich ihre Wohnung auf dem Dominikanerplatz erben. Achtzig Quadratmeter. Sonst hat sie über kein Vermögen verfügt. Das Auto ist ja jetzt kaputt. Wahrscheinlich wird sie auch ein bisschen etwas auf der Bank haben.«

»Danke für Ihr Verständnis. Dann möchte ich Sie vorerst nicht länger aufhalten.« Doris steckte Notizblock und Kugelschreiber weg.

»Es ist schade, dass Sie schon gehen.«

Die Chefinspektorin merkte, dass Brunhilde Dahlmeyer keine Anstalten traf, aufzustehen. Sie sah ein Flehen in den Augen der trauernden Mutter. »Ich bin sicher nicht das letzte Mal hier gewesen.«

»Beim nächsten Mal müssen Sie mit mir eine Partie ›Mensch ärgere dich nicht‹ spielen. Das wird mich sehr an meine Kriemhild erinnern, aber vielleicht hilft es. Ich habe sonst niemanden mehr auf dieser Welt. Jedenfalls habe ich mich entschlossen, das Spiel zu behalten. Als Erinnerung.«

»Als Kind habe ich dieses Spiel selbst gern gespielt. Aber ich mache Sie darauf aufmerksam, dass ich Sie ohne Gnade schmeißen werde.« Doris lächelte die alte Dame an und war froh, ein Lächeln zurückzubekommen.

»Meine Tochter ist mindestens so gnadenlos wie Sie.« Frau Dahlmeyer hielt kurz inne. »Entschuldigung. Ich hätte sagen müssen, sie war mindestens so gnadenlos wie Sie.«

Die Stimme klang jetzt viel gebrochener, und Doris sah erneut das Glitzern in den Augen ihres Gegenübers, das sie schon gestern gesehen hatte. Was für eine Selbstbeherrschung, dachte sie bewundernd.

»Es fällt mir sehr schwer, mich an die Vergangenheitsform zu gewöhnen.«

## 8. April, 14:00 Uhr

Noch während der Rückfahrt von Krems hatte Doris mit ihrem Stellvertreter vereinbart, sich um 14 Uhr in ihrem Büro zu treffen und sich wegen der weiteren Vorgehensweise im Fall Dahlmeyer zu besprechen. Es war zwar Samstag, aber diese Sache konnte nicht warten. Sie wollte auch mit dem obersten Verfassungsschützer des Landes noch einmal reden, war aber sicher, dass der die Akte mit Handkuss an sie abtreten würde.

Spencer, der, wie sie amüsiert bemerkte, seit Neuestem den vor ihrem Schreibtisch stehenden Sessel zu meiden schien, lehnte mit seinem Rücken am Fenster. Der war so breit und massig, dass er fast zwei Fensterflächen abdeckte. »Außer einem Anwalt und einem Fitnesstrainer hast du nichts aus Krems mitgebracht? Schwer vorstellbar, dass einer von den beiden mit einer Bombe hantiert hat.«

»Reißt mich auch nicht von den Sitzen. Aber irgendwo müssen wir anfangen. Außerdem habe ich in Erfahrung gebracht, wie ich mich an Marbolt für gestern rächen kann, ohne meine Rolle als Unschuldslamm aufgeben zu müssen. Zunächst müssen wir aber nicht nur mit den beiden Männern reden, von denen Frau Dahlmeyer gesprochen hat, sondern auch mit allen Vorstandsmitgliedern des Kegelklubs. Sind die Leute, die zur Tatzeit in dem Gasthaus gewesen sind, schon ausfindig gemacht?«

»Ich habe vor einer halben Stunde mit dem Stadtpolizeikommandanten gesprochen. Er sagt, ja. Zwölf Leute. Acht Männer und vier Frauen. Aber keiner von ihnen hat etwas gesehen. Kein Wunder, wer schaut schon in einem Gasthaus bei Dunkelheit aus dem Fenster auf einen Parkplatz? Ein Mann kann sich wenigstens daran erinnern, dass das Opfer um circa sieben Uhr ihr Cabrio eingeparkt hat. Deckt sich mit dem Beginn der Vorstandssitzung. Weißt du übrigens, dass die Kegelbahn genau unter dem Kremser Pulverturm liegt? Sehr sinnig.«

»Natürlich weiß ich das. Ich habe lang genug in Krems gelebt. Wie schaut es mit den Anrainerbefragungen aus? «

»Die Kremser Polizei hat vier Beamte dafür abgestellt. Habe ich auch vom Polizeikommandanten. Aber bis jetzt nichts Greifbares.«

Doris legte ihre Stirn in Falten und drehte eine Strähne ihres schwarzen Haars um den linken Zeigefinger. »Wäre auch zu schön gewesen. Aber dass es ein einfacher Fall wird, daran habe ich sowieso nie geglaubt. Und du sicher auch nicht.«

»Ich hoffe, unser Herr Landespolizeidirektor sieht das ähnlich. Sonst wird er von sich hören lassen.« Spencer sah seine Chefin an, die sich bemühte, ihrem Gesicht keine Vorfreude anmerken zu lassen. Vergeblich. »Diesen Gesichtsausdruck kenne ich bei dir. Ist immer der Vorbote für eine faustdicke Gemeinheit.«

»Ich bin zwar keine Expertin für Freistilringen, aber den Fachausdruck Doppel-Nelson kenne ich. Du auch?«

»Natürlich. Da bin ich jetzt aber gespannt.«

»Kannst du auch sein. Mehr sage ich noch nicht. Damit du selbst unter Folter nichts verraten kannst.« Die Chefinspektorin lachte, fuhr dann aber in einem sehr geschäftsmäßigen Ton fort: »Im Ernst. Haben wir wenigstens an der Skelett-Front etwas Neues?«

»Die Sache habe ich wegen des Dahlmeyer-Falls schleifen lassen. Auf den einen oder anderen Tag wird es da nicht ankommen. Aber Anfang der nächsten Woche wissen wir mehr.«

»Also gut. Dann wünsche ich dir noch ein schönes Wochenende. Wieder in Sachen Fußball unterwegs?«

»Sowieso. Morgen geht es nach Langenrohr. Bezirk Tulln.«

»Du wirst lachen, aber von dem Kaff habe ich schon gehört. Die haben dort einen Bürgermeister mit Namen Leopold Figl. Weiß ich von meinem Erich. Vielleicht kommt der Bürgermeister auch auf den Fußballplatz. Dann kannst du deinen Enkelkindern einmal erzählen, dass du dem Leopold Figl die Hand geschüttelt hast.«

»Wenn ich welche hätte. Aber danke für den Tipp. Von dir kann man immer etwas lernen.«

Doris nahm ein paar Unterlagen vom Schreibtisch und stand auf. »Ich treffe jetzt noch die Verfassungsschützer. Dann fahre ich auch nach Hause.«

## 8. April, 18:00 Uhr

Elfriede Frisch hatte ihren beiden Kindern eingeschärft, heute Abend unbedingt zuhause zu sein. Es gab etwas zu feiern. Sie hatte sogar einen Guglhupf gebacken. Keinen gewöhnlichen, sondern einen Marmorguglhupf. Sie hatte schon lange Zeit keinen mehr gebacken, obwohl sie wusste, wie sehr ihn Felix liebte.

Seit gestern Nacht kam er ihr wie ausgewechselt vor. Zuerst hatte er sie aus dem Bett geholt, ihr ihren Schlafrock gebracht und sich dann gemeinsam mit ihr vor den Fernseher gesetzt. Ohne ein Wort zu sagen. Hätte sie nicht das Strahlen in seinem Gesicht gesehen, sie hätte sich sicher Sorgen um ihn gemacht. Sie wusste allerdings nicht, was das Ganze zu bedeuten hatte, weil die Geschichte mit der Autobombe völlig an ihr vorbeigegangen war. Erst als der Landespolizeidirektor groß ins Bild kam, hatte Felix zu erzählen begonnen. Zuerst hatte ihn Elfriede fast nicht verstanden, weil er so aufgeregt war. In dem Moment, als dieser Dr. Marbolt von einem besonders aufmerksamen Polizeibeamten zu sprechen begann, drehte er die Lautstärke so weit auf, dass man den Ton noch drei Häuser weiter gehört haben musste.

Wie sich ihr Felix gefreut hatte. Es war sicher nie ganz leicht für ihn gewesen, die vielen Kollegen die Karriereleiter hinaufklettern zu sehen, obwohl sie entweder mit ihm oder sogar erst nach ihm in den Polizeidienst eingetreten waren. Sie waren all die Jahre an ihm vorbeigeklettert. Aber damit war jetzt Schluss. Er war heute natürlich auf die Dienststelle gegangen, obwohl sein freier Tag war. Bestimmt, um sich von den Kollegen beglückwünschen zu lassen und in ihrem Lob zu baden. Das konnte sie ihm nicht verdenken.

Vor knapp vier Stunden hatte er sie angerufen und ihr erzählt, dass ihn der Stadtpolizeikommandant zu sich gebeten hatte, um ihm mitzuteilen, dass die vielen administrativen Schritte für die Beförderung zum Gruppeninspektor bereits eingeleitet worden waren, und dass der Landespolizeidirektor höchstpersönlich die Ernennungsurkunde überreichen würde. Es würde eine ganz besondere Auszeichnung sein. Er wäre der einzige Gruppeninspektor im ganzen Bezirk, dem eine solche Ehre zuteilwurde. Als er das erzählte, hatte seine Stimme dabei vor Stolz gebebt.

Sie hatte daraufhin die zweite Uniform ihres Mannes, die im Schrank ihres Schlafzimmers hing, herausgenommen und gründlich gereinigt. Dann hatte sie einen Stern aus einem silberfarbenen Stoff geschneidert und ihn neben den beiden Sternen an den Kragen genäht. Manipulationen an Uniformen waren natürlich verboten, wie sie genau wusste. Davon würde aber niemand erfahren, weil diese Aktion nur ein paar Stunden dauern sollte. Und nur für den Familienkreis gedacht war. Diese Geste war sicher ganz nach dem Geschmack ihres Felix. Ihre Kinder würden sich darüber wohl mehr amüsieren als freuen, aber das war ihr egal. Mittelpunkt des heutigen Abends sollte ihr Mann sein.

Sie hatte das blaue Kleid angezogen, das sie erst vor eineinhalb Jahren gekauft und bis heute ganz selten getragen hatte. Um die Hüften war es bereits etwas eng. Den Lippenstift durfte sie heute auch nicht vergessen. Auch den morgigen Sonntag würde sie zu einem besonderen Fest machen und ihrem Mann zu Ehren auf »Monk« verzichten.

## 9. April, 19:00 Uhr

Marlies Ritzek hatte sich schon am Nachmittag im Internet die Speisekarte vom Landhaus Bacher angesehen. Es ging ihr nicht nur um die Vorfreude, ihr war es auch wichtig, sich mit den vielen Bezeichnungen von Zutaten vertraut zu machen, die sie noch nie in ihrem Leben gehört hatte. Es wäre ihr am Abend peinlich gewesen, ihre Ignoranz vor dem Personal publik machen zu müssen. Nach einigem Hin und Her hatte sie sich entschieden, als Vorspeise den »mild gebeizten Ramsauer Alpsaibling mit Kräutercreme und Buttermilch-Holundermarinade« vom Frühlingsmenü zu bestellen. Sie war außerdem sicher, dass ihr Mann sich für die »Ravioli vom auf Holzkohle gegrilltem Spanferkel« aus dem Landhausmenü entscheiden würde. Schwierig war nur die Wahl des Hauptgangs.

Am liebsten hätte sie das »gegrillte Lamm & Harissa mit schwarzen Oliven, jungen Artischocken und Saubohnen« genommen. Obwohl sie weder vom Harissa noch von Saubohnen jemals zuvor gehört hatte. Ihr Mann konnte dann »gebratene Taube & Hibiskus auf Selleriepüree und Taubenschmorsaft mit Johannisbeeressig« essen, der aß immerhin auch Wachteln. Doch Lamm war sein Lieblingsfleisch, und wenn sie beide die gleiche Hauptspeise bestellten, roch das zu sehr nach Provinz. Diesmal musste Christoph zurückstecken. Schließlich hatte sie Geburtstag. Fünfundvierzig Jahre. Fast die Hälfte davon hatte sie mit ihm verbracht. Eigentlich wäre sie gestern noch gern zum Friseur gegangen, hatte mit Rücksicht auf ihren Mann dann aber darauf verzichtet. Er liebte ihre dunkelblonde Mähne. Vor allem, wenn sie etwas zerstrubbelt aussah. Sie hatte noch keinen Friseur gefunden, der ihre Haare so naturbelassen hinbekam, wie Christoph es mochte.

Als sie auf die Minute pünktlich mit ihrem Mann im Restaurant am Mauterner Südtirolerplatz eintraf, erlebte sie die erste angenehme Überraschung. Sie wurden von der Juniorchefin empfangen und an einen Tisch in der Bibliothek geführt, der unmittelbar vor einem Bücherregal stand. Als geübte Gastgeberin sah sie mit einem Blick, dass dieser hier eigentlich ein Tisch für vier Personen war. Gedeckt war allerdings nur für zwei.

Sehr nobel von der Juniorchefin. Die zweite Überraschung begeisterte sie noch mehr. Auf dem Tisch stand eine riesige Vase voll mit den langstieligsten und dunkelrotesten Rosen, die sie je gesehen hatte. Es konnten allerdings keine fünfundvierzig sein, dafür hätte es mindestens zwei Vasen gebraucht.

»Bevor du zu zählen anfängst, es sind dreiundzwanzig. Für die dreiundzwanzig Jahre, die wir uns jetzt schon kennen. Jedes einzelne dieser Jahre ist ein Traumjahr gewesen.« Christoph, der sie anlächelte, schob ihr den grauen, dick gepolsterten Sessel so zurecht, dass sie darauf Platz nehmen konnte. Was für ein Glück sie doch mit ihm hatte. Beruflich erfolgreich, ein liebevoller Vater, auf eine würdige Art gut aussehend, witzig, noch immer ein zärtlicher Liebhaber und absolut treu, da war sie sicher. Was vor ihrer Zeit gewesen war, hatte sie nie interessiert und würde sie auch nie interessieren.

Sie blickte mit ihren großen Augen im Raum umher. Sie hatte schon mehrmals hier gegessen, aber noch nie in der Bibliothek. Die Decke war recht niedrig, was dem Raum eine intime Note verlieh. Dazu passten auch der Boden aus Eichenholz und der in Grau und Hellbraun gehaltene Grundton des Raums. Auf allen Tischen standen Schalen, die mit den Köpfen von gelben Tulpen gefüllt waren und Teelichter aus gelbem Glas. Die ganze Dekoration war sehr stimmungsvoll.

»Ich finde, man braucht hier gar nicht zu essen. Das Sitzen allein ist schon ein Vergnügen.«

»Nur können die Besitzer davon alleine nicht leben, dass ihre Gäste hier vergnüglich sitzen. Aber wie ich dich kenne, hast du im Internet längst dein Menü zusammengestellt.«

Eine sehr freundliche junge Dame stellte zwei kleine Teller vor sie und Christoph. »Unser Amuse-Gueule. Marinierter Sellerie auf Pistazien und Birne.«

Ihr Mann nahm den kleinen Löffel.

»Komm, greif zu! Der kleine Gruß aus der Küche ist umsonst.«

»Höhn mich nur. Aber so ein Sparefroh, wie du immer tust, bin ich gar nicht. Außerdem kann ich nicht aus meiner Haut heraus.«

»Das wäre auch zu schade. Ich liebe dich natürlich nicht nur wegen deiner Haut, aber sie hat für mich noch immer einen unwiderstehlichen Reiz. In diesem Kleid siehst du übrigens umwerfend aus.«

»Du bist süß. Dabei habe ich mein neuestes Kleid gar nicht an. Das habe ich bei Frau Dahlmeyer gekauft. Hätte heute einfach nicht gepasst.«

»Da sieht man wieder, was für ein mitfühlendes Herz du hast. Mindestens so schön wie deine Haut.«

Wie sie diese graublauen Augen liebte. Und erst seine Stimme. Ihre Großmutter, die schon lang nicht mehr lebt, hatte sie vor vielen Jahren gefragt, was ihr an ihrem Christoph als Erstes aufgefallen war. Sie hatte nicht lang nachdenken müssen. Es war die Stimme gewesen. Dunkel, warm und melodisch.

## 10. April, 09:15 Uhr

Der Wiener Anwalt hatte beim Telefonat am Samstag gebeten, nicht in Wien befragt zu werden, sondern nach St. Pölten kommen zu dürfen. So wie er seinen Wunsch vorbrachte, konnte es dafür nur einen Grund geben. Er wollte offensichtlich nicht, dass jemand in seiner Kanzlei von dem Gespräch mit der Polizei erfuhr. Nicht die Kanzlei und schon gar nicht seine Ehefrau.

Als ein Mitarbeiter ihn in Doris' Büro führte, war die Chefinspektorin enttäuscht. Ohne es genau erklären zu können, hatte sie einen sportlichen, gutaussehenden Mittvierziger erwartet. Aber nicht diesen etwas dicklichen, mittelgroßen Herrn, der mindestens Mitte fünfzig sein musste. Er hatte ein fliehendes Kinn und ein Gesicht, dem die schweren Akneschäden, an denen wohl die Pubertät Schuld hatte, noch immer anzusehen waren.

Ihr war schnell klar, dass der Anwalt nichts mit dem Verbrechen zu tun haben konnte. Er schilderte glaubhaft, dass er seit einem halben Jahr mit Hilde Dahlmeyer auf seinen ausdrücklichen Wunsch hin keinen Kontakt mehr gehabt hatte. Die Affäre, die über ein Jahr gedauert hatte, war ihm zu heiß geworden, weil seine Geliebte plötzlich von einem Kinderwunsch und sogar von Heirat gesprochen hatte. Die Trennung war ihm sogar einen funkelnagelneuen Mercedes SLK wert gewesen.

Eine Heirat war für ihn nie infrage gekommen. Seine Ehefrau hätte einer Scheidung niemals oder zumindest nur unter horrenden finanziellen Bedingungen zugestimmt. Außerdem war er sich der Treue seiner Geliebten nie sicher gewesen. Je länger ihre Beziehung dauerte, umso stärker hatte er sie in Verdacht gehabt, in erster Linie an seinem Geld interessiert zu sein.

Die Chefinspektorin ertappte sich bei dem Gedanken, diesen Verdacht sehr gut nachvollziehen zu können. Obwohl sie sicher war, dass der Mann nichts mit dem Verbrechen zu tun hatte, machte sie sich Notizen über sein Alibi. Den Bericht des Gerichtsmediziners, der noch ein paar Tage auf sich warten lassen würde, wollte sie speziell auf Hinweise über eine mögliche Schwangerschaft prüfen.

Nicht auszuschließen, dass sie der Anwalt anlog, und Dahlmeyer ihm in jüngster Vergangenheit noch einen Besuch abgestattet hatte, um sich ein Abschiedsgeschenk abzuholen.

Insgesamt machte der Anwalt auf sie jedoch einen kläglichen Eindruck. Er schien mehr Mitgefühl mit sich selbst als mit seiner ehemaligen Geliebten zu haben. Das Einzige, was ihn wirklich interessierte, war offensichtlich die Frage, ob seine Ehefrau je von der Affäre erfahren würde.

Doris stellte ihm in Aussicht, seine Frau nicht ebenfalls zu befragen, allerdings vergaß sie nicht den Hinweis, dass es für eine endgültige Antwort diesbezüglich noch zu früh war. Dabei verfärbten sich die Ränder seiner Gesichtsnarben. Er verwies auf seine Erfahrung als Strafverteidiger und darauf, dass er sich keinen Umstand vorstellen konnte, der eine solche Befragung rechtfertigen würde.

»Diese Entscheidung müssen Sie schon mir überlassen, Herr Doktor. Ich habe gerade gesagt, dass ich derzeit wenig Grund sehe, Ihre Frau zu befragen. Aber ich will und ich kann das zum gegenwärtigen Zeitpunkt nicht definitiv ausschließen.« Sie sah, dass die Verfärbung der Narben blieb, während die restliche Haut im Gesicht noch blasser wurde.

Doris fragte sich, ob ihr Mann in einer ähnlichen Situation eine ähnlich jämmerliche Gestalt abgab. Das konnte sie sich nicht vorstellen. An diesem Jammerlappen konnte Hilde Dahlmeyer wirklich nur das Geld gereizt haben.

»Eine Zusage kann ich Ihnen machen. Sollte ich mit Ihrer Frau sprechen, werde ich Sie vorher darüber informieren. Dann können Sie Ihrer Frau selbst von Ihrem Verhältnis erzählen. Mehr kann ich nicht tun.« Sie stand auf und gab ihm zum Abschied die Hand. Sie war nicht überrascht, dass seine Handfläche, die sie nur für den Bruchteil einer Sekunde berührte, schweißnass war.

## 10. April, 09:30 Uhr

Der gestrige Sonntag war für Gerhard Malzacher ein Volltreffer gewesen. Er hatte ein völlig unproblematisches Spiel des SV Langenrohr gegen Retz gesehen, mit einer tadellosen Leistung des Unparteiischen. Als Draufgabe hatte er noch ein Polaroidfoto mit dem Bürgermeister bekommen. Selbstverständlich mit der Unterschrift Leopold Figls. Das Glück schien ihm auch heute hold zu sein. Bereits um acht Uhr früh bekam er eine Mail des Besetzungsreferenten der Schiedsrichterkommission. Nächsten Sonntag war er zur Beobachtung des Spiels in Spratzern eingeteilt. Von St. Pölten aus war das nur ein Katzensprung. Auch der Montag hatte also gut für ihn begonnen.

Er hatte vor, noch vor dem Mittagessen nach Krems zu fahren, um mit den Vorstandsmitgliedern des Kegelklubs zu reden. Alle waren bereit, in das Gasthaus kommen. Nur der Vorsitzende, der Kremser Magistratsdirektor, hatte auf eine Sonderbehandlung bestanden. Er wollte sich nur in seinem Büro befragen lassen. Außerdem hatte er durchklingen lassen, dass er sich eigentlich eine Befragung durch die Leiterin der Mordkommission erwartet hätte. Da war er aber bei Spencer an den Falschen geraten.

Da er bis zu seiner Abfahrt nach Krems noch ein wenig Zeit hatte, nahm sich der Stellvertreter Doris Lenharts die kurze Liste der Abgängigkeitsanzeigen aus Niederösterreich für den Zeitraum von 1990 bis 2005 vor, die er bei seinem Dienstbeginn auf seinem Schreibtisch vorgefunden hatte. Ausschließlich Frauen über sechzig. Seine Mitarbeiter schienen gute Arbeit geleistet zu haben. Insgesamt sieben Personen, zwei davon aus dem Bezirk Zwettl, eine aus Amstetten, zwei aus Wien-Umgebung, eine aus dem Bezirk Krems und eine aus Horn.

Drei von den sieben waren später wieder lebend aufgetaucht, wie auf der Liste vermerkt war. Und weitere zwei wurden mehrere Wochen nach der Anzeige eindeutig identifiziert. In beiden Fällen handelte es sich um Selbstmord. Von den restlichen zwei fehlte bis jetzt jegliche Information über das weitere Schicksal. Die eine war zum Zeitpunkt ihres Verschwindens 1993 fünfundsiebzig Jahre, kam aus Sigmundsherberg bei Horn. Die andere, die 1996 im Alter von neunundsechzig Jahren abgängig gemeldet worden war, stammte aus Rossatz.

Bei der abgängigen Frau aus Sigmundsherberg hatten seine Mitarbeiter neben der Adresse eine Telefonnummer angeführt, die er kurz entschlossen wählte. Schon nach dem zweiten Freizeichen hob eine Frau ab, die Spencer von der Stimme her auf fünfzig bis sechzig Jahre schätzte. Er stellte sich vor und bat vorneweg um Entschuldigung, dass er mit seiner Frage eventuell alte Wunden aufreißen würde. Er war überrascht, dass die Frau am Telefon ihn ohne eine Sekunde des Zögerns fragte, ob sein Anruf mit dem Skelettfund in einem Wachauer Weingarten zusammenhing. Sie hatte davon in der Zeitung gelesen. Er bejahte. Die Dame am anderen Ende der Leitung schien auf diesen Anruf gewartet zu haben. Die Frau aus Weißenkirchen und ihre Mutter aus Sigmundsberg konnten nicht dieselbe Person sein. Ihre Mutter war so groß gewesen wie sie selbst, einen Meter zweiundsiebzig. Außerdem war ihre Mutter einmal im Horner Spital wegen Brustkrebs operiert worden, aber nie wegen einer künstlichen Hüfte.

Spencer war über die Präzision seiner Gesprächspartnerin erstaunt. Er bedankte sich mit größtmöglicher Freundlichkeit für das höchst informative und unkomplizierte Gespräch. Nachdem er sich ein paar Notizen zu dem Telefonat gemacht hatte, rief er bei der Polizeiinspektion Mautern an und ersuchte den diensthabenden Gruppeninspektor, für ihn in Rossatz eine Kontaktperson für eine seit 1996 abgängig gemeldete Frau namens Josefine Weichselbaum ausfindig zu machen. Auch der Gruppeninspektor wusste offensichtlich sofort, warum man im Landeskriminalamt an dieser Information interessiert war und versprach, sich umgehend um die Angelegenheit zu kümmern.

Gerade als sich Gerhard Malzacher einen Stock höher einen Kaffee holen wollte, läutete sein Handy.

»Ritzek hier. Landesklinikum Krems. Ich habe Ihnen versprochen, mir die Unterlagen über die künstlichen Hüften anzusehen. Ich weiß, dass Sie jetzt wohl Dringenderes zu tun haben, als sich mit alten Skeletten herumzuschlagen, ich erfülle aber trotzdem mein Versprechen.«

»Das ist sehr freundlich von Ihnen, Herr Primar. Und das Landeskriminalamt weiß Ihre rasche Arbeit zu schätzen. Natürlich haben wir mit der Autobombe jetzt mehr als genug zu tun, aber wir können deshalb alte Fälle nicht ignorieren. Was haben Sie denn Schönes für mich?«

»Leider nichts Schönes. Zumindest nicht in dem Sinn, dass es für Sie hilfreich wäre. Die künstliche Hüfte, um die es geht, ist sicher nicht hier in Krems operiert worden.«

Spencer, der in der Zwischenzeit ohne Kaffee in sein Büro zurückgekehrt war, setzte sich. »Nicht genau das, was ich hören wollte, wie Sie sich vorstellen können. Wie sicher ist sicher?«

»Hundertprozentig. Natürlich nur, soweit es den untersuchten Zeitraum betrifft. Da ist keine Hüfte mit den Endziffern drei sechs oder acht sechs eingesetzt worden. Die erste künstliche Hüfte ist in Krems schon 1977 implantiert worden, aber es macht aus meiner Sicht keinen Sinn, unsere Recherchen auf einen so lange zurückliegenden Zeitraum auszudehnen. Da sollten wir Vertrauen zum Gerichtsmediziner haben. Außerdem deuten im vorliegenden Fall die bei der Hüfte verwendeten Materialien nicht auf ein Exemplar aus der Anfangszeit der Operationen hin.«

»Dann habe ich noch eine letzte Frage. Würde eine aus der Wachau stammende Frau automatisch in Krems operiert werden? Oder hätte das auch in einem anderen Krankenhaus passieren können?«

»Für Spitäler gibt es keinen Gebietsschutz. Und das Kremser Spital hat in der Vergangenheit keinen großartigen Ruf gehabt, um es vorsichtig zu sagen. Da kann ich mir gut vorstellen, dass sich auch viele Patienten aus der Umgebung von Krems nach einem anderen Spital umgesehen haben.«

»Ehrlich gesagt, Herr Primar, eine große Hilfe sind Sie mir mit all dem nicht. Trotzdem möchte ich mich für die Schnelligkeit Ihrer Arbeit bedanken. Sollte ich einmal eine neue

Hüfte brauchen, werde ich mich ganz sicher in Ihre chirurgische Obhut begeben.«

»Das würde ich Ihnen nicht nur bei Hüften empfehlen.«

Der Mann hat Selbstbewusstsein und Humor, dachte Spencer. »Sie gefallen mir, Herr Primar!«

»Sie mir auch, Herr Malzacher. Auf Wiederhören.«

## 10. April, 10:45 Uhr

Bevor Doris Lenhart nach Wien fuhr, wollte sie noch einmal mit ihrem Stellvertreter sprechen. Wie erwartet gab es keine Neuigkeiten im Fall Dahlmeyer, dafür wenigstens einen brauchbaren Hinweis zum Weißenkirchener Skelett. Der Hinweis auf die Abgängigkeitsanzeige aus Rossatz war interessant. Die Kollegen aus Mautern hatten wirklich schnell gearbeitet. Sie nahm sich vor, dem Bezirkspolizeikommandanten eine Mail mit einem kleinen Lob für seine Mannschaft zu schicken. Es lebten keine Angehörigen von Josefine Weichselbaum mehr in Rossatz oder einem der umliegenden Orte, aber die Polizeiinspektion Mautern hatte über das Rossatzer Gemeindeamt einen in Wien lebenden Schwager ausfindig gemacht. Der war angeblich schon knapp neunzig, aber körperlich und geistig noch sehr fit, wie man aus seinen regelmäßigen Besuchen des Grabs seiner Frau am Rossatzer Friedhof zu wissen glaubte. Auf dem Gemeindeamt hatte man sogar eine Telefonnummer des alten Mannes.

Die Verfassungsschützer hatten Ende der vorigen Woche die Wohnung von Hilde Dahlmeyer unter die Lupe genommen und einen Bericht an das Landeskriminalamt geschickt. Sie hatten nichts Relevantes gefunden, allerdings konnte eine

Information womöglich für das LKA brauchbar sein. Doris hielt beim Lesen inne. »Hier steht, dass im Badezimmer von Frau Dahlmeyer ganz schön viel Kokain gefunden worden ist. Wenn sie nicht gedealt hat, woran ich eher nicht glaube, dann wird sie es wohl bloß für sich selbst verwendet haben. Das könnte durchaus zu ihrem Lebenswandel passen, wenn man den Aussagen Glauben schenkt. Vielleicht hat sie es benutzt, um sich vor dem Sex in Stimmung zu bringen.«

Sie blickte von dem Bericht auf und sah einen ungläubigen und zugleich amüsierten Spencer.

»Und woher willst du wissen, dass man dafür Koks verwendet?«

»Das weiß ich natürlich von den Ausbildungskursen. Hättest du dort besser aufgepasst, würdest du mich nicht zu fragen brauchen.« Doris bemühte sich, ganz unschuldig auszusehen. »Dazu wird mir der Fitnesstrainer sicher einiges sagen können.«

»Du hast es gut. Ich werde mit den Herrschaften vom Kegelklub reden, mit dem ungemein pampigen Magistratsdirektor an der Spitze, und mir dann diesen Dolm von Revierinspektor vorknöpfen. Vielleicht hat er ja wirklich etwas mitbekommen, das uns weiterhilft. Ich habe aber große Zweifel. Er hat sicher ein Ammenmärchen auf Lager.« Malzacher schaute auf einen Zettel. »Mit dem Frisch sind es sieben Personen.«

»Da hast du für den Nachmittag einiges zu tun. Du fragst die anderen sechs sicher auch, ob sie etwas in Richtung Bedrohung mitbekommen haben.«

»Wie ich es bei den Ausbildungskursen gelernt habe.« Malzacher grinste seine Chefin an. Sie beschloss, die Spitze zu überhören.

»Etwas Neues von den Anrainerbefragungen?«

»Die Kremser Kollegen scheinen sehr fleißig gewesen zu sein. Haben siebenunddreißig Leute interviewt. Aber niemand hat etwas gehört oder gar gesehen. Allerdings haben sich sieben Personen von selbst gemeldet, die alle mindestens einen verdächtigen Türken oder Araber kennen. Sechs Namensnennungen. Aber kein einziger Name ist zwei Mal genannt worden.«

»Das kommt davon, wenn man den Leuten übers Fernsehen eine Lizenz zum Denunzieren ausstellt. Es wird uns trotzdem nicht erspart bleiben, den Hinweisen nachzugehen. Obwohl nicht das Geringste dabei herauskommen wird. Ich werde in Wien gleich versuchen, mit diesem Neunzigjährigen zu reden. Das möchte ich nicht am Telefon machen.«

## 10. April, 13:57 Uhr

Seit letzter Woche las er die Zeitung noch aufmerksamer als sonst. Er fand, dass sein Leibblatt in der Sache, die ihn besonders interessierte, erstaunlich gut informiert war. Schon die Frage des Journalisten an den Polizeidirektor, ob es einen Zusammenhang zwischen dem Skelettfund in Weißenkirchen und dem Sprengstoffanschlag in Krems geben könnte, hielt er für äußerst hellsichtig. Wäre er an Stelle dieses Dr. Marbolt gewesen, hätte er den Reporter nicht mit einer derart barschen Antwort abgefertigt. Das war keine Frage der Klugheit, sondern der Höflichkeit.

Jetzt saß er auf einer Bank zwischen der Schiffsanlegestelle Dürnstein und der Stelle, an der die kleine Rollfähre anlegte, die zwischen Rossatz und Dürnstein pendelte und nur für die Beförderung von Personen zugelassen war. Er saß dort allein, wie er es immer tat, und voll Hoffnung, dass sich niemand zu ihm setzen würde. Natürlich konnte niemand Verdacht schöpfen, immerhin konnte niemand seine Gedanken erraten. Aber die Aussicht, von fremden Personen angesprochen zu werden, hatte ihm schon seit Jahren missfallen.

In der Montagsausgabe der Zeitung las er einen Kommentar des gemaßregelten Journalisten. Der fiel nicht gerade freundlich aus gegenüber dem Polizeidirektor. In dem Kommentar hieß es, er habe völlig unnötig und vorschnell Terroralarm ausgelöst. Der Hinweis, dass der Sprengsatz höchstwahrscheinlich aus der Excalibur City bei Kleinhaugsdorf stammte, überraschte ihn. Den Tipp musste der Journalist von einem Insider bekommen haben. Für ihn war allerdings nur eine Information wirklich von Bedeutung. Die Beauftragung einer deutschen Forensikerin war abgeblasen worden, und die Polizei hatte keinen Zusammenhang zwischen dem Skelett und dem in die Luft gejagten Mercedes hergestellt. Besser konnte es für ihn gar nicht laufen. Hätte er sich angesichts dieser Fakten Krems ersparen können?

Er hatte sich nicht viel aus der Boutiquenbesitzerin gemacht. Sie war ein völlig unmoralisches und parasitäres Frauenzimmer gewesen. Aber hatte er sich damit nicht unnötig aus der Deckung gewagt? Er schaute auf die kleinen Wellen der Donau, die in der Sonne aussahen wie Silberfische, die stromaufwärts schwammen. Stromabwärts wirkten sie wie ein träg fließender, olivgrüner Ölteppich. Eigenartig, warum gerade diese Bilder in seinem Kopf entstanden. Mit exakt dieser Beschreibung der Wellen hatte er in der siebenten Klasse des Gymnasiums einmal ein »sehr gut« auf eine Deutschschularbeit erhalten. Das waren noch Zeiten gewesen. Sie waren längst vergangen, aber auch heute konnte ihm seine

Erinnerung nicht vorspielen, dass diese Zeiten jemals gut gewesen waren.

Sollte er jetzt auch noch den zweiten Teil seines Plans ausführen? Oder erst mal abwarten und dann die Dringlichkeit noch einmal in aller Ruhe bewerten? Wahrscheinlich war es klüger abzuwarten. Bei aller Kaltblütigkeit bedeutete eine weitere Aktion doch eine Zunahme des Risikos und noch mehr Stress. Aber er konnte nicht ausschließen, noch einmal zuschlagen zu müssen.

## 10. April, 15:10 Uhr

»Kannst du mir bitte genau beschreiben, wie du mitbekommen hast, dass Frau Dahlmeyer bedroht wurde?« Gerhard Malzacher redete erst seit fünf Minuten mit dem Revierinspektor, und schon jetzt sah er den Schweißfilm auf der Stirn des Polizisten. Ihm war klar, dass sein Gegenüber sich nicht nur höchst unwohl fühlte, sondern auch wie gedruckt log.

»Na ja, ich weiß nicht, was du mit ›genau beschreiben‹ meinst. Es ist mehr ein Gefühl gewesen, das ich da mitbekommen habe. Für so etwas habe ich einen Riecher. Wie jeder erfahrene Polizist.«

»Du hast also ein Gefühl mitbekommen?«

»Genau.«

Malzacher merkte, dass Felix Frisch über den vermeintlichen Strohhalm, den er ihm zugeworfen hatte, überaus erfreut war. Der Kerl würde sich noch wundern. »Dann beschreib mir doch bitte mal dieses Gefühl, das du mitbekommen hast.«

Der Revierinspektor, der die Hände unter seine Oberschenkel eingeklemmt hatte, rutschte eine Weile unruhig auf seinem Sessel hin und her. Dann erhellte sich plötzlich seine Miene.

»Tut mir leid. Meine Frau sagt immer, dass ich nicht gut im Beschreiben von Gefühlen bin. Es könnte auch sein, dass ich Frau Dahlmeyer vielleicht nicht ganz richtig verstanden habe. Vielleicht bin ich nur übersensibel gewesen. Aber sicher besser, als zu wenig sensibel. Da wirst du mir recht geben.«

Malzacher hatte nicht die Absicht, sich darüber in eine Diskussion einzulassen. »Das steht jetzt überhaupt nicht zur Debatte. Dann sag mir wenigstens, wie Frau Dahlmeyer zu deiner Telefonnummer gekommen ist. Hat sie dich vielleicht darum gebeten?«

»Gebeten wäre vielleicht zu viel gesagt, aber eine Andeutung in diese Richtung hat sie schon gemacht.«

»Dann schildere mir bitte die Andeutung.« Langsam verlor Malzacher die Geduld.

»Was du alles von mir wissen willst. Wie soll ich eine Andeutung schildern? Ich bin ja kein Nobelpreisträger.«

»Das bist du wahrlich nicht. Brauchst du auch nicht sein. Es würde mir reichen, wenn du mir einfach keinen Scheiß erzählen würdest. Ich sage dir eines. Frau Dahlmeyer hat sich nicht bedroht gefühlt und ist auch nicht verfolgt worden. Höchstens von dir.«

Felix Frisch wurde plötzlich kalkweiß, und er zog seine Hände unter den Oberschenkeln hervor. »Das kannst du überhaupt nicht beweisen. Und überhaupt, wie kommst du denn darauf?«

»Vielleicht bin ich auch übersensibel.«

Der Revierinspektor, der den Sarkasmus zu überhören schien, starrte ins Leere und sprach mehr zu sich selbst als zum Kriminalbeamten. »Und was wird jetzt aus meinem dritten Stern?«

Malzacher war von sich selbst überrascht. Er spürte plötzlich Mitleid mit seinem Kremser Kollegen. »Also, pass auf. Ich mache dir einen Vorschlag. Ich versuche, dir den Stern nicht schon vom Kragen zu reißen, bevor er überhaupt angenäht ist. Ich muss einen Mörder finden. Du musst mir nur versichern, dass diese Bedrohungsgeschichte, die du dem Herrn Polizeidirektor erzählt hast, keine, wie soll ich sagen, heiße Spur, sondern nur deiner Übersensibilität zuzuschreiben ist.« Spencer sah die Erleichterung im Gesicht des Revierinspektors. Langsam kehrte die Farbe in Frisch zurück.

»Vielleicht war es wirklich nur eine Sinnestäuschung. Ich verspreche dir, dass so etwas bei einem Gruppeninspektor Felix Frisch nicht mehr vorkommen wird.«

## 10. April, 17:10 Uhr

Doris hatte nicht das Gefühl, dass sie ihr Ausflug nach Wien im Fall Dahlmeyer wirklich weitergebracht hatte. In Sachen Weißenkirchener Skelett schien sich die Reise aber vielleicht gelohnt zu haben.

Sie kannte Fitnessstudios bis dahin nur aus dem Fernsehen. Vor allem aus den diversen amerikanischen CSI-Serien, bei denen in jeder zweiten Folge mindestens eine Szene in einer solchen Umgebung spielte. Wohl mit dem Ziel, dem Zuseher möglichst viele halbnackte Körper junger und attraktiver Frauen mit meist blonden Mähnen zeigen zu können. Und natürlich die dazugehörigen Männer mit durchtrainierten Körpern, dichtem Haar, blitzenden Zähnen und Dreitagebart. Die Chefinspektorin war daher von ihrem Besuch in dem Fitnessstudio im dritten Bezirk überrascht gewesen.

Die Besucher dort hatten wirklich geschwitzt, und zwar auf eine eher unattraktive Art. Mindestens die Hälfte von ihnen trug einen Sportdress, den man nur als für die Träger unvorteilhaft bezeichnen konnte. Von den Damen, die sich an den Geräten abmühten, machte keine den Eindruck, als würde sie den Fitnessraum als Aufmarschgebiet für heftige Flirtattacken betrachten. Nur der Trainer, mit dem Doris für halb zwei verabredet war, hätte aus einer amerikanischen TV-Serie stammen können. Er war mindestens eins neunzig groß, muskulös, aber wesentlich dezenter als ein Bodybuilder und natürlich unrasiert. Sie hatte keineswegs die Absicht, ihn im Studio zu interviewen. Sie hatte ihn nur dort aufgesucht, um einen Eindruck von seinem Arbeitsplatz zu gewinnen.

Die Chefinspektorin hatte schon vor ihrer Fahrt nach Wien vom Betreiber des Studios das Einverständnis erwirkt, den ehemaligen Freund von Hilde Dahlmeyer für eine halbe Stunde von seinem Arbeitsplatz loszueisen. Er hatte ihr bei diesem Telefonat auch bestätigt, dass der Trainer zum Zeitpunkt des Anschlags gerade dabei gewesen sein musste, das Studio, das täglich bis 20:30 Uhr geöffnet hatte, abzuschließen. Er kam daher als Täter keinesfalls infrage.

Das Gespräch in einem kleinen Café am Rochusmarkt war schleppend verlaufen. Der Mann sah gut aus, das schon. Er trug ein hellgrünes T-Shirt und eine hellbraune Lederjacke, den kurzen Kragen aufgestellt. Die Sachen standen ihm ausgezeichnet. Aber er war keiner dieser unwiderstehlichen, amerikanischen Strahlemänner, die man im Fernsehen beobachten konnte. Und so wie sie ihn einschätzte, konnte er sicher keinen Redewettbewerb gewinnen. Das stand aber wohl ohnehin nicht in einem Anforderungsprofil für Fitnesstrainer.

Sein Alter gab er mit achtundzwanzig an. Obwohl er gebürtiger Kroate war, fand Doris, dass er ein fast akzentfreies Deutsch sprach. Er hatte ursprünglich in Wien Maschinenbau studiert, aber das Studium nach sechs Semestern abgebrochen und war dann irgendwie in dem Fitnessstudio hängengeblieben. Sie konnte sehen, dass ihm der Tod von Hilde Dahlmeyer nahegegangen war. Er kannte sie seit sechs Monaten. Wenn sie sich getroffen hatten, dann fast immer in Wien. In Krems war er nur dreimal gewesen, und nur einmal hatte er in ihrer Wohnung auf dem Dominikanerplatz übernachtet.

Auch in Bezug auf das Kokain, das die Ermittler im Badezimmer des Opfers gefunden hatten, war ihr Verdacht bestätigt worden. Frau Dahlmeyer hatte regelmäßig vor dem Sex mit ihm Kokain genommen. Im Verlauf des Gesprächs hatte die Chefinspektorin wissen wollen, ob seine Partnerin je davon gesprochen hatte, bedroht zu werden. Außer einem sehr unpräzisen Hinweis auf einen Kremser Polizisten, der seiner Freundin durch plumpe Annäherungsversuche lästig geworden war, konnte er ihr nichts erzählen, das nach einer Spur aussah. Ob Frau Dahlmeyer je etwas aus ihrer Vergangenheit erzählt hatte? Nur, dass sie sich selbst gern als ganz böses Mädchen und die gesuchteste Maskenspielerin von Krems bezeichnet hätte. Das lag aber schon Jahrzehnte zurück. Sonst nichts.

Mit dem Schwager von Frau Weichselbaum war die Chefinspektorin für 16 Uhr verabredet. Sie trafen sich in seiner Wohnung im neunten Bezirk. Er war wirklich so fit, wie ihn die Person vom Rossatzer Gemeindeamt beschrieben hatte. Er war klein, kaum mehr als sechzig Kilo schwer, hatte eine rote Gesichtsfarbe und kein einziges Haar auf dem Kopf. Aber er zeigte sich sehr gesprächig. Es amüsierte sie, dass er ihr keinen Kaffee oder Tee, sondern ein Glas Grünen Veltliner vom Nikolaihof in Mautern anbot. Den Namen des Weinguts betonte er besonders. Natürlich musste sie das Glas allein schon deshalb ablehnen, weil sie im Dienst war. Außerdem musste sie noch mit dem Auto nach St. Pölten fahren. Das hinderte ihn jedoch nicht daran, sich selbst ein Glas einzugießen, dem bald ein zweites folgte.

Die Chefinspektorin hatte den Eindruck, dass er ihren Besuch vor allem dazu benützen wollte, seiner Einsamkeit den Kampf anzusagen. Er schien mehr an dem Anschlag in Krems als an ihren Fragen zu seiner Schwägerin interessiert zu sein. Eine Information hatte sie ihm wenigstens entlocken können. Seine Schwägerin war kurz vor ihrem spurlosen Verschwinden im Kremser Spital operiert worden. Allerdings an ihrem Bein. Er konnte sich an den Zeitpunkt der Operation deshalb so gut erinnern, weil man in der Familie die Vermutung geäußert hatte, dass zwischen Operation und Abgängigkeit ein Zusammenhang bestand. Alle Verwandten waren der Überzeugung gewesen, dass die Schmerzen seine Schwägerin in den Selbstmord getrieben hatten. Sie dachten, sie wäre in die Donau gesprungen. Obwohl sich die Wasserleichen dort eigentlich in den Staustufen verfangen, kam es noch immer vor, dass manche auf ewig verschwanden.

Doris bedankte sich für seine Mithilfe und verließ die Wohnung. Als sie kurz nach der Kennedybrücke auf der Hadikgasse zum Stehen kam, rief sie aus dem Auto Spencer an. Sie wollte ihn ersuchen, gleich mit dem Kremser Chirurgen Kontakt aufzunehmen. Wenn Josefine Weichselbaum wirklich in Krems operiert worden war, dann musste sich das schnell klären lassen. Er sollte auch mit den Kollegen von der Drogenfahndung Kontakt aufnehmen. Die sollten sich in der Kremser Drogenszene nach dem Kokainlieferanten von Hilde Dahlmeyer und einem eventuellen Streit zwischen den beiden umhören.

## 11. April, 09:15 Uhr

Wolfgang Marbolt saß an seinem Schreibtisch und deutete erregt auf den Stoß vor ihm liegender Zeitungen. »Das ist eine bodenlose Frechheit. Jemand muss diese alte Frau dazu angestiftet haben, mit diesem Schmierblatt zu reden. Hat einer von euch beiden dazu eine Erklärung?«

Doris setzte sich auf einen der beiden Sessel, die vor dem Schreibtisch ihres Chefs standen, ohne seine Einladung abgewartet zu haben, und machte ein ganz unschuldiges Gesicht. Sie wusste, dass sie das gut konnte. »Ehrlich gesagt weiß ich nicht, wovon du redest. Ich habe heute noch keine Zeitung gelesen.« Dann wandte sie sich an ihren Stellvertreter, der noch immer stand. »Spencer, hast du heute schon Zeitung gelesen?«

»Ja, aber nur die Sportseiten.«

»Jetzt komm schon. Setz dich auch hin. Oder brauchst du eine Extraeinladung?« Der Polizeidirektor wies mit einer Geste, die man nur als ungnädig bezeichnen konnte, auf den leeren Sessel. »Ich halte es für völlig ausgeschlossen, dass die alte Frau Dahlmeyer von sich aus diese Zeitung anruft und sich beschwert, dass dieser lächerliche Revierinspektor sich berühmt hat, eine Bedrohung ihrer Tochter zu bemerken. Und sich vom Landespolizeidirektor dafür noch belobigen lässt. Dieser verdammte Journalist muss gleich eine Riesengeschichte daraus machen. Schon gestern kam diese Geschichte mit dem Sprengstoff aus der Excalibur City. Möchte wissen, welchen Leser so ein Blödsinn interessiert. Beide Informationen kann er nur aus dem Haus haben. Aber ich werde nicht eher ruhen, bis ich dieses Schwein von Informanten gefunden habe.«

»Und du glaubst, Spencer oder ich könnten dir bei dieser Suche behilflich sein?«

Doris sah, dass ihr Chef knapp davor war, einen Wutanfall zu bekommen, sich aber noch rechtzeitig unter Kontrolle brachte.

»Ich bitte dich. Ich will doch aus dieser lachhaften Geschichte keine Haus-, Hof- und Staatsaktion machen. Ich will nur wissen, wer aus eurer Abteilung gute Beziehungen zu dieser Zeitung hat.«

»Soweit ich weiß, bin ich die Einzige, die zum ›Niederösterreichischen Tag‹ gute Beziehungen hat.« Doris sah, wie das Gesicht Marbolts plötzlich einen ganz listigen Zug bekam.

»Und woher, meine Liebe, willst du wissen, dass ich vom ›Niederösterreichischen Tag‹ rede? Du hast doch eben erst behauptet, dass du heute noch gar keine Zeitung gelesen hast.«

Doris Lenhart sah ihren Vorgesetzten streng an. »Du wirst mir doch nicht unterstellen wollen, dass ich hinter der Sache stecke. Ich habe den ›Niederösterreichischen Tag‹ heute ganz sicher noch nicht in der Hand gehabt. Aber ich habe ihn gestern gelesen. Da habe ich natürlich auch die Geschichte vom Sprengstoff aus der Excalibur City mitbekommen. Nachdem du gerade gesagt hast, dass beide Geschichten in derselben Zeitung stehen, war es nicht gerade schwer, auf den ›Niederösterreichischen Tag‹ zu kommen.« Sie hielt seinem Blick stand, bis er seine Augen wegdrehte.

Marbolt stand auf und begann, in seinem Büro mit schnellen Schritten auf und ab zu gehen. »Jedenfalls kaufe ich mir diesen Schreiberling. Der wird mich noch kennenlernen. Ich werde gleich seinen Chefredakteur anrufen.«

»Ich brauche dir als Medienprofi ja keinen Rat zu geben. Ich glaube aber, dass es vernünftiger wäre, erst einmal überhaupt nicht zu reagieren. Später gibst du dann mal dem Journalisten einen Tipp, den er brauchen kann. So etwas wirkt Wunder.« Doris schaute kurz zu Spencer, der gebannt lauschte und den stummen Zuhörer gab. Sie kannte ihn gut genug, um zu wissen, dass er sich köstlich amüsierte.

»Jetzt bin ich endgültig überzeugt, Doris, dass du nicht hinter der Geschichte steckst. Andernfalls hättest du mich in meiner Meinung, den Chefredakteur anzurufen, sicherlich bestärkt. Ich sehe schon, auf dich kann ich mich verlassen.«

Die Chefinspektorin war nicht sicher, ob ihr Marbolt tatsächlich hatte eine Falle stellen wollen, oder ob er nur verbergen wollte, dass er dabei war, sich zu verrennen.

»Aber eines sage ich euch. Dieser Frisch wird mir dafür büßen. Er kriegt von mir nicht nur keinen dritten Stern. Ich reiße ihm auch die zwei, die er schon hat, eigenhändig herunter.«

Doris merkte ihrem Chef an, dass er zunehmend Gefallen an der Rolle als wilder Mann fand.

»Ich dulde keine ignoranten Falschspieler in meiner Truppe.«

»Darf ich dazu etwas sagen?« Doris war überrascht über den beflissenen, fast unterwürfigen Tonfall ihres Stellvertreters.

»Wenn es sein muss.«

»Ich meine, dass eine Absage der Beförderung alles nur schlimmer machen würde. Das würde bedeuten, dass du der Aussage der alten Frau Dahlmeyer vertraust. Da steht ein Wort einer sicherlich aufgebrachten, trauernden Mutter gegen das Wort eines Polizisten. Würde in der Truppe nicht gut ankommen, wenn du dich ohne nähere Prüfung auf die Seite der Mutter schlägst. Kann sich auch die Personalvertretung nicht gefallen lassen. Ich habe gestern den Frisch in der Sache regelrecht gegrillt. Er gibt zu, dass er das Opfer vielleicht überinterpretiert haben könnte. Sie hat ihm gut gefallen, da war er vielleicht etwas übersensibel. Aber er bleibt dabei, dass sie etwas bedrückt hat.«

Wolfgang Marbolt setzte sich wieder. »Also gut. Wenn du das sagst. Aber eines kannst du diesem Herrn Frisch ausrichten. Ich weigere mich, bei seiner Ernennung dabei zu sein. Das sollen die in Krems ohne mich machen. Wird ihm eine Lehre und Strafe zugleich sein.«

»Das halte ich für eine sehr kluge Entscheidung.« Doris sah, dass Spencer Mühe hatte, Haltung zu wahren und ernst zu bleiben.

## 11. April, 10:07 Uhr

Der Inhalt des Anrufs, den Spencer auf der Rückfahrt vom Regierungsviertel zum Landeskriminalamt entgegengenommen hatte, hätte nicht schlimmer sein können. Eben hatte er sich noch mit seiner Chefin darüber amüsiert, wie großartig sie beide den Landespolizeidirektor aufs Glatteis führten. Dann kam diese Nachricht vom Primar der Kremser Chirurgie. Ja, eine Josefine Weichselbaum aus Rossatz war Ende 1995 in Krems operiert worden. Allerdings nicht an der Hüfte, sondern wegen eines Oberschenkelhalsbruchs. Die Heilung war mehr als zäh verlaufen. Schuld war eine ganz miserable Kalusbildung.

Ob es nicht denkbar war, dass die künstliche Hüfte später in einem anderen Spital eingesetzt worden war? Das war es durchaus, hatte der Primar geantwortet. Aber den Bruch des Oberschenkelhalses hätte der Gerichtsmediziner auf alle Fälle feststellen müssen. Er wäre ihm selbst sicher auch aufgefallen, da er selbst die Knochen inspiziert hatte. Das Skelett aus dem Weingarten konnte unter keinen Umständen zu Josefine Weichselbaum gehören.

»Herr Primar, noch ein paar Nachrichten dieser Art und ich ziehe mein Versprechen, mich einmal von Ihnen operieren zu lassen, zurück. Meine Chefin, die neben mir sitzt, wird das jederzeit bezeugen.« Spencer lachte und beendete das Gespräch. Dann wandte er sich an Doris. »Ganz schöne Pleite. Es ist natürlich schön, dass wir es unserem Chef heimgezahlt haben. Aber dafür werden wir nicht bezahlt. Wir haben zurzeit gleich zwei Fälle am Hals, und bei beiden tappen wir völlig im Dunklen. Ich wünschte, wir würden wenigstens beim Dahlmeyer-Fall weiterkommen.«

Spencer wurde durch ein Auto hinter ihm aus den Gedanken gerissen, dessen Fahrer wild hupte.

»Du hast längst Grün. So ungeduldig braucht der Mensch hinter uns aber auch nicht zu sein.« Doris versuchte, sich auf dem Vordersitz umzudrehen und nach hinten zu blicken. »Das kommt davon, wenn wir keinen Streifenwagen nehmen.«

»Der soll mir doch den Buckel herunterrutschen.« Malzacher fuhr mit derartig viel Gas los, dass die Vorderräder durchdrehten.

»Du hast mich gebeten, mich in der Drogenszene umzuhören. Auch eine Sackgasse. Ein Kremser Dealer soll die Dahlmeyer beliefert haben. Er ist ein kleiner Fisch, und sie war eine gute und pünktliche Zahlerin. Absolut keine Revierkämpfe. Riecht nicht nach einem Anschlag. Nicht einmal mit einem Knallkörper aus der Excalibur City.«

»Komischerweise geht mir die Frage nicht aus dem Kopf, ob es zwischen der Dahlmeyer und dem Skelett nicht doch einen Zusammenhang geben könnte.«

»Ein bisschen sehr weit hergeholt, meinst du nicht?« Spencer schaute Doris zweifelnd von der Seite an, ohne die Straße aus den Augen zu lassen. Offensichtlich eine Nachwirkung des höchst ungehaltenen Straßenkameraden hinter ihm.

»Natürlich, aber der zeitliche Zusammenhang ist doch auffallend. Da wird das Skelett einer unbekannten Person gefunden, bei der man sich wahrscheinlich bemüht hat, sie nicht identifizierbar zu machen. Dann bläst unser Top-Kriminalist den Fund in alle Welt hinaus und kündigt an, Himmel und Hölle in Bewegung zu setzen, um die Frau zu identifizieren. Keine zwei Tage später fliegt gerade zehn Kilometer von der Fundstelle entfernt ein Auto in die Luft. Vielleicht hat der Mörder gewusst, dass Hilde Dahlmeyer die Frau hätte identifizieren können, was er unter allen Umständen verhindern wollte. Wir müssen wissen, wer die Frau hinter dem Skelett ist. Ich werde mit dem Staatsanwalt reden.«

»Bei dem hat sich doch schon unser Freund Marbolt eine blutige Nase geholt.«

»Damals gab es noch nicht den Fall Dahlmeyer.« Doris brach ab und schwieg.

»Und weiter?«

»Und außerdem ist Marbolt kein Schulkollege des Staatsanwalts.«

»Du schon?«

»Nicht ich. Aber mein Mann.«

Spencer pfiff durch seine Zähne. »Bin ich froh, dass du bloß meine Chefin und nicht meine Feindin bist.«

## 11. April, 17:05 Uhr

Bis heute hatte er nie darüber nachgedacht, wie sich jemand kurz vor seiner Hinrichtung fühlen musste. Jetzt wusste er es. Der heutige Vormittag war schon ein Spießrutenlauf der Sonderklasse für ihn gewesen. Aber nichts im Vergleich zu dem, was ihn bei seiner Heimkehr vom Dienst erwarten würde. Mit Todesangst dachte Felix Frisch an seine Ehefrau.

Als er gestern Abend zum Dienst in der Rechten Kremszeile erschienen war, hing der Himmel für ihn noch voller Geigen. Überall begegnete ihm zumindest freundliches Schulterklopfen.

Irgendwie hatte er den Eindruck, dass das ganze Kremser Polizeikorps stolz auf sein Mitglied Felix Frisch war. Auf den Noch-Revierinspektor, dessen glanzvolle Beförderung zum Gruppeninspektor unmittelbar bevorstand. Gut, die Befragung durch seinen Kollegen Malzacher war unangenehm verlaufen, aber mit seiner Routine und mit seiner Fähigkeit, andere ein bisschen blöd aussehen zu lassen, wenn er es darauf anlegte, hatte er sie bravourös gemeistert. Es war ungemein klug von ihm gewesen, so zu tun, als hätte er einen Anflug von schlechtem Gewissen. Mit der Masche hatte er im Handumdrehen auf der ganzen Linie gewonnen. Geradezu ein Kinderspiel.

Der Dienst während der Nacht war auch ganz ruhig verlaufen. Von einem Kollegen war sogar der Vorschlag gekommen, in einem benachbarten Gasthaus eine Flasche Sekt zum Anstoßen zu besorgen. Aber er hatte nach kurzem Überlegen abgelehnt. Ein Revierinspektor nahm es vielleicht mit den Vorschriften nicht so genau. Aber ein Gruppeninspektor? Undenkbar. Schließlich war er jetzt so etwas wie ein Vorbild. Der

Herr Landespolizeidirektor sollte sich gerade in dieser Hinsicht auf seine neue Führungskraft voll verlassen können.

Um sieben Uhr war die Putzfrau gekommen und hatte eine Tageszeitung mitgebracht. Ausgerechnet den »Niederösterreichischen Tag«, den sie ungelesen in der Küche liegen ließ. Und wer war als Erste darüber gestolpert? Seine Kollegin Julia, die sich einen Kaffee kochen wollte. Sie war wenigstens so nobel gewesen, das Interview mit dieser Frau Dahlmeyer nicht gleich in der ganzen Dienststelle herumzuposaunen. Für ihn war das ein klares Zeichen, dass er ihr nicht egal war. In dieser Situation war diese Erkenntnis allerdings ein schwacher Trost.

Denn bald darauf war der Kollege, der dank seiner schlanken Dirndlträgerin schon vor drei Jahren Gruppeninspektor geworden war, in die Küche gekommen. Keine zwei Minuten später hatte die ganze Rechte Kremszeile von der Attacke der alten Schachtel gegen ihn gewusst. Wahrscheinlich missgönnte ihm der Kollege seine Beförderung. Der hatte seine immerhin bloß seiner Frau zu verdanken, während er sie sich durch aufmerksame Polizeiarbeit redlich verdiente. Wenigstens wurde er in diesem Artikel nicht namentlich erwähnt, aber in der Dienststelle wusste natürlich jeder Bescheid.

Jedenfalls konnte er, nachdem der Zeitungsbericht im ganzen Haus die Runde gemacht hatte, die Telefonleitungen buchstäblich glühen sehen. Viele Kollegen hatten nichts anderes zu tun, als die Polizeiinspektionen landauf und landab anzurufen, um sie über die bodenlose Gemeinheit, die ihm widerfahren war, zu informieren. Mit dem kleinen Schönheitsfehler, dass niemand den Schneid gehabt hatte, den Bericht als bodenlose Gemeinheit zu bezeichnen. Aber so sind Berufskollegen halt.

All das würde nichts sein im Vergleich zu dem, was ihn nun zuhause erwartete. Ihm war klar, dass er seiner Elfriede nicht einen Millimeter Boden überlassen durfte, auf dem sie in die Offensive gehen konnte. Er würde Herr des Geschehens bleiben müssen, wie es ihm bei anderen Leuten eigentlich immer gelang. Nur bei seiner Elfriede hatte er damit Probleme. Das war schon irgendwie eigenartig.

Daher hatte er sich geschworen, seine Frau gar nicht erst zu Wort kommen zu lassen und anzukündigen, dass er gleich morgen früh den berühmtesten Anwalt von Krems damit beauftragen würde, gegen diese Zeitungsschweinerei vorzugehen. So wie es der Herr Landeshauptmann erst unlängst nach der Beleidigung durch einen Schmieranski gemacht hatte. Das würde ihm zwar eine ganz schöne Stange Geld kosten, aber für seine Ehre dürfte auch Elfriede nichts zu teuer sein. Es ging immerhin auch um ihre.

## 11. April, 18:15 Uhr

Eigentlich hatte sich die Chefinspektorin mit ihrem Anruf nur nach dem Befinden Brunhilde Dahlmeyers erkundigen wollen. Dabei hatte sie allerdings so viele Signale der Sehnsucht empfangen, dass sie sich entschlossen hatte, ihren Ehemann zu vertrösten und vor ihrer abendlichen Heimkehr zur Familie noch schnell einen Abstecher nach Krems zu machen, um mit Frau Dahlmeyer eine Partie »Mensch, ärgere dich nicht« zu spielen.

Als sie, wie am Telefon vereinbart, um viertel sieben beim Melker Hof eintraf und durch das schmiedeeiserne Tor nach links oben blickte, sah sie, dass die alte Dame bereits wartete.

Anscheinend trug sie erneut das Dirndl, das Doris schon von ihren zwei vorherigen Begegnungen kannte. Diesmal winkte die alte Dame, was Doris als gutes Zeichen einschätzte. Sie nahm zwei Stufen auf einmal und begrüßte ihre Gastgeberin herzlich, darauf bedacht, ihre Hand nicht fest zu drücken.

»Frau Lenhart, ich kann Ihnen gar nicht sagen, wie ich mich freue, Sie zu sehen. Bitte kommen Sie weiter. Sie kennen mittlerweile ja den Hausbrauch.«

»Die Freude ist ganz meinerseits. Ich hoffe, es geht Ihnen schon etwas besser.« Doris trat durch den kleinen Vorraum ins Wohnzimmer, auf dessen Tisch schon das Spiel aufgebaut war. Das Spielbrett war versehen mit blauen und roten Steinen.

»Ich weiß, dass Sie nicht viel Zeit haben. Aber bevor wir mit dem Spiel beginnen, möchte ich Ihnen trotzdem noch etwas zeigen.« Dahlmeyer ging mit überraschend festem Schritt zu einer Tür und öffnete sie. »Kommen Sie. Das ist mein Schlafzimmer. Aber nicht mein Bett ist interessant, sondern das, was an den Wänden hängt.«

Doris, die näher gekommen war, warf einen Blick durch die offene Tür. An den Wänden hingen Unmengen von Gipsköpfen mit den Gesichtern von jungen Mädchen. Jeder Kopf trug eine Goldhaube. Erst bei näherem Hinsehen bemerkte sie, dass das Gesicht der Köpfe immer das gleiche war. Nur die Hauben waren verschieden.

»Ich habe die Köpfe vor fast dreißig Jahren machen lassen. Nach einem Foto meiner Kriemhild. Ich kann Ihnen gar nicht beschreiben, wie schön sie ausgesehen hat, wenn sie meine Goldhauben vorführte. Goldhauben sind meine Leidenschaft gewesen. Nur sind sie heute völlig aus der Mode. Kriemhild hat sie schon als junges Mädchen nicht ausstehen können, hat sie aber mir zuliebe bei Modeschauen getragen. Ursprünglich habe ich sie alle im Wohnzimmer aufhängen wollen. Aber meine Tochter ist strikt dagegen gewesen. So sind sie im Schlafzimmer gelandet.«

»Ich bin zwar keine Trachtenexpertin, aber ich kann mir sehr gut vorstellen, wie hübsch Ihre Tochter damit ausgesehen haben muss.«

»Ich bin damals auch ungeheuer stolz auf sie gewesen.« Frau Dahlmeyer stockte. »Wissen Sie, was ich mich in den letzten beiden Tagen immer gefragt habe? Ob sie noch am Leben wäre, wenn sie bei den Goldhauben geblieben wäre.«

Doris sah wieder diesen Ausdruck von unbeschreiblich großer Trauer im Gesicht der alten Frau. »Das dürfen Sie gar nicht denken, Frau Dahlmeyer. Wir wissen noch gar nicht, wer Ihrer Tochter das angetan hat. Oder warum.«

»Ich habe es Ihnen doch schon gesagt. Das war sicher einer der Verehrer, den sie hat abblitzen lassen. Ich habe bei ihr ein Unglück immer kommen sehen. Wenigstens habe ich es dem Polizisten ordentlich gegeben.« Doris musste innerlich schmunzeln.

»Sie meinen den Revierinspektor Frisch?«

»Keine Ahnung, wie er heißt. Weiß der Himmel, wie die Zeitung darauf gekommen ist, mich anzurufen. Ich habe jedenfalls gleich die Gelegenheit benützt, meinen Ärger loszuwerden. Aber kommen Sie. Sie sind immerhin hier, um mit mir ›Mensch, ärgere dich nicht‹ zu spielen. Wenn es Ihnen recht ist, nehmen Sie Rot. Wie meine Kriemhild. Bei der hat es von Kindheit an immer Rot sein müssen. Ich habe immer Blau gehabt. Das würde ich gern beibehalten. Ich bin auch sicher, dass meine Tochter es gern gesehen hätte, wenn Sie die roten Steine nähmen.«

## 12. April, 02:17 Uhr

Furchtbar. Alle verfügbaren Polizeibeamten waren ausgeschwärmt, um seine Frau zu suchen, mitsamt den Kollegen von der Kremser Berufsfeuerwehr. Zwei Taucher waren bei der Schiffsanlegestation in die schwarzen Wellen der Donau gestiegen, um in den Tiefen des Stroms zu suchen. Er war nur zitternd daneben gestanden. Völlig unfähig, irgendetwas zu tun. Nur die vorwurfsvollen Blicke seiner beiden Kinder hatte er gespürt, bevor sie zu weinen begannen. Er wollte den Namen seiner Frau rufen, brachte aber keinen Ton hervor.

Felix Frisch hörte noch, wie jemand laut »Elfi« rief, und schreckte hoch. War er der Rufer gewesen?

Was für ein Traum! Er wandte seinen Kopf nach rechts, um nach seiner Frau zu sehen. Sie war nicht da. Er überlegte einen Moment, ob es möglich sein könnte, dass sein Traum Wirklichkeit geworden war. Doch dann fiel ihm ein, dass seine Elfriede sich gestern Abend geweigert hatte, mit ihm das eheliche Bett zu teilen. Zum ersten Mal seit neunzehn Jahren. Er stand auf, um sich aus dem Badezimmer ein Glas Wasser zu holen. Er war nicht gerade darauf bedacht, leise zu sein. Sie sollte nur mitbekommen, wie sehr er litt. So sehr, dass er mitten in der Nacht aufwachte. Auch zum ersten Mal seit neunzehn Jahren. Er lauschte an der Tür zum Wohnzimmer und hörte ein ebenso leichtes wie rhythmisches Schnarchen. Was für eine Gemeinheit. Während er in einem klitschnassen Pyjama fröstelnd dastand, schlief sie, als ob nichts gewesen wäre.

Er war gestern beim Heimkommen auf vieles gefasst gewesen. Auf alles, aber nicht auf eisiges Schweigen. Da hatte er natürlich umdisponieren müssen und ebenfalls geschwiegen.

Zugegeben, er hatte auch ein bisschen herumgestottert, aber wirklich nur ganz wenig. Was hätte es für einen Sinn gehabt, etwas vom beabsichtigten Engagement eines ebenso berühmten wie teuren Anwalts zu erzählen, wenn die Ehefrau nur mit trotzigem Schweigen reagierte. Wenn sie wenigstens geheult oder darüber geklagt hätte, dass er sie vor ihren Freundinnen lächerlich gemacht hatte. Mit all dem wäre er fertig geworden. Aber nicht mit ihrem Schweigen. Der Gipfel war, dass sie ihm in der Küche noch ein Essen hergerichtet hatte. Schopfbraten. Was für eine Demütigung.

Er hatte sich gerächt und das Fleisch gegessen, obwohl er gar keinen Hunger gehabt hatte. Es schmeckte nicht mal schlecht. Er legte sich wieder ins Bett. Wenn er es sich so recht überlegte, eigentlich ganz gut, dass er nichts von einem Rechtsanwalt gesagt hatte. Würde ihm eine Menge Geld sparen. Vielleicht wäre die alte Frau mit einem ganz windigen Advokaten bei Gericht erschienen und hätte behauptet, dass er, Revierinspektor Felix Frisch, gar nicht gemeint gewesen wäre. Er erschrak. Was dachte er da? Revierinspektor Felix Frisch? Er spürte, dass er trotz der Decke, die er bis über die Schultern hochgezogen hatte, wieder zu frösteln begann. Wieso sprach er in seinen Gedanken nicht von sich selbst als Gruppeninspektor? An die Möglichkeit, dass es wegen dieses Scheißartikels mit seiner Beförderung nichts werden könnte, hatte er noch gar nicht gedacht. Angeblich gab es so etwas wie ein Unterbewusstsein, wobei er bis heute nicht gewusst hatte, was er sich darunter vorzustellen hatte.

War er Opfer dieses Unterbewusstseins geworden? Hatte er Angst, dass Brunhilde Dahlmeyer ihm seinen Sprung in die Chefetage versauen konnte? Er versuchte, mit einem Reiben der Handflächen auf seiner Brust die Kälte zu vertreiben und nachzudenken. Jetzt kam es auf den Polizeidirektor an. Was würde er an seiner Stelle tun? Wenn er recht überlegte, kam der hohe Herr in dem Artikel noch schlechter weg als er selbst. Der hatte noch mehr Grund, einen Anwalt zu engagieren, den ohnehin der Steuerzahler berappen musste. Wäre er anstelle dieses Dr. Marbolts, er würde die Beförderung durchziehen. Damit würde er demonstrieren, dass ihm eine alte Frau, auch wenn sie die Mutter eines Mordopfers war, nicht ans Bein pinkeln konnte. Ihm gefiel diese Überlegung. Warum sollte ein Landespolizeidirektor weniger clever sein als ein kommender Gruppeninspektor?

Felix Frisch spürte eine wohlige Wärme auf seiner Haut. Es konnte nicht mehr lange dauern, bis er wieder einschlafen würde.

## 12. April, 09:19 Uhr

Wie sie es vorausgesehen hatte, war der Staatsanwalt leicht zu überzeugen gewesen. Er hatte nur zwei Bedingungen gestellt. Sollte die Arbeit der deutschen Forensikerin mehr als zwanzigtausend Euro kosten, wollte er vor einer endgültigen Entscheidung noch einmal Rücksprache halten.

Außerdem war es Aufgabe der Chefinspektorin, dem Landespolizeidirektor den staatsanwaltlichen Sinneswandel, trotz guter Gründe, möglichst schonend beizubringen.

Das Gespräch mit ihrem Chef hatte sie vor einer Viertelstunde hinter sich gebracht. Sie hatte keine ernsthaften Widerstände erwartet, war dann allerdings doch überrascht gewesen, wie ausgesucht höflich und verständnisvoll seine Reaktion ausfiel. Geradezu honigsüß. Er hatte auch volle Zustimmung zu ihrem Vorschlag gegeben, die Beauftragung der deutschen Forensikerin vorerst vor der Presse nicht zu erwähnen.

Vor fünf Minuten hatte sie Spencer angerufen, um ihn über den neuen Stand zu informieren und ihn gebeten, zu ihr zu kommen. Sie wollte in Wiesbaden anrufen. Vorher würde sie aber all die Fragen noch einmal mit ihm durchgehen, die sie der Wissenschaftlerin zu stellen gedachte. Und sich ihrerseits auf alle möglichen Gegenfragen vorbereiten.

Sie ertappte sich dabei, ihren Stellvertreter, der gerade zur Tür hereinkam, zunächst auf sein optisches Erscheinungsbild hin zu mustern. Sie schrieb diese Neugierde ihrer guten Stimmung zu. Ausnahmsweise trug er ein Hemd, dessen Knopf über dem Hosenbund geschlossen war, und die Hose lag an den massigen Oberschenkeln weniger speckig an als üblich.

»Bist du auf Brautschau?« Sie lächelte ihn an.

»Wieso sollte ich? Du bist ja nicht zu haben.«

»Also mit der neuen Hose, die du da anhast, könnte ich fast schwach werden.«

»Von ›fast‹ habe ich aber nichts. Unser Chef muss dich ganz schön eingekocht haben, wenn du so aufgekratzt bist.«

»Jedenfalls hat er mich einzukochen versucht. Aber ich bin auf der Hut.«

»Würde ich dir auch dringend empfehlen.«

»Komm, setz dich! Ich will mit dir die Fragen für das Deutsche Bundeskriminalamt durchgehen. Auf die erste hat mich schon der Staatsanwalt gebracht. Wie viel der Versuch der Wiederherstellung des Gesichts kosten würde? Er tut sich schwer, mehr als zwanzigtausend Euro zu genehmigen. Wahrscheinlich hat er da ein Limit.«

»Verstehe ich. Sowieso hinausgeschmissenes Geld, wenn du mich fragst. Aber bitte. Wichtig wäre die Frage, wie lange die Sache dauert.«

Doris begann, auf einem Notizblock zu schreiben. »Und ob wir ihr das Skelett hinausschicken müssen, oder sie nach Wien kommt.«

»Dann wird es noch teurer. Nachdem die Idee von mir stammt, würde mich natürlich interessieren, wie hoch die Trefferquote ist. Die Frau muss Erfahrungswerte haben. Bei einer Quote unter fünfzig Prozent würde ich die Sache gleich wieder abblasen. Ich werde ihr anbieten, ihr vorerst einmal Fotos der Gesichtsknochen zu schicken und von allem, was wir sonst noch haben, das für ihre Arbeit wichtig sein könnte.«

»Mit der Kondomschachtel und dem kleinen Würfel wird sie nicht viel anfangen können.«

»Danke für die Belehrung, aber das weiß ich selbst.« Sie legte ihren Kugelschreiber weg und begann, eine Strähne ihres Haars um ihren linken Zeigefinger zu drehen. Die rechte Hand hielt sie ihm abwehrend entgegen.

»Nichts sagen! Lass mich einen Moment nachdenken. Du hast mich nämlich auf eine Idee gebracht.« Doris ließ ihre Haare los, legte beide Zeigefinger in ihre Nasenwurzel und begann sie kurz auf- und abwärts zu reiben. »Spencer, ich werde alt. Vielleicht hat Marbolt recht, und ich sollte mich doch in einem Kammerl im BKA oder im Innenministerium verkriechen.«

»Komm, spuck es schon aus. Welcher Genieblitz hat dich denn jetzt getroffen? Der trifft dich nämlich immer, wenn du anfängst, mit deiner Vergreisung zu kokettieren.«

»Das wirst du gleich sehen. Da in der Schreibtischlade muss ich die Telefonnummer von Frau Dahlmeyer haben. Von der Mutter.« Sie zog die rechte obere Lade ihres Schreibtisches auf und nahm einen kleinen Zettel heraus. Dann nahm sie ihr Handy und wählte. »Einen recht schönen guten Morgen, Frau Dahlmeyer! Doris Lenhart hier. Ich möchte Ihnen zunächst noch einmal für den gestrigen Abend danken. Ich hoffe, er hat Ihnen auch eine kleine Freude gemacht.« Doris hörte eine Weile zu. »Das wiederholen wir ganz sicher. Wegen des Spiels rufe ich auch an. Würde es Ihnen etwas ausmachen, wenn ich mir die beiden Würfel, die wir gestern verwendet haben, für ein paar Tage ausborge? Ich bringe sie sicher bei meinem nächsten Besuch zurück. Gut, da bin ich Ihnen sehr dankbar. Wozu ich sie brauche, erkläre ich Ihnen gern beim nächsten Mal. In der nächsten Viertelstunde wird ein Polizist die Würfel bei Ihnen abholen. Auf Wiederhören, Frau Dahlmeyer. Und bleiben Sie weiterhin so stark. Wir finden die Person, die Ihrer Tochter das angetan hat. Das garantiere ich Ihnen.«

Doris legte ihr Handy weg. »Dämmert dir schon etwas?«, fragte Doris ihren Stellvertreter.

»Nicht im Geringsten.«

»Dann lass dir aus der Asservatenkammer einmal den Würfel bringen. Ich lasse in der Zwischenzeit die Würfel in Krems abholen und auf schnellstmöglichem Weg zu uns bringen. Außerdem telefoniere ich mit Wiesbaden. Wir sehen uns in einer Dreiviertelstunde wieder.«

## 12. April, 10:00 Uhr

Das Gespräch mit der deutschen Kollegin war ernüchternd gewesen. Sie hatte Doris erklärt, vor einer Zusage benötige sie ein offizielles Ansuchen des Bundeskriminalamts Wien um Amtshilfe. Das war nicht das Problem. Mit einem mehr oder weniger komplizierten Behördenlauf hatte Doris gerechnet. Auch die Kosten hatten sich als kein unüberwindliches Hindernis herausgestellt. Schwerer wog die Warnung der Forensikerin, dass bei alten Personen der Zustand der Haut sowie Dichte und Ansatz der Haare mit Plastilin und Haarersatz schwer zu simulieren waren. Bei Frauen spielte das eine geringere Rolle als bei Männern, war aber problematisch genug. Außerdem sah ein Gesicht mit vielen Falten anders aus als eines mit glatter Haut. Einzig der Gesichtsschnitt könnte mit einiger Zuverlässigkeit rekonstruiert werden. Allerdings auch nur dann, wenn genügend Material vom Schädelknochen vorhanden war. Eine Einschätzung über die Wahrscheinlichkeit, wie ähnlich die Nachbildung der Toten wirklich sein würde, war erst nach Begutachtung des vorhandenen Materials möglich. Doris versprach jedenfalls, zunächst einmal Fotos der Schädelknochen elektronisch nach Wiesbaden zu übermitteln. Morgen würde man dann weitersehen.

In der Zwischenzeit hatte die Besatzung eines Kremser Streifenwagens ein kleines Säckchen abgeliefert, auf das die Chefinspektorin sehnsüchtig gewartet hatte. Jetzt rief sie ihren Stellvertreter an, der keine dreißig Sekunden später in ihrem Büro erschien. In der Hand hielt er den Würfel aus der Asservatenkammer.

»So, dann leg ihn einmal da auf den Tisch.«

Spencer legte das unscheinbare Stück, dessen rote Farbe noch erkennbar war, auf die Tischplatte, die Doris ein paar Minuten zuvor leer geräumt hatte.

»Und jetzt lege ich die zwei Würfel aus Krems daneben. Ich bin selbst sehr gespannt.« Sie nahm einen blauen und roten Würfel heraus. »Ich sehe schon. Test Nummer eins bestanden.«

»Ich verstehe ja, dass du es spannend machen willst. Aber du braucht nicht in Rätseln zu sprechen, ist so schon spannend genug.« Spencer beugte sich über den Tisch.

»Sag mir, was du siehst.«

»Ich sehe drei Würfel. Zwei rote, von denen man einem ansieht, dass er lang in der Erde gelegen sein muss. Und einen blauen.«

»Seit wann so unpräzise, mein Freund. Man sieht doch auf einen Blick, dass der blaue und der verwitterte rote abgesehen von der Farbe ident sind. Der zweite rote passt da gar nicht dazu.«

»Na und?«

Doris konnte ihre Anspannung nur schwer verbergen. »Das wirst du gleich sehen. Oder besser hören. Jetzt kommt Test Nummer zwei. Erst wenn wir den bestehen, haben wir so etwas wie eine Spur.«

Während Doris zum Telefon griff, das auf ihrem Schreibtisch stand, setzte sich Spencer wieder.

Er schüttelte nur den Kopf. »Hier noch einmal Doris Lenhart. Vielen Dank, Frau Dahlmeyer, dass das mit den Würfeln so rasch und unkompliziert geklappt hat. Ich hätte aber noch ein paar Fragen. Die beiden Würfel, mit denen wir gestern gespielt haben, sind nicht gleich. Können Sie sich erinnern, ob einer von den beiden einmal ausgetauscht worden ist? Wenn es Ihnen recht ist, schalte ich den Lautsprecher ein, damit ein Kollege von mir mithören kann.«

»Kein Problem. Jetzt, wo Sie mir diese Frage stellen, Frau Lenhart, fällt mir ein, dass meine Tochter den roten Würfel, der ursprünglich bei dem Spiel dabei gewesen ist, verloren hat. Das Fabrikat hat sie nirgends mehr auftreiben können. Seitdem haben wir mit dem roten Würfel gespielt, den jetzt

Sie haben.« Doris begann, eine Strähne ihres Haars um den linken Zeigefinger zu wickeln.

»Ich wollte, ich hätte in Ihrem Alter auch so ein glänzendes Gedächtnis, Frau Dahlmeyer. Das, was Sie mir da sagen, hilft mir schon sehr viel. Können Sie sich erinnern, wann ungefähr Ihre Tochter diesen Würfel verloren hat?«

»Schwierig. Aber lassen Sie mich nachdenken.«

»Lassen Sie sich ruhig Zeit.«

»Ich kann es nicht beschwören, aber ich bilde mir ein, dass sie mir damals erzählt hat, dass sie den Würfel nach Wien mitgenommen hat. Fragen Sie mich aber bitte nicht, warum. Sie müssen nämlich wissen, dass Kriemhild zwei Semester in Wien studiert hat.«

»Sie sind großartig, Frau Dahlmeyer. Hatte Ihre Tochter in ihrer Studienzeit eine sehr gute Freundin?«

»Das hatte sie. Seit der Volksschule. Eine gewisse Bettina Schreiber. Seit sie verheiratet ist, heißt sie Tamm. Sie wohnt auf dem Wachtberg. Wo genau, weiß ich nicht.«

»Ausgezeichnet. Haben Sie vielen Dank. Ich bin jetzt sehr in Eile, aber ich melde mich bald wieder. Versprochen. Auf Wiedersehen.« Doris legte auf. »Und damit hätten wir auch Test zwei bestanden.«

Spencer starrte seine Chefin ungläubig an. »Das scheint aber einer jener Tests zu sein, bei denen man nicht weiß, wofür er überhaupt gut sein soll. Du wirst doch nicht behaupten wollen, dass eine zwanzigjährige Hilde Dahlmeyer und eine alte Frau mit künstlicher Hüfte in einem Weingarten bei Weißenkirchen gewürfelt haben. Und weil Dahlmeyer dabei verloren hat, hat sie die alte Frau erwürgt und dann vergraben. Dummerweise ist sie dabei von einem Verwandten der Frau beobachtet worden, der sich mit zwanzigjähriger Verspätung an ihr gerächt und sie in die Luft gesprengt hat. Eine derart absurde Geschichte würde nicht einmal unserem hochgeschätzten Herrn Landespolizeidirektor einfallen.« Spencer knöpfte hastig den untersten Knopf seines Hemds zu.

»Mich stört nicht dein offener Knopf, sondern deine Kleingläubigkeit. Natürlich kann alles reiner Zufall sein. Aber ich glaube nicht daran. Der Würfel aus dem Weingarten stammt aus dem Dahlmeyerschen Spiel, darauf verwette ich meine Karriere. Ich habe allerdings noch nicht die geringste Ahnung, wie er in den Weingarten gekommen ist. Und vor allem, warum. Genau wegen solcher Fragen bin ich Kriminalpolizistin geworden. Das Gefühl, schon jetzt zu wissen, dass ich die Antworten finden werde, gibt mir Berge.« Doris blickte Spencer augenzwinkernd an. »Und es gäbe mir auch Berge, wenn mein Stellvertreter mich beim Zusammensetzen des Puzzles unterstützen würde. Spencer, ob du es glaubst oder nicht, ich rieche Pulverdampf.« Doris stand mit einem energischen Ruck auf.

## 12. April, 17:00 Uhr

Die Chefinspektorin parkte ihren Wagen in der Alauntalstraße und ging den steilen Weg zu den Tamms hoch. Sie konnte sich nicht erinnern, als Kind je diesen Weg gegangen zu sein. Sie hatte ein Haus erwartet, fand aber ein Domizil, das sie eher mit dem Begriff »Anwesen« verband. Es handelte sich um ein ihrer Schätzung nach mindestens zweieinhalbtausend Quadratmeter großes Grundstück, auf dem eine eingeschossige Villa mit Walmdach stand. Das Grundstück wurde durch einen knapp zwei Meter hohen Zaun nach drei Seiten hin begrenzt, der die Villa völlig uneinsichtig machte. Selbstverständlich gab es einen Swimmingpool, der aber trotz der warmen Temperaturen noch nicht eingelassen war. Es war noch dazu mit einem Ausblick ausgestattet, den selbst sie, die in Krems geboren und aufgewachsen war, noch nicht erlebt hatte. Halblinks die Piaristenkirche und zu ihren Füßen das Steinertor, die Dominikaner- und die Pfarrkirche. Wenn sie ihren Kopf nach rechts schwenkte, fand sie das Kremser Tor und die Minoriten-, die Frauenberg- und die Pfarrkirche von Stein. Als Krönung thronte über der Donau Stift Göttweig.

Die Chefinspektorin wollte ihre Bewunderung für die Lage des Hauses gar nicht verbergen, als sie von Bettina Tamm an der Tür empfangen wurde. »Ich habe meine Kindheit in Krems verbracht, aber zu meiner Schande muss ich gestehen, dass ich nie hier oben auf dem Wachtberg gewesen bin. Sie haben hier ein kleines Paradies, Frau Tamm. Mit einem überwältigendem Ausblick.«

»Frau Chefinspektorin, Sie waren sicher als Kind auf dem Wachtberg«, antwortete Bettina Tamm lächelnd. »Aber welches Kind kann sich schon für einen Ausblick begeistern? Meine sind jetzt vierzehn und zwölf. Ich bezweifle, ob sie je mit offenem Mund auf die Stadt da unten geschaut haben, während mein Mann und ich uns noch immer nicht sattsehen können. Aber Sie haben schon recht. Ich bin wirklich privilegiert, weil mein Mann einen sehr erfolgreichen Handel mit Chemikalien aufgezogen hat. Halbtags helfe ich ihm. Den Rest des Tages kümmere ich mich um unsere beiden Buben und das Haus. Kommen Sie bitte. Nehmen Sie doch Platz. Auf dem Sessel da. Von dem aus hat man die beste Sicht.«

Doris ließ sich in einen Fauteuil aus Rattanholz fallen. Es war weiß lackiert, mit einem blau-weiß-gestreiften Polster als Auflage. Herrlich bequem, wie Doris fand.

»Trinken Sie mit mir ein Glas Aperol?«

»Vielen Dank, aber als Autofahrerin muss ich mich auf Mineralwasser beschränken. Außerdem bin ich im Dienst.«

Nachdem Bettina Tamm durch die Terrassentür ins Hausinnere verschwunden war, nutzte Doris die Gelegenheit, über den ersten Eindruck nachzudenken, den sie von ihrer Gastgeberin hatte. Eine gepflegte Anfangsvierzigerin, für ihren Geschmack eine Spur zu viel Make-up, sehr routiniert im Umgang mit Gästen und offensichtlich sehr wohlhabend. Deutete die Partie unter den Augen, die besonders stark geschminkt war, in Kombination mit der Einladung zu einem Aperol auf ein Faible für Alkohol hin?

Frau Tamm kam mit einem kleinen Tablett zurück und stellte das Glas Mineralwasser auf den Tisch vor Doris.

»Ich bin Ihnen sehr dankbar, dass das mit dem Termin so schnell geklappt hat.«

»Das ist doch eine Selbstverständlichkeit.«

Die Leiterin der Mordkommission begann, Frau Tamm den Grund ihres Besuches, den sie am Telefon schon kurz angesprochen hatte, zu erklären.

»Hilde und ich kennen uns schon seit der Volksschule. Wir sind dann auch gemeinsam in die Unterstufe des Mädchenrealgymnasiums in der Rechten Kremszeile gegangen und dann auch in die Handelsakademie, wo wir 1992 maturiert haben. Ich habe danach in Krems zu arbeiten begonnen, während Hilde ein paar Semester in Wien studiert hat.«

»Die Mutter hat mir erzählt, dass ihrer Tochter viele Männer den Hof gemacht haben, wie man so schön sagt. Können Sie das bestätigen?«

Frau Tamm begann zu lachen. Dabei zeigte sie Doris eine Reihe beneidenswert makelloser und weißer Zähne.

»Wie man so schön sagt. Hilde hat es ganz ordentlich krachen lassen, wie man auch so schön sagt. Aber natürlich gibt es da immer jemanden, der bei allem Krach zu kurz kommt. Ich kann mir beim besten Willen nicht vorstellen, dass sie jemand in die Luft gesprengt hat, nur weil er damals nicht bei ihr landen konnte. Das ist doch ewige Zeiten her.«

»Hat sie Ihnen je etwas von einem Würfelspiel erzählt?«

»Ich weiß nur, dass sie als Kind gern ›Mensch, ärgere dich nicht‹ gespielt hat. Da habe auch ich oft mitgespielt. Aber ich nehme nicht an, dass Sie das meinen.«

»Sollte ich vielleicht etwas anderes meinen?« Doris bemühte sich um einen besonders arglosen Blick.

»Ich wüsste nicht, was.« Frau Tamm, die in der Zwischenzeit eine Sonnenbrille aufgesetzt hatte, griff hastig nach ihrem Glas.

Schade, dass die Chefinspektorin die Augen der Gastgeberin jetzt nicht mehr sehen konnte. »Ist nur so ein Gedanke von mir gewesen. Ich weiß, es ist sehr lange her. Aber können Sie sich noch an die Namen von jungen Männern erinnern, die damals bei Frau Dahlmeyer abgeblitzt sind? Sie können sich auf meine absolute Diskretion verlassen.«

»Ich könnte Ihnen ein paar Namen von Männern nennen, die bei Hilde gelandet sind. Zumindest aus Krems. Aber ich habe wenig Ahnung, wer alles abgeblitzt ist. Das hat selbst Hilde nicht annonciert. Von ihrer wilden Zeit in Wien weiß ich weder das eine noch das andere.«

»Sie hat nur ein paar Semester studiert. Was hat sie denn danach gemacht?«

»Ein paar Jahre ist sie Hostess bei der Lufthansa gewesen. Aber auch nicht sehr lang. Irgendwie hat immer die Idee in ihrem Kopf herumgespukt, eine Boutique aufzumachen. Zuerst hat sie im ersten Bezirk gearbeitet, bis sie dann vor sieben oder acht Jahren das Geschäft ihrer Mutter übernommen hat. Ehrensache, dass ich eine ihrer besten Kundinnen gewesen bin.«

Doris hörte, wie sich das Eingangstor öffnete, das auch schon bei ihrer Ankunft leicht gequietscht hatte, und sah, wie ein sehr großer, etwas übergewichtiger Mann hereinkam. Offensichtlich war er der Ehemann von Frau Tamm.

»Das ist aber eine Überraschung, Schatz, dass du schon da bist.«

»Wenn wir schon einmal den Besuch der Mordkommission kriegen, dann bin ich natürlich neugierig.« Er ging auf Doris zu, die ihm ihre Hand entgegenstreckte. »Ich bin Eberhard Tamm. Freut mich.« Er gab seiner Frau einen Kuss auf die Stirn und setzte sich.

»Frau Lenhart glaubt, dass der Tod von Hilde etwas mit der Zeit vor zwanzig Jahren zu tun hat.«

»Da ist die gute Hilde jedenfalls ein sehr flottes Mädchen gewesen. Ich war doch einiges älter als sie, aber sie ist damals bestimmt jedem Kremser über fünfzehn Jahren aufgefallen. Wenn Sie die alle durchackern müssen, Frau Chefinspektorin, dann beneide ich Sie nicht darum.«

## 12. April, 17:40 Uhr

Doris hatte die Tamms mit einem flauen Gefühl im Magen verlassen. Sie hatte nichts Hilfreiches erfahren, abgesehen von der Information, dass die junge Hilde Dahlmeyer es gar nicht mochte, wenn ihr jemand zu nahe kam. Passte zur Geschichte mit dem Revierinspektor. Auch die Art und Weise, wie sich Bettina Tamm verhalten hatte, war ihr merkwürdig erschienen. Während eines Gesprächs über den gewaltsamen Tod der besten Schulfreundin genüsslich einen Aperol zu trinken und nur geschäftsmäßiges Bedauern zu vermitteln, war mehr als eigenartig. Vielleicht trank sie aus Gewohnheit Alkohol. Das würde Doris nicht verwundern. Und dann die überraschend frühe Heimkehr des Ehemanns, den die Chefinspektorin beim Gespräch eigentlich gar nicht dabeihaben wollte. Sie war sicher, Frau Tamm gegenüber am Telefon deutlich gemacht zu haben, dass sie auf ein Gespräch unter vier Augen Wert legte. War es reiner Zufall gewesen, dass Herr Tamm so früh dazugestoßen war? Oder zwischen dem Paar abgesprochen? Oder hatten sie es nicht abgesprochen, aber der Ehemann hatte es darauf angelegt? Doris wäre gern noch einmal auf die Sache mit dem Würfel zurückgekommen, hatte es aber dann wegen des aufgetauchten Ehemanns unterlassen. Höchst eigenartig, wie Frau Tamm in dem Punkt reagiert hatte.

Vielleicht würde ihr ein kurzer Streifzug durch das Revier ihrer Kindheit helfen, ihre Gedanken zu ordnen. Sie wechselte im Auto, das sie in der Alauntalstraße stehen ließ, ihre Schuhe, weil sie wusste, dass der Weg, den sie sich vorgenommen hatte, über weite Strecken mit Kopfsteinen gepflastert war. Ihr erstes Ziel war der Frauenbergplatz mit der Piaristenkirche, die sie seit geschätzten fünfunddreißig Jahren nicht mehr betreten hatte. Sie dachte kurz daran, in die Kirche zu gehen. Dann aber schien ihr ein langer Blick von der Brüstung des Platzes auf die darunter liegende Altstadt lohnender. Als sie am Piaristengymnasium vorbeiging, horchte sie in sich hinein. Schlug ihr Herz höher bei der Erinnerung daran, dass hier ihre große Volksschulliebe Lateinlehrer war, der ihr vor zwei Jahren unter Umständen, an die sie gar nicht weiter denken wollte, das Leben gerettet hatte? Jedenfalls hatte sie das Gefühl, beim Vorbeigehen an der Schule ihren Schritt zu beschleunigen. Sie redete sich ein, sie wollte bloß schneller über den Hohen Markt zum Haus in der Althangasse kommen, in dem sie mit ihren Eltern gewohnt hatte.

Am Hohen Markt machte Doris dann doch einen kleinen Umweg. Beim Blick auf das Gasthaus Jell kamen ihr die oftmaligen Familienmittagessen am Geburtstag ihres Vaters in den Sinn. Dann ein Blick in das kleine Antiquitätengeschäft an der Ecke. Keine fünfzig Meter weiter das Sgrafittohaus, bis sie endlich vor dem Haus in der Althangasse stand, in dem sie zwölf Jahre gewohnt hatte. Was für eine schöne Zeit.

Ihr war schon auf der Fahrt nach Krems klar gewesen, dass sie der Versuchung einer Cremeschnitte in der Konditorei Raimitz nicht würde widerstehen können. Dienst und ungelöster Mordfall hin oder her. Von der Althangasse war es buchstäblich nur ein Katzensprung bis zum anderen Ende des Pfarrplatzes. Als sie gerade nach einem Platz in dem gut besuchten Lokal Ausschau halten wollte, läutete ihr Handy. Am Apparat war der Redakteur des »Niederösterreichischen Tags«, zu dem sie über die letzten Monate einen sehr tragfähigen Kontakt aufgebaut hatte. Sie hörte eine Weile zu.

»Ich bin Ihnen für die Information sehr dankbar. Aber ich würde Sie dringend bitten, darüber vorerst nichts zu berichten. Ich weiß sehr gut, dass das für Sie nicht leicht ist. Ich möchte Ihnen heute nur sagen, dass ich weiß, wie tief ich mit meiner Bitte in Ihrer Schuld stehe.«

## 13. April, 08:30 Uhr

»Du erinnerst dich doch, dass ich unserem Chef empfohlen hatte, sich nicht über den Redakteur vom ›Niederösterreichischen Tag‹ zu beschweren und ihm stattdessen exklusiv eine interessante Information zu stecken? Und was macht der hohe Herr? Ruft den Reporter an und erzählt ihm, dass er zuverlässige Hinweise hat, dass zwischen der Dahlmeyer und dem Skelett doch ein Zusammenhang besteht. Dabei habe ich ausdrücklich mit ihm ausgemacht, dass wir darüber bis auf Weiteres Stillschweigen bewahren.«

»Wundert mich nicht. Oder kennst du noch nicht das Erste Malzachersche Gesetz?« Spencer feixte seine Chefin an.

»Das da wäre?«

»Dass aus einem Arschloch nur Scheiße kommen kann.«

Die Chefinspektorin versuchte erfolglos, ein Lachen zu unterdrücken. »Jetzt können wir nur hoffen, dass mein Büro nicht verwanzt ist. Aber im Ernst: Der Mann wird schon langsam gemeingefährlich. Ich habe den Bericht darüber in letzter Minute abdrehen können, weil der Redakteur so freundlich war, mich nach einer Bestätigung zu fragen. Das wird mich allerdings einiges kosten. So etwas macht ein Journalist ja nicht gratis.«

»Dir wird da schon was einfallen.«

»Mein Besuch in Krems ist auch sonst nicht gut gelaufen. Keine wirklich brauchbare Information von Seiten der Schulfreundin von Hilde Dahlmeyer. Sie kennt die Würfel nur vom ›Mensch, ärgere dich nicht‹, da sie oft in der Wohnung der Dahlmeyers gespielt hat.«

»Was hast du dir denn erwartet?« Spencer kratzte seinen Bauch. »Abgesehen davon, dass ich noch immer glaube, dass dich dein Instinkt diesmal auf eine falsche Fährte geführt hat. Ich glaube weder an ein Motiv, das mehr als zwanzig Jahre zurückliegt, noch an den Zusammenhang mit dem Würfel. Rote Würfel gibt es viele. Gehen wir die Sache noch einmal durch. Die Mutter Dahlmeyer sagt, dass ihre Tochter vor über zwanzig Jahren einen roten Würfel verloren hat, der nach deiner Theorie im Zusammenhang mit dem Weißenkirchener Skelett eine Rolle spielt. Welche soll das sein? Wenn Frau Dahlmeyer mit dem Würfel etwas gewonnen hat, was dem Verlierer nicht gepasst hat, warum jagt er sie erst mit fast einem Vierteljahrhundert Verspätung in die Luft?«

»Vielleicht ist die Dahlmeyer damals nur bei dem Spiel dabei gewesen. Und der Verlierer hat den Sieger längst beseitigt, ohne dass sie Wind davon bekommen hat. Und mit fünfundzwanzigjähriger Verspätung ist etwas passiert, was ihr verdächtig vorgekommen sein mag. Oder zumindest verdächtig hätte vorkommen müssen.«

Spencer schüttelte heftig seinen Kopf. »Jetzt verrennst du dich völlig. Ich bin seit mehr als zwanzig Jahren bei der Kriminalpolizei. Da sind mir bis heute nur drei ungeklärte Mordfälle untergekommen, aber unter den Opfern ist sicher niemand gewesen, der als Sieger bei deinem Würfelspiel infrage gekommen wäre. Soweit ich mich erinnere ein Sexualmord und zwei Raubmorde. Alle drei bis jetzt ohne überführte Täter.«

»Sorry, mein Lieber. Aber das reicht nicht. Erstens kann der Mord vor deiner Zeit passiert sein, obwohl du wahrscheinlich auch darüber Bescheid wüsstest. Und zweitens ist es ja möglich, dass der Mord gar nicht in unserem Zuständigkeitsbereich passiert ist. Vergiss nicht die Erklärung der Mutter, dass sie an ein Verschwinden des Würfels während der Zeit glaubt, in der ihre Tochter in Wien studiert hat.«

»Kann ja sein. Aber was hat das alles mit der Frau mit der künstlichen Hüfte zu tun? Und wie kommt ein in Wien verlorener Würfel in einen Weißenkirchener Weingarten?«

»Kommt Zeit, kommt Rat, mein Freund.«

»Ich sehe schon, heute bin ich gegen dich chancenlos. Dann rede ich mal mit unseren Wiener Kollegen.«

»Kann auf keinen Fall schaden. Konzentriere dich bitte auf die Jahre 1991 bis 1995.«

»Mache ich. Aber glaube ja nicht, dass du deswegen schon gewonnen hast. Wie schaut es denn jetzt mit der Forensikerin aus Wiesbaden aus?«

»Ich habe noch gestern Abend mit ihr telefoniert. Sie hat die Fotos studiert. Wir sollen uns nicht zu viel versprechen, aber sie sieht die Sache nicht als aussichtslos an. Sie wird ungefähr eine Woche brauchen.«

»In der Zeit läuft uns nichts davon. Ich habe übrigens auch eine Information. Die Spurensicherung hat die Reste des Mercedes auf Fingerabdrücke überprüft. Neun verschiedene. Plus die von Frau Dahlmeyer. Einen haben wir in der Kartei. Einen Mann aus Loiben, ist vor zwei Jahren wegen eines Verkehrsunfalls, den er mit eineinhalb Promille im Blut verschuldet hat, zu einer bedingten Haftstrafe verurteilt worden. Schauen wir uns an.«

»Mühsam nährt sich das Eichhörnchen.«

## 14. April, 09:03 Uhr

Was für ein Hurensohn von Redakteur. Der hat sicher nicht mal Matura, sonst wäre er nicht bei dieser Provinzpostille, aber er muss sich natürlich aufspielen und wichtig machen. Und ihn, den Polizeidirektor, der sein Studium in Mindestzeit absolviert hat, zappeln lassen. Wie hatte er auch so blöd sein können, sich vor diesem Nichtskönner zu erniedrigen und auf Schönwetter zu machen. Noch so eine vermaledeite Idee dieser Chefinspektorin. Wirklich höchste Zeit, sie loszuwerden. Es hatte ihm schon Böses geschwant, als gestern kein Sterbenswörtchen in der Zeitung zu lesen war. Aber da war er noch nachsichtig gewesen. Das kannte er schon aus seiner Zeit aus dem Ministerbüro, dass die Zeitungen für Exklusivstories Platz brauchten, den sie nicht immer innerhalb von Stunden finden und daher die Geschichte erst mit einem Tag Verspätung bringen konnten. In solchen Fällen hatte es jedoch immer vorab eine entsprechende Information des Journalisten gegeben. Er hatte es also dem Platzmangel zugeschrieben, dass in der gestrigen Ausgabe des »Niederösterreichischen Tags« nichts zu lesen war, und dass der Redakteur deswegen vorher keinen Pieps gemacht hatte, seiner amateurhaften Stümperei. Allerdings hatte er auch in der heutigen Ausgabe kein Sterbenswörtchen finden können und zog daraus seine Schlüsse. Entweder der Redakteur war ein falscher Hund der Sonderklasse, der ihn nur an der Nase herumführen würde, oder es steckte etwas anderes dahinter. Wenn er nur wüsste, was.

Aber nicht mit ihm. Er würde dem Schreiberling Mores lehren. Wozu hatte er gute Kontakte zu den Wiener Zeitungen? Da würden sich einige alle Finger abschlecken, wenn sie hörten, was er ihnen zu erzählen hatte. Ein Zusammenhang zwischen der Autobombe und einem Skelett war schließlich nicht nichts. Und dass der Polizeidirektor deswegen den widerspenstigen Staatsanwalt sogar mehr oder weniger zwingen musste, das deutsche Bundeskriminalamt einzuschalten, war auch eine Nachricht wert. Das mit dem Staatsanwalt musste er natürlich vorsichtiger formulieren, aber da würden ihm als Medienprofi schon die richtigen Worte einfallen.

Dr. Wolfgang Marbolt saß an seinem Schreibtisch. Vor sich lag ein kleines Notizbuch, in dem er blätterte. Ihm war natürlich klar, dass seine Geschichte auch in Wien den größten und prominentesten Platz kriegen würde, wenn er sie exklusiv verkaufte. Er strich mit seiner Rechten über seinen Dreitagebart, den er erst heute früh mithilfe seiner Frau in die richtige Länge gebracht hatte, und dachte nach.

## 14. April, 16:10 Uhr

Doris ging schon zum dritten Mal ihre Notizen durch. Sie hatte das unbestimmte Gefühl, dass sie etwas übersehen hatte, begann sich aber damit zu trösten, dass diese Angst von Zeit zu Zeit jeden Kriminalisten heimsuchte. Meist war sie völlig grundlos. Sie war noch immer sicher, dass der Würfel ein Schlüssel zur Klärung des Mordes an Hilde Dahlmeyer war. Aber was hatte der Würfel bei einer alten Frau in einem Weingarten zu suchen? In dem Punkt hatte Spencer sicher recht. Unabhängig davon, ob sie eines natürlichen Todes gestorben oder ebenfalls einem Verbrechen zum Opfer gefallen war. Es sprachen immer mehr Indizien für einen natürlichen Tod. Die Gerichtsmedizin in Wien hatte jedenfalls in den Knochen keine Rückstände eines lebensbedrohlichen Gifts entdeckt, wie seit gestern bekannt war. Zumindest keines Gifts, das heute noch nachweisbar wäre.

Blieb noch die Möglichkeit der Strangulation. War aber reine Spekulation. Sie wollte die Sache sowohl unter der Annahme eines natürlichen Todes als auch unter der einer Strangulation durchdenken.

Jedenfalls nahm sie sich vor, den Fall über das kommende Wochenende ganz auszublenden und einmal abzuschalten. Die Familie hatte ein Anrecht auf sie als Ehefrau und Mutter.

Sie legte ihre Notizen weg, nahm sich eine auf ihrem Schreibtisch liegende Zeitung und schlug die Seite mit den Kinoprogrammen auf.

Da kam Spencer herein. »In der Zeitung wirst du nichts finden, was uns in unserem Fall weiterbringt.«

»Deswegen schaue ich auch gar nicht hinein. Du wirst es nicht glauben, aber ich studiere das Kinoprogramm.«

»Wieder einmal ein sehr menschlicher Zug von dir. War auch höchste Zeit.« Spencer, der dabei war, sich zu setzen, blieb stehen. »Dann werde ich besser auch für heute Schluss machen. Ich habe Neuigkeiten von unseren Wiener Kollegen, aber die können bis Montag warten. Nicht uninteressant, aber ein Volltreffer ist nicht dabei.«

Die Chefinspektorin schob die Zeitung beiseite, lehnte sich in ihrem Sessel zurück und schaute ihren Stellvertreter an. »Du glaubst doch nicht im Ernst, dass ich dich mit dieser Eröffnung so mir nichts dir nichts ins Wochenende entlasse. Was ist ›nicht uninteressant‹?«

»Die Kripo in Wien hat alle unaufgeklärten Tötungsdelikte von '91 bis '95 für mich aufgelistet. Natürlich gibt es dort mehr als in Niederösterreich. Insgesamt sechs. Aber keiner von den sechs ist für uns interessant.«

»Und was bitte soll daran nicht uninteressant sein?«

»Sei nicht so ungeduldig. Der Wiener Kollege hat sich auch die Abgängigkeitsanzeigen für den fraglichen Zeitraum angesehen. Und da sind drei Männer dabei, die damals zwischen zwanzig und dreißig gewesen sind. Er sucht die Unterlagen zusammen. Am Montag haben wir sie.«

»Klingt wirklich nicht schlecht. Theoretisch könnte da mein Sieger dabei sein. Dann hoffen wir auf Montag. Allerdings nehme ich mir fest vor, übers Wochenende gar nicht daran zu denken. Sonst bekomme ich Krieg mit den Meinen.«

## 15. April, 09:30 Uhr

Mit einem höchst amüsierten Blick sah Doris Lenhart, wer heute den Frühstückstisch gedeckt hatte. Wann würde ihre Jüngste endlich lernen, dass die Gabel immer links vom Teller zu liegen hatte und das Messer rechts und nicht umgekehrt? Trotzdem ganz süß von Sophie. Was hatte sie doch für einen Instinkt, genau zu wissen, wann die Mutter etwas Verwöhnung brauchte. Ein Gefühl, das ihrer Ältesten immer gefehlt hatte.

Doris hatte sehr gut und sehr lang geschlafen. Bis sie ihre älteste Tochter im Badezimmer hörte, als ihr der Zahnputzbecher in die Waschschüssel fiel. Sie erinnerte sich, dass Veronika zu einem Tennisdoppel verabredet war. Wahrscheinlich war sie schon sehr spät dran. Wie lange hatte sie selbst nicht mehr Tennis gespielt?

Erich hatte schon Kaffee gemacht, das Brot geschnitten und zwei Semmeln gebäht. Nicht für sie, weil sie sich vorgenommen hatte, kein Weißbrot mehr zu essen. Das machte dick und war noch dazu ungesund. Aber ihr Mann und Sophie aßen es gern. Wenn ihre Tochter wenigstens aufhören würde, die Semmel zentimeterdick mit Butter und Marillenmarmelade zu bestreichen. Von ihrer Figur und ihrem Gewicht her konnte sie sich beides locker leisten, aber die Zähne würden ihr die Marmelade einmal heimzahlen.

Doris erschrak über sich selbst. Warum konnte sie es sich nicht abgewöhnen, in der Familie den Oberlehrer zu spielen? Das wäre doch eher Aufgabe des Ehemanns. Der zog es aber vor, seine Töchter nach ihrem eigenen Gusto aufwachsen zu lassen, wie er immer sagte. Auf so eine Idee wäre ihr Vater nie gekommen.

Sie setzte sich an den Tisch und goss sich Kaffee ein. Erich war sicher schon wegen der Zeitungen unterwegs, würde aber bald wieder da sein. Seine Trafik lag gleich um die Ecke. Natürlich keine Spur von Sophie. Die würde in fünf Minuten erscheinen und so tun, als hätte sie bis dahin fest geschlafen. Gehörte zu ihrem Spiel, die Mutter im Glauben zu lassen, dass die Heinzelmännchen da gewesen waren, um den Tisch zu decken.

Ihr Vollkornbrot hatte Erich natürlich vergessen. Sie stand daher auf und ging in die Küche. Als sie gerade die Tür des Kühlschranks öffnete, hörte sie ihren Mann, der sich im Vorzimmer die Schuhe auszog. Wenigstens war er in diesem Punkt diszipliniert. Sie kam ihm entgegen. »Noch einmal guten Morgen, mein Lieber. Kann ich bitte gleich den ›Niederösterreichischen Tag‹ haben?«

»Von mir aus. Stehst du schon wieder in der Zeitung?«

Sie ging mit ihm ins Esszimmer, setzte sich, schlug die Zeitung auf und blätterte sie rasch durch. »Perfekt.«

»Was ist perfekt?« Erich Lenhart hatte ebenfalls eine Zeitung aufgeschlagen.

»Dass sich mein Redakteur weiter an die Abmachung hält und nichts über einen Zusammenhang zwischen der Sache Dahlmeyer und dem Weißenkirchener Skelett berichtet. Wollte ihm mein spezieller Freund Marbolt unbedingt hineindrücken.«

»Und warum willst du das nicht?«

Doris konnte sehen, dass Erich offensichtlich mit großem Interesse in seiner Zeitung las. »Ich will einfach nicht, dass darum ein großer Rummel entsteht, solange ich keine festen Beweise habe.«

»Da scheint dein Chef aber anderer Meinung zu sein. Da, lies einmal, was im ›Wiener Express‹ steht!« Erich reichte seiner Frau die Zeitung über den Tisch.

In dem Moment wusste Doris, dass ihr restlicher Samstag, so schön er auch begonnen hatte, verdorben war. Hurensohn, verdammter!

## 15. April, 12:55 Uhr

In dem Moment, in dem Doris die Zeitung mit dem Interview ihres Chefs zur Seite gelegt hatte, war es mit ihrer guten Stimmung vorbei. Sie erwartete dadurch keine dramatische Weiterentwicklung in ihrem Fall. Ihr war nur das weitere Ansteigen der öffentlichen Aufmerksamkeit lästig, das durch die Verknüpfung von Skelett und Bombenanschlag entstehen würde. Vor allem aber war es der offensichtliche Unwillen ihres Chefs, sich an Abmachungen zu halten, der sie verbitterte. Hatte er noch nicht genug, und würde sie ihm eine weitere Lektion erteilen müssen?

Jedenfalls war es spätestens von dem Moment an mit ihrem Vorsatz vorbei, über das Wochenende nicht an ihren Fall zu denken. Sie erinnerte sich noch, dass sie sich bei ihrer Tochter, die ein paar Minuten nach der Lektüre des »Wiener Express« im Pyjama erschienen war und wirklich so getan hatte, als wäre sie eben erst aufgewacht, für das Decken des Frühstückstisches bedankt hatte und von ihr mit einer liebevollen Umarmung bedacht worden war.

Sie war dann rasch im Arbeitszimmer, das sie mit ihrem Mann teilte, verschwunden. Ohne weitere Morgentoilette und ohne sich anzuziehen. Sie hatte dort einen Notizblock genommen und ihre Gedanken und Fragen aufgeschrieben, wie sie es immer tat, wenn sie Ordnung in ihre Überlegungen bringen wollte.

Sie war mehr denn je überzeugt, dass die Frau aus Weißenkirchen eines natürlichen Todes gestorben war. Bereits von Anfang an war klar, dass die Frau nicht im Weingarten verstorben sein konnte, sondern von jemandem dorthin gebracht und vergraben worden war. Aber warum würde sich jemand die Mühe machen, die Identifizierung einer Person für den unwahrscheinlichen Fall einer Entdeckung zu erschweren? Einer Person, die offensichtlich niemandem abgegangen war. Sonst hätte es eine Abgängigkeitsanzeige geben müssen. Dieser Jemand konnte auch kein Verwandter der Toten gewesen sein. Jedenfalls hatte er nichts von der künstlichen Hüfte gewusst, die eine Identifizierung ohne den ungestümen Schlag des Buben zu einem Kinderspiel gemacht hätte. Andererseits: Wer wusste schon, dass künstliche Gelenke Kontrollnummern haben? Nicht einmal Spencer hatte davon gewusst.

Wenn die Tote nicht aus einem anderen Bundesland als Niederösterreich stammte, woran Doris nicht glaubte, dann konnte es nur einen Grund für diese Inszenierung und deren merkwürdige Begleitumstände geben. Die Tote war niemandem abgegangen, weil sie alle, die sie gekannt hatten, für auf einem Friedhof begraben hielten. Und es lag jemand anderer in ihrem Grab. Lag ihr »Sieger« dort? Wenn ja, warum hatte der »Verlierer« einen so komplizierten Weg der Vertuschung gewählt? Er hätte es einfacher haben und den von ihm ermordeten »Sieger« vergraben können.

Jedenfalls war Doris klar geworden, dass sie auf einen Glückstreffer durch die Forensikerin aus Wiesbaden hoffen musste. Ohne sie konnte sie das Grab, das sie dringend finden musste, nicht aufspüren.

Sie merkte, dass die Tür aufging und jemand den Kopf hereinsteckte.

»Mama, kannst du dich bitte anziehen. Wir haben alle gekocht. Das Mittagessen ist gleich fertig.«

## 16. April, 18:05 Uhr

Er konnte sich nicht erinnern, jemals Selbstmitleid verspürt zu haben. Aber die letzten drei Tage waren für ihn die Hölle gewesen. Beruflich und privat. Also doppelte Hölle. In der Polizeiinspektion schienen ihm die Kollegen aus dem Weg zu gehen. Alle lächelten ihn zwar an, wenn sie ihn sahen, aber es war ein eigenartiges Lächeln, da wollte sich Felix Frisch gar nichts vormachen. Mit einem Zug ins Gemeine. Dabei redete niemand mit ihm, außer es ließ sich absolut nicht vermeiden. Nicht einmal Julia machte eine Ausnahme. Kein Wunder, dass er jedes Interesse an ihr verloren hatte. Und das Allerschlimmste: Keiner seiner Vorgesetzten fühlte sich bemüßigt, ihm etwas über die versprochene Beförderung zu sagen. Würde sie kommen oder nicht? Wenn ja, mit großer Musikbegleitung oder nur mit kleiner? Er hatte beschlossen, so zu tun, als würde alles seinen planmäßigen Gang gehen, aber er musste zugeben, dass seine Haltung in dieser Frage etwas von einem Pfeifen im Wald hatte.

Wenn wenigstens die Sache mit seiner Elfriede wieder ins Lot kommen würde. Aber davon konnte auch keine Rede sein. Eisiges Schweigen, wenn er die Wohnung verließ. Und ebensolche Stille, wenn er nach Hause zurückkehrte. Da war die Atmosphäre im Wachzimmer noch leichter auszuhalten. Deshalb hatte er auch seinen Chefs angeboten, Zusatzdienste zu übernehmen. Ein Angebot, das angesichts der bevorstehenden Osterferien dankbar angenommen worden war.

Höchst missmutig ging er jetzt vom Steiner Friedhof kommend die Alauntalstraße entlang. Auch irgendwie typisch, dass man ihm bei der Diensteinteilung für heute diesen Abschnitt zugeteilt hatte. Komplett tote Hose. Kein Mensch auf der Straße. Kurz vor der Abzweigung Mazettistraße preschte plötzlich ein dunkelblauer Range Rover an ihm vorbei. Mit mindestens achtzig Sachen. Den Fahrer würde er sich kaufen. Doch bevor er auch nur die geringste Chance gehabt hatte, einen genauen Blick auf das Kennzeichen zu werfen, war der Wagen schon wieder um die Kurve verschwunden.

Trotz seiner Adleraugen, auf die er immer stolz gewesen war, konnte er nicht mehr erkennen als die Tatsache, dass der Wagen aus Krems-Stadt kam und sein Nummernschild mit zwei Einsern begann.

## 16. April, 118:30 Uhr

Der Palmsonntag im Haus Ritzek hatte wunderschön begonnen. Der Frühstückstisch war von den Kindern liebevoll gedeckt worden. Die schönste Überraschung allerdings war das Plakat, das sie an die Tür des Esszimmers geheftet hatten. Darauf war zu lesen: »Wir wünschen euch einen wunderschönen Hochzeitstag. Wir sind froh, dass ihr beide unsere Eltern seid.« Darunter die Unterschrift ihrer drei Kinder. Eigentlich hätten die drei schon am Vortag zum Osterurlaub auf den Katschberg vorausfahren sollen, aber ihre Älteste hatte darauf bestanden, zumindest noch gemeinsam mit den Eltern zu frühstücken und dann erst zu fahren. Marlies sollte mit ihrem Mann erst am Montag nachkommen. Die Stimmung beim Frühstück war ausgelassen. Einfach eine glückliche Familie.

Nachdem die Kinder ein paar Minuten nach zehn mit ihrem Auto endlich abgefahren waren, hatte Marlies Zeit gefunden, ein paar Sachen für Dürnstein einzupacken. Viel Gepäck würde es für einen Tag und eine Nacht nicht brauchen. Für den Abend war eine vom Nordwesten rasch hereinziehende Kaltfront angesagt, aber der Tag selbst würde noch sommerlich warm bleiben. Knapp vor Mittag war sie dann mit ihrem Mann losgefahren. Auf der Donauuferstraße war viel Verkehr gewesen, und Dürnstein war überrannt von Touristen, aber schon zehn Minuten nach der Abfahrt manövrierte ihr Mann das Auto durch das enge Tor vor dem Schlosshotel. Das wurde durch die beiden Begrenzungssteine noch enger, als es ohnehin schon war. Es war für sie keine Überraschung, dass der erste Parkplatz unmittelbar vor dem Hoteleingang bereits vollständig belegt war. Bei ihrer Hochzeitsreise vor zwanzig Jahren hatten sie dort noch locker eine freie Stelle gefunden.

Auf der Fahrt wollte sie von ihrem Mann wissen, wie genau er sich an die damalige Ausstattung von Zimmer 34 erinnerte. Sie war leicht enttäuscht gewesen, dass diese Erinnerung bestenfalls als undeutlich zu bezeichnen war. Seine Erklärung, dass er damals nur Augen für seine junge Ehefrau gehabt hätte, quittierte sie mit »alter Schleimer«, aber streichelte dabei doch liebevoll und glücklich zugleich seine Hand.

Bei der Rezeption begrüßte sie eine junge Dame in grün-weißem Dirndl. Nachdem sie Zimmer 34 betreten hatten, merkte Marlies sofort, dass sich das Zimmer sehr verändert hatte. Sie hatte es sehr viel dunkler in Erinnerung. Mit dunkelgrünen Vorhängen und ebenso dunklem Bettüberzug. Das Bett kam ihr jetzt viel breiter vor. Kaum vorstellbar, dass das nur dem hellbeigen Überzug zuzuschreiben war. Auch die Vorhänge waren in der gleichen Farbe. An einen Spiegel zwischen den beiden Fenstern, von denen aus man über die Donau nach Rossatz blicken konnte, erinnerte sie sich. Sie war allerdings nicht sicher, ob es derselbe wie vor zwanzig Jahren war. Sicher war sie allerdings, dass das Bild über dem linken

Nachttisch dasselbe war. Ein Ölbild, das die Ruine Dürnstein zeigte.

Das Mittagessen auf der Terrasse war ein Traum. Es gab in der ganzen Wachau einfach keinen schöneren Platz. Von ihrem Tisch hatten sie eine großartige Sicht hinunter auf die Donau, nach Westen hin einen Blick auf die Weinberge vor Weißenkirchen und im Rücken die Stiftskirche. Sie bestellte zum Abschluss des Essens einen Eiskaffee, während ihr Mann natürlich auf seinen Kaffee nicht verzichten wollte. Gegen halb drei kam dann ein Anruf für ihren Mann, der sie nicht begeisterte. Der Kremser Bürgermeister war am Apparat mit der Nachricht, dass sein Sohn mit seinem Motorroller verunglückt war. Er ersuchte den Herrn Primar, den Beckenbruch persönlich zu operieren. Es war ihr sofort klar, dass sich ihr Christoph diesem Wunsch nicht verschließen konnte. Er versprach, spätestens um sechs wieder da zu sein.

Schade, dass sie vergessen hatte, ihren Badeanzug einzupacken. Die Zeit bis zu seiner Rückkehr hätte sie nur zu gern am Indoor-Pool verbracht. So war ihr nichts anderes übrig geblieben, als einen kleinen Spaziergang durch Dürnstein zu machen, und war gegen fünf ins Hotel zurückgekehrt.

Gegen Viertel nach sechs Uhr wurde sie leicht nervös. Sie ertappte sich beim Gedanken, dass es vielleicht besser gewesen wäre, die Einladung ihres Mannes nach Venedig anzunehmen. Da wäre auch der Bürgermeister machtlos gewesen. Mittlerweile war es halb sieben geworden und Marlies Ritzek entschloss sich, ihren Mann anzurufen.

## 16. April, 120:45 Uhr

Das Wochenende war dann doch noch schön geworden. Doris war überrascht gewesen, dass die samstägige familiäre Gemeinschaftsproduktion doch zu einem sehr gelungenen Mittagessen geführt hatte. Die Grießnockerl hätten zwar mehr Salz vertragen, dafür waren die Suppenwürfel in der Rindssuppe richtig dosiert gewesen. Der Tafelspitz hatte ausgezeichnet geschmeckt, was aber ihre Älteste, die seit ein paar Monaten auf fleischlose Kost schwor, nicht überzeugen konnte. Sie aß die Erdäpfel nur mit Spinat und Dillsauce. Als Dessert hatte Erich dann noch Eiskaffee zubereitet.

Die Chefinspektorin hatte im Laufe des Vormittags mit ihrem Stellvertreter telefoniert, um über das Interview ihres Chefs zu reden und ihn über den Stand ihrer Überlegungen zu informieren.

Spencer leuchteten ihre Ideen in Bezug auf das Skelett in Weißenkirchen durchaus ein, aber einen Zusammenhang mit Frau Dahlmeyer konnte er noch immer nicht erkennen. Dennoch spürte Doris, wie die gute Laune langsam zurückkehrte.

Die Älteste hatte sich bald nach dem Essen wieder verabschiedet. Doris war gemeinsam mit ihrem Mann und Sophie zu einem Besuch von Stift Melk aufgebrochen. Diese Fahrt unternahmen sie auf Wunsch ihrer Tochter, die im Geschichtsunterricht gerade etwas über die verschiedenen Baustile lernte. Schon auf dem Stiftsparkplatz stellte sie fest, dass offensichtlich tausende von Töchtern eine ähnliche Wissbegierde wie Sophie an den Tag legten. Oder zumindest deren Eltern. Jedenfalls hatte es während der ganzen Besichtigung ein so entsetzliches Gedränge gegeben, dass noch an Ort und

Stelle beschlossen worden war, den ganzen Palmsonntag gemütlich zu Hause zu verbringen. Nur am Abend wollten Doris und Erich ins Kino gehen.

Erich hatte zwei Karten für »Tiger Girl« im Internet bestellt und ausgedruckt. Im Kino gab es erneut ein Gedränge wie in Melk. Da Doris aber wusste, dass ein Vorführungssaal nicht überfüllt sein konnte, machte sie sich keine Sorgen. Den Vorspann, der für ihren Geschmack immer viel zu lang über die Leinwand lief, konnte sie nicht ausstehen, aber nicht einmal eine Werbung der Herrenmodekette, bei der ihr Chef seine Anzüge zu kaufen schien, war imstande, ihr die Laune zu verderben. Genauso wenig wie die Schlechtwetterfront, die St. Pölten wie angekündigt am frühen Abend erreicht hatte.

Der Hauptfilm hatte keine fünf Minuten begonnen, da öffnete ein Mann die Saaltür. Keine zwei Sekunden später hörte Doris ihn laut rufen.

»Frau Doris Lenhart, Sie werden dringend am Telefon verlangt.«

Die Chefinspektorin, die ihrem Mann mit einem Druck auf den Oberschenkel bedeutete, sitzen zu bleiben, stand auf, entschuldigte sich bei den drei neben ihr sitzenden Personen und aktivierte noch beim Hinausgehen ihr Handy.

Noch bevor ihr der Mann, der sie ausgerufen hatte, die Nachricht überbringen konnte, sah sie am Display, dass ihr Stellvertreter vor ein paar Minuten versucht hatte, sie zu erreichen. Er hatte danach sicher mit einer ihrer Töchter am Festnetz gesprochen und von ihrem Kinobesuch erfahren. Sofort war ihr klar, dass etwas Schlimmes passiert sein musste. Sonst hätte er sie am Abend des Palmsonntags nie und nimmer ausrufen lassen.

Ohne sie zu begrüßen, sagte Spencer: »Wenn du mit deiner Theorie recht hast, dann muss es noch einen zweiten Sieger gegeben haben. Aber er ist seit maximal zwei Stunden tot. Ich bin in spätestens fünf Minuten beim Kino.«

## 16. April, 121:09 Uhr

Doris hatte gehofft, dass Spencer wegen des starken Regens langsamer fahren würde. Auf fünf Minuten mehr oder weniger kam es nicht mehr an. Aber er fuhr, als wäre die Straße staubtrocken und das Licht taghell.

Gleichzeitig erzählte er ihr in kurzen Sätzen, was er von der Kremser Polizei erfahren hatte. Der Primararzt des Landesklinikums war im Garten seines Wohnhauses ermordet worden. Er war bereits von seiner Ehefrau identifiziert worden. Tatwaffe war höchstwahrscheinlich eine Heroinspritze, die der Täter seinem Opfer in den Hals gestochen und am Tatort zurückgelassen hatte.

Die Chefinspektorin war tief betroffen. Sie merkte auch ihrem Stellvertreter an, dass ihm der Tod des Arztes sehr naheging.

»Was kann jemand für einen Grund haben, einen so sympathischen Menschen umzubringen? Als ich das letzte Mal mit ihm sprach, habe ich ihm versprochen, mich von ihm operieren zu lassen, wenn es einmal notwendig sein sollte. Und ein paar Tage später ist er tot.«

»Mich beschäftigt die Frage, ob dieses Verbrechen mit dem Interview unseres Chefs zusammenhängt.«

Spencer unterbrach seine Chefin. »Dann ist er aber fällig.«

»Freu dich nicht zu früh. Der Mörder hätte auch ohne das Marbolt-Interview zuschlagen können. Allerdings ist der zeitliche Zusammenhang sehr auffällig. Entweder hat der Primar etwas über das Skelett gewusst, was dem Täter hätte zum Verhängnis werden können, oder über den Würfel, was ich für noch wahrscheinlicher halte.«

»Dann kannst du aber deine Theorie, dass der Sieger des Würfelspiels schon vor zwanzig oder mehr Jahren hat dran glauben müssen, über Bord werfen. Oder es hat zwei Sieger gegeben.«

»Ich fürchte, dass ich in dem Fall eine Reihe von Dingen, die ich mir ausgemalt habe, wegschmeißen muss.«

»Was machen wir dann mit den Unterlagen, die am Montag aus Wien kommen sollen? Die können wir meiner Meinung nach gleich wieder zurückschicken«, sagte Spencer mürrisch.

»Kommt nicht infrage.« Sie wusste in dem Augenblick, in dem sie diese drei kurzen Worte gesprochen hatte, dass sie wie ein Rüffel geklungen hatten, den sich Spencer nicht verdiente. »Tut mir leid. Hätte ich so nicht sagen sollen. Schreib mir bitte mildernde Umstände zu. Ich habe nur sagen wollen, dass wir noch nichts über das Skelett und seinen Ursprung wissen.«

»Kein Problem. Ich verstehe dich vollkommen. Du kennst dich in Krems besser aus als ich. Soll ich die Strecke über die alte oder die neue Brücke fahren?«

»Mit Blaulicht sind wir wahrscheinlich über die neue schneller.«

Acht Minuten später parkte ihr Wagen in der Alauntalstraße, keine hundert Meter vom Wohnhaus der Ritzeks am Rosenhügel entfernt. Doris bemerkte, dass die Straße nach Egelsee von der Kremser Polizei gesperrt worden war, und Autos offensichtlich über die Mazettistraße ins Alauntal umgeleitet wurden.

Das Gartentor stand offen. Doris ging mit Spencer durch und stieß auf zwei Polizisten, die vor der Leiche standen. Sie lag noch auf dem Boden und war mit einer Plane aus Plastik abgedeckt, um sie vor dem heftigen Regen zu schützen.

Einer der Polizisten grüßte besonders respektvoll, sprach die Chefinspektorin an und informierte sie, dass sich die Frau des Opfers und ein Bekannter, der den Toten gefunden hatte, im Haus aufhielten. Während sie ihren Stellvertreter bat, sich die Leiche näher anzusehen, ging Doris auf das Haus zu, aus dem eben ein ihrer Schätzung nach etwa fünfzigjähriger Mann mit einem Schirm in der Hand heraustrat und ihr entgegenkam.

»Guten Abend. Mein Name ist Herwig Rummel. Ich bin Chef der Anästhesie im Kremser Spital und bin mit Christoph auch eng befreundet gewesen. Ich habe ihn gefunden.«

Doris streckte ihm ihre Hand entgegen. »Grüß Gott. Schrecklich, mein Beileid zum Verlust Ihres Freundes.« Doris wartete einen Moment, ehe sie fortfuhr. »Wann haben Sie Herrn Dr. Ritzek gefunden?«

»Das muss etwas nach sieben Uhr gewesen sein. Ich hatte kurz nach vier noch gemeinsam mit ihm einen Beckenbruch operiert. Da sind wir um halb sechs fertig gewesen. Dann erhielt ich um halb sieben einen Anruf aus dem Spital. Ich wurde gefragt, ob ich wüsste, wohin Dr. Ritzek gefahren war. Seine Frau würde sich Sorgen um ihn machen. Die Fortsetzung der Geschichte liegt hier vor Ihnen. Furchtbar.«

Die Chefin der Mordkommission sah, dass der Primararzt um Fassung rang. »Ich würde Sie bitten, noch etwas zu bleiben. Ich habe sicher noch ein paar Fragen an Sie. Aber ich möchte jetzt einmal mit der Ehefrau sprechen, falls Sie überhaupt ansprechbar ist.«

»Marlies ist eine sehr starke Frau. Abgesehen davon ist sie ausgebildete Krankenschwester, die dem Tod oft begegnet ist. Sie hat auch schon entschieden, ihre Kinder erst morgen früh über den Tod des Vaters zu informieren. Die sind am Katschberg Ski fahren. Sie will unter keinen Umständen, dass sie noch in der Nacht zurückfahren. Bei dem Hundewetter noch dazu. Ist es Ihnen recht, wenn ich Sie zu Marlies begleite?«

»Kein Problem. Gehen wir.«

Da das Licht über dem Hauseingang eingeschaltet war, konnte Doris die Schieferplatten, die auf dem jetzt klitschnassen und sehr weichen Untergrund des Weges verlegt waren und zum Haus führten, gut sehen. Sie wusste, dass ihre Schuhe und vor allem ihre Füße dafür dankbar sein würden. Als sie mit dem Anästhesisten, der seinen Schirm schützend über sie hielt, die Eingangstür erreichte, war sie überrascht über die Pedanterie, mit der ihr Begleiter den Schirm vor dem Abspannen ausschüttelte.

»Wenn es recht ist, gehe ich vor.«

Doris blieb stehen und folgte mit ihren Augen dem Arzt, der an einer Tür klopfte, die an den Vorraum grenzte. Sie hörte ein mattes »Ja«.

Dr. Rummel drückte die Türklinke und trat ein. »Marlies, das ist Chefinspektorin Lenhart vom Landeskriminalamt. Ich habe sie dir schon angekündigt. Ich halte es für gut, wenn du schon jetzt mit ihr sprechen könntest.«

Doris, die inzwischen ebenfalls ins Zimmer getreten war, sah eine Frau, die in einer mit mittelbraunem Stoff überzogenen Sitzgarnitur saß. Oder vielmehr lag. Der Kopf ruhte auf der Oberkante der Polsterung. Mit einem Ruck richtete sie sich auf. Doris registrierte sofort die eigenartige Kleiderkombination, die Frau Ritzek trug. Ein dunkelrotes, tief dekolletiertes Kleid und darüber eine mittelblaue, sehr weit geschnittene Wolljacke. Die Jacke passte nicht zum Kleid, und das Kleid passte nicht zu einem Tatort. Aber sehr wohl zu einem Hochzeitstag, von dem ihr Spencer auf der Fahrt nach Krems erzählt hatte. »Ich bin Doris Lenhart. Ich möchte Ihnen zuallererst mein tiefes Mitgefühl zum tragischen Ableben Ihres Gatten ausdrücken.«

Marlies Ritzek nickte stumm und streckte der Chefinspektorin ihre rechte Hand entgegen. Doris ergriff sie und bemühte sich dabei, der Witwe in die Augen zu sehen. Sie sah mit einem Blick, dass sie geweint haben musste, sich aber jetzt um Haltung bemühte. »Ich habe schon von meinem Stellvertreter gehört, dass Sie heute den zwanzigsten Hochzeitstag feiern wollten.«

Frau Ritzek nickte stumm und bemühte sich, ihre Tränen zurückzuhalten.

Dr. Rummel, der ebenfalls Platz genommen hatte, mischte sich ein. »Marlies, wenn es dich zu sehr anstrengt, kann ich das übernehmen. Ich weiß ja sowohl von dir als auch von Christoph einiges über den Ablauf des Tages.«

Wieder nickte Frau Ritzek. Die Chefinspektorin wandte sich aber weiter an die Ehefrau des Opfers. »Ich habe auf der Fahrt hierher gehört, dass Sie in Dürnstein gefeiert haben. Und dass Ihr Mann im Lauf des Nachmittags einen Anruf des Bürgermeisters mit der Bitte, seinen Sohn zu operieren, bekommen hat. Stimmt das?«

»Das stimmt.«

Doris sah, dass Frau Ritzek ihren Kopf wieder zurücklegen wollte, aber in der Bewegung innehielt, sich wieder aufrichtete und auf Dr. Rummel blickte, der das als Aufforderung zu verstehen schien, den weiteren Verlauf des Tages zu schildern.

»Der Anruf muss gegen halb drei gekommen sein. Christoph hat mich dann auf seiner Fahrt nach Krems angerufen und mir gesagt, dass er mich gern dabei hätte. Ich bin gerade zum Fischen am Ottensteiner Stausee gewesen, habe aber selbstverständlich sofort zugesagt und meine Sachen gepackt. Um dreiviertel vier bin ich im Krankenhaus gewesen. Keine zwanzig Minuten später haben wir mit der Operation begonnen.«

»Sie haben mir vorhin erzählt, dass die Operation bis halb sechs gedauert hat.«

»Fünf Minuten auf oder ab. Die genaue Zeit steht im Operationsprotokoll.«

Doris wandte sich wieder an Frau Ritzek. »Frau Ritzek, wissen Sie, warum Ihr Mann nicht gleich wieder zu Ihnen nach Dürnstein gefahren ist, sondern hierher?«

»Auch das kann ich Ihnen beantworten«, warf Rummel ein. »Kurz bevor er das Spital verlassen hat, hat er mir erzählt, dass er noch einen Abstecher nach Hause machen möchte. Um das Album mit den Fotos von der Hochzeit zu suchen.«

»Danke sehr. Und wie ist es dann weitergegangen?« Doris merkte, dass der Anästhesist rücksichtsvoll genug war, um zunächst Frau Ritzek antworten zu lassen.

Sie hielt sich ein Taschentuch vors Gesicht, sprach aber deutlich. »Ich bin um halb sieben nervös geworden und habe im Krankenhaus angerufen. Dort habe ich die Auskunft bekommen, dass mein Mann das Krankenhaus gegen dreiviertel sechs verlassen hat. Man hat mir allerdings versprochen, sich bei Dr. Rummel nach dem Verbleib von Christoph zu erkundigen.«

»Ich bin gerade nach Haus gekommen, als mich der Anruf erreicht hat«, nahm Rummel das Gespräch auf. »Ich habe gleich umgedreht und bin hierher gefahren. Da habe ich Christoph im Garten gefunden.«

Die Chefinspektorin sah, dass Dr. Rummel jetzt mindestens so mit den Tränen kämpfte wie Frau Ritzek. »Hat es da schon geregnet?«

»Nein. Erst als die Polizei gekommen ist, hat es zu tröpfeln begonnen.«

»Ich werde das morgen alles protokollieren lassen.« Sie wandte sich an Dr. Rummel. »Doktor Rummel, ich bin Ihnen für Ihre Hilfe dankbar. Aber jetzt habe ich ein paar Fragen sehr privater Natur an Frau Ritzek.«

Der Anästhesist sprang von seinem Fauteuil auf. »Das ist doch selbstverständlich. Ich warte draußen. Ich werde nämlich, sobald sie hier fertig sind, Marlies zu uns nach Senftenberg mitnehmen. Sie sollte hier jetzt nicht allein bleiben.«

»Das sollte sie nicht, nein.« Doris blickte dem Anästhesisten kurz nach und wandte sich dann der Witwe zu. »Frau Ritzek. Ich muss Ihnen eine Reihe persönlicher Fragen stellen. Wenn Sie sich heute nicht in der Lage fühlen, sie zu beantworten, würde ich das sehr gut verstehen. Wir können uns auch morgen wiedersehen.«

»Fragen Sie ruhig, Frau Lenhart. Ich werde alles tun, was in meiner Macht steht, damit Sie den Mörder meines Mannes finden.«

»Dann bedanke ich mich für Ihre Bereitschaft. Doktor Rummel hat mich schon darauf aufmerksam gemacht, dass Sie eine sehr tapfere Frau sind.«

»Wenn Herwig wüsste. Trotzdem sehr lieb von ihm.«

Doris bemerkte ein Zucken des Mundes von Frau Ritzek, und dass sie sich bemühte, nicht wieder zu weinen. Deshalb beeilte sie sich mit ihrer ersten Frage. »Vorerst noch eine kurze sachliche Frage. War die Eingangstür versperrt, als Sie von Dürnstein hierher zurückgekommen sind?

»Ganz sicher.«

»Ich gehe wohl recht mit meiner Annahme, dass Sie keinen Verdacht haben, wer Ihrem Mann das angetan haben könnte?«

Frau Ritzek weinte tonlos in ihr Taschentuch und schüttelte dabei den Kopf. »Nicht den geringsten. Christoph hat weder beruflich noch privat einen Feind gehabt. Ich würde sagen, nicht einmal einen Gegner.«

»Trotzdem werden wir in dieser Richtung noch einiges zu recherchieren haben. Wir können derzeit auch nicht ausschließen, dass es einen Zusammenhang zwischen dem Tod von Frau Dahlmeyer und dem Ihres Gatten gibt. Schon allein wegen der kurzen Zeitspanne zwischen beiden Verbrechen. Wissen Sie, ob Ihr Mann Frau Dahlmeyer gekannt hat?« Doris glaubte, ein leichtes Lächeln über das verheulte Gesicht der Frau huschen zu sehen.

»Ich glaube nicht, dass es irgendjemanden in Krems gibt, der Frau Dahlmeyer nicht gekannt hätte. Dazu ist sie viel zu auffällig gewesen. Aber wenn Sie meinen, dass etwas zwischen Frau Dahlmeyer und meinem Mann gewesen ist, so sage ich eindeutig Nein. Christoph und ich sind seit mehr als zwanzig Jahren ein in jeder Hinsicht glückliches Paar gewesen.«

»Eventuell liegt das Motiv für beide Taten vor dieser Zeit. Ihr Mann ist, soweit ich von Doktor Rummel weiß, in Krems aufgewachsen und Frau Dahlmeyer auch. Sind Sie selbst auch aus Krems?«

»Keineswegs. Ich komme aus Salzburg und habe Christoph auch dort kennengelernt.«

»Dann kann ich mir zwar schwer vorstellen, dass Sie über die Zeit vor Ihrer Bekanntschaft mit Doktor Ritzek Bescheid wissen, aber ich muss die Frage trotzdem stellen.« Marlies Ritzek unterbrach sie.

»Über die Zeit vor mir weiß ich tatsächlich wenig. Ich habe mich auch nie dafür interessiert. Aber ich glaube trotzdem nicht, dass da etwas zwischen Frau Dahlmeyer und meinem Mann gewesen ist.«

Doris hoffte, dass man ihr ihre Überraschung nicht anmerkte. »Sie sagen selbst, dass Sie sich für diese Zeit nur wenig interessiert haben. Was macht Sie dann so sicher?«

»Vor eineinhalb Jahren habe ich dieses Kleid hier«, Frau Ritzek zeigte auf das Kleid, das sie trug, »in der Boutique von Frau Dahlmeyer gekauft. Mein Mann ist dabei gewesen. Die beiden haben zwar freundlich miteinander gesprochen, aber ich hatte dabei keine Sekunde den Eindruck, dass sich die beiden von früher sehr gut gekannt hätten, um es vorsichtig auszudrücken. Ich bilde mir ein, für so etwas ein Sensorium zu haben.«

Die Chefinspektorin fragte sich, ob sie selbst auch über dieses Sensorium verfügen würde, kam aber zu keiner eindeutigen Antwort. »Für heute habe ich noch eine letzte Frage. Laut Dr. Rummel hat Ihr Mann ein Album mit Hochzeitsfotos abholen wollen. Auf den ersten Blick ist im Garten nichts zu sehen gewesen. Wir werden den Garten allerdings noch genau unter die Lupe nehmen. Es sei denn, es befindet sich noch im Haus.«

»Aufgefallen ist mir jedenfalls nichts. Aber ich werde meine Kinder morgen bitten, es zu suchen. Vielleicht steht es ja noch im Bücherregal. Ich weiß aber nicht, wo.«

## 16. April, 12:15 Uhr

Bevor Doris gemeinsam mit Spencer den Tatort verließ, sprach sie noch einmal mit Dr. Rummel. Laut seiner Erinnerung war die Gartentür bei seinem Eintreffen angelehnt gewesen.

Er hatte dann nach Auffinden der Leiche die Polizei verständigt und war nach deren Eintreffen selbst nach Dürnstein gefahren, um Frau Ritzek die schreckliche Nachricht zu überbringen. Sie war dann mit ihm, ohne ihre Sachen zu packen oder dem Hotel Bescheid zu geben, hierhergekommen. Er konnte sich nicht mehr genau erinnern, ob Frau Ritzek die Eingangstür hatte aufsperren müssen, oder ob sie offen gewesen war. Eher Ersteres.

Die Heftigkeit des Regens hielt unvermindert an, während Doris und Spencer auf die Autobahn auffuhren. Doris ersuchte ihren Stellvertreter um ein Tempo, das den Wetterverhältnissen angepasst war. Sie wollte die Rückfahrt nach St. Pölten dazu nutzen, mit ihm ihre Eindrücke von den Erkenntnissen der letzten Stunde zu teilen.

»Es werden ja nicht wenige Leute gewusst haben, dass die Ritzeks ihren Hochzeitstag in Dürnstein feierten. Aber schon viel weniger, dass Doktor Ritzek spontan zu einer Operation gerufen wurde. Und die Leute, die wissen konnten, dass er nach der Operation noch nach Hause fahren wollte, kann man sicher an den Fingern einer Hand abzählen.«

»Wenn es dir recht ist, fahre ich morgen Vormittag gleich wieder nach Krems und versuche alle Personen aufzutreiben, die bei der Operation dabei gewesen sind«, sagte Spencer.

»Mach das bitte. Jedenfalls muss der Mörder blitzschnell reagiert haben. Fragt sich natürlich, woher er so schnell die Spritze mit der Überdosis bekommen hat.«

»Die Spritze ist übrigens von der Art, wie sie jeder Junkie kennt. Bin sicher, dass wir keine Fingerabdrücke finden werden. Interessant ist nur, dass bei beiden Opfern Drogen im Spiel gewesen sind. Wenn auch auf sehr unterschiedliche Weise.«

»Du sagst es. Das Kokain von Frau Dahlmeyer und die Heroinspritze haben sicher nichts miteinander zu tun. Das Drogenmilieu schließe ich nicht nur deshalb als Hintergrund aus.«

Ein Schwall von Wasser platschte gegen die Windschutzscheibe.

»Verdammter Idiot. Den kaufe ich mir. Fährt um einiges schneller als die erlaubten hundert.« Spencer schaltete das Blaulicht ein und stieg aufs Gas.

»Komm, Spencer!« Die Chefinspektorin tätschelte mit ihrer Linken den rechten Unterarm ihres Stellvertreters. »Wir sind nicht bei der Verkehrspolizei und haben zurzeit andere Sorgen.«

Malzacher schaltete das Blaulicht wieder aus und verringerte seine Geschwindigkeit. »Du hast ja recht. Aber manchmal sehne ich mich nach der Zeit zurück, in der ich Streife gefahren bin. Wenn der Dienst vorbei war, war Feierabend. Aber wirklicher Feierabend.«

»Sag aber bitte nichts von deinen Sehnsüchten dem Marbolt. Der erfüllt dir deine Wünsche im Handumdrehen. Du weißt, dass ich dich brauche.« Die Chefinspektorin sah aus ihren Augenwinkeln, dass sich Malzacher etwas entspannte. Ihr Kompliment hatte ihm sichtlich gutgetan. »Es wird uns leider auch nicht erspart bleiben, das ganze Umfeld von Herrn Ritzek zu durchforsten, von seiner Studentenzeit angefangen. Wenn meine Theorie wirklich stimmen sollte, dann muss es eine in der Vergangenheit liegende Brücke zwischen ihm und Dahlmeyer geben.«

»Vielleicht haben die beiden in grauer Vorzeit einmal etwas miteinander gehabt.«

»Ist auch mein Tipp gewesen. Aber Frau Ritzek meint Nein. Da kann natürlich der Wunsch der Vater ihres Gedankens sein. Aber es würde mich nicht überraschen, wenn sie recht hätte. Sie macht mir den Eindruck, als würde sie ihren Mann durch und durch kennen. Scheinen ein Paar gewesen zu sein, wie man es selten findet.«

»Was hältst du von diesem Anästhesisten?«

»Abgesehen von seiner betulichen und beflissenen Art, die mir auf Dauer schwer auf die Nieren geht, scheint er sehr okay zu sein. Natürlich müssen wir ihn trotzdem unter die Lupe nehmen. Wir wissen noch überhaupt nichts über ihn. Wenn ich ihn allerdings heute richtig verstanden habe, lebt er erst seit sechs Jahren in Krems. Der Mörder lebt aber sicher schon länger in dieser Gegend. Ich werde morgen versuchen, noch einmal mit Frau Ritzek zu reden.« Doris beobachtete die Regentropfen, während sie die Windschutzscheibe des Polizeiwagens hinaufliefen. »Wir müssen uns über die private und die berufliche Situation ihres Mannes Klarheit verschaffen. Und zwar schnell.«

## 16. April, 22:20 Uhr

Er war immer gern Polizist gewesen. Aber den Vierundzwanzig-Stunden-Dienst hatte er schon in der Zeit als Polizeischüler als ausgesprochen unangenehm empfunden. Auch dann, wenn er bestens gelaunt und voller Tatendrang gewesen war. Davon konnte heute absolut keine Rede sein. Daran war natürlich auch das Wetter schuld. Der ganze gestrige Tag war heiß gewesen, dann die kalte Dusche am Abend, die ihn auf seinem Rundgang auch noch ordentlich erwischt hatte, bevor er das rettende Wachzimmer erreichen konnte. Seine Uniform hätte er auswinden können, so nass war sie gewesen. Wenigstens hatte man ihm erlaubt, kurz nach Hause zu fahren, um sich trockene Sachen anzuziehen. Eigentlich wollte er gar nicht nach Hause, weil ihm schon der Gedanke an den eiskalten und gleichzeitig vorwurfsvollen Blick seiner Elfriede mindestens ebenso kalte Schauer über den Rücken jagte. Dann war aber die Angst vor einer Verkühlung doch stärker gewesen. Es wäre doch zu schade gewesen, wenn er bei seiner Beförderungsfeier nur ein fiebriger und triefäugiger Mittelpunkt hätte sein können.

Als er nach einem ausgiebigen warmen Bad, das er sich selbst hatte einlassen müssen, wieder aufs Wachzimmer kam, schien sich die dortige Welt völlig verändert zu haben. Während der Dienstbetrieb am Nachmittag und frühen Abend vor sich hin geplätschert war, herrschte jetzt hektisches Treiben. Kollegen liefen aufgeregt hin und her, die Tür zum Büro des Polizeikommandanten flog ständig auf und zu, und die Telefone liefen heiß.

Trotz seiner Schläfrigkeit, die das warme Bad noch verstärkt hatte, fand Felix den Grund für die Hektik schnell heraus. Ein bekannter Primararzt war in seiner Villa am Rosenhügel ermordet worden. Gegen achtzehn Uhr. Felix begann, nachzudenken. War er nicht um diese Zeit in der Nähe des Tatorts gewesen? Und hatte er da nicht einen blauen Kremser Range Rover bemerkt, der mit weit überhöhter Geschwindigkeit Richtung Altstadt unterwegs gewesen war? Mit zwei Einsern am Beginn des amtlichen Kennzeichens? Im Kopf des Revierinspektors begann ein Film abzulaufen. Der plötzlich so klar war, als hätte er gerade zehn Stunden bestens geschlafen. Musste doch ein Kinderspiel sein, den Halter des Wagens zu finden.

## 17. April, 08:30 Uhr

Es war das erste Mal seit langer Zeit, dass Doris Lenhart die Farbe ihrer Zähne bei der Morgentoilette nicht überprüfte. Es war ihr angesichts des Leids, dass sie gestern Abend im Gesicht von Marlies Ritzek gesehen hatte, einfach nicht richtig erschienen. Auch der allmontägliche Griff zur Schere, um ihre Stirnfransen zu kürzen, war ihr unpassend vorgekommen. Solche Belanglosigkeiten würden sich heute wie eine Verhöhnung anfühlen.

Gestern, spät abends, hatte sie nach dem Nachhausekommen ihre beiden Töchter fest in die Arme genommen und an sich gedrückt. Sie war Veronika und Sophie dankbar gewesen, dass die beiden sie nicht mit Fragen gelöchert hatten. Auch ihr Ehemann, der sie natürlich sehr gut kannte, hatte davon Abstand genommen, ihr seinen Rat, den sie für gewöhnlich gern suchte, anzubieten. So war sie schon um halb elf im Bett gelegen, obwohl ihr klar war, dass sie, wenn überhaupt, nur einen sehr unruhigen Schlaf finden würde.

Jetzt saß sie an ihrem Schreibtisch und blickte mit müden Augen auf Spencer. Der hatte ebenfalls Ringe unter den Augen. Die waren zwar ohnehin sein Markenzeichen, doch heute erschienen sie ihr noch dunkler und tiefer als gewöhnlich.

»Ich wünschte, Kaltblütigkeit wäre einem Menschen ins Gesicht geschrieben. Dann müssten wir nur durch Krems laufen und dort nach der kaltblütigsten Visage Ausschau halten.

Dann hätten wir im Handumdrehen unseren Mörder.« Doris, die merkte, dass der mittlere Knopf ihrer Bluse offen stand, knöpfte ihn ganz gedankenverloren zu.

Malzacher, der sich einmal mehr ohne Rücksicht auf Verluste in den vor ihrem Schreibtisch stehenden Sessel geworfen hatte, ließ eine Müdigkeit in seiner Stimme vernehmen, die sie bei ihm bisher nicht kannte.

»Ich bin froh, dass es dir nicht besser geht als mir. Gestern habe ich noch geglaubt, dass ich alt werde, als ich von meiner Zeit auf Streife geschwärmt habe. Verzeih, wenn ich das sage, aber man sieht dir auch an, dass du eine miserable Nacht hinter dir hast.«

Doris gähnte, ohne sich die Hand vor ihren Mund zu halten. »Eine kleine positive Nachricht gibt es wenigstens, obwohl sie uns auch nicht weiterbringt. Der ehrenwerte Herr Landespolizeidirektor hat sich noch nicht bei mir gemeldet.«

»Hast du ihn nicht angerufen?«

»Ich denke nicht daran. Ich habe ihm gerade eine Kopie meines Berichts über das, was wir in Krems gesehen haben, geschickt. Mehr aber nicht. Der soll nur im Saft seines schlechten Gewissens schmoren. Ich bin zwar ziemlich sicher, dass Dr. Ritzek auch ohne das Interview nicht mehr lange gelebt hätte, aber der Osterurlaub auf dem Katschberg wäre ihm sicher noch gegönnt gewesen. Ihm und seiner Familie.«

»Ich nehme an, die Kinder werden es jetzt schon wissen. Was für eine schreckliche Heimfahrt. Da kann man noch froh sein, wenn sie keinen Unfall bauen.«

»An dieses Risiko habe ich auch gedacht. Deshalb habe ich gestern die Kärntner Polizei gebeten, dafür zu sorgen, dass das Ritzekauto mit Polizeibegleitung nach Krems kommt.«

Die Chefinspektorin sah, wie die Augen ihres Stellvertreters größer wurden.

»Doris, wenn ich jetzt einen Hut aufhätte, würde ich ihn vor dir ziehen. Kein Wunder, dass dich alle in der Abteilung lieben.«

»Das ist sehr freundlich von dir, aber es hilft alles nichts. Wir müssen an die Arbeit. Du wolltest nach Krems, um mit dem Krankenhauspersonal zu sprechen.«

»Stimmt. Ich habe mich für zehn Uhr angekündigt.«

In diesem Moment läutete Spencers Handy. »Hier Malzacher. Servus.« Spencer hörte eine Weile zu. »Warte, das muss ich mir aufschreiben.« Er nahm einen Block vom Schreibtisch seiner Chefin und begann zu schreiben. »Klingt fürs Erste nicht schlecht. Danke, dass du mich angerufen hast. Hast du das auch deinem Diensthabenden gemeldet? Gut. Dann bis später.«

Er steckte sein Handy wieder in die Reverstasche seines Sakkos. »Das war unser Freund Frisch. Er ist gestern ungefähr zur Tatzeit in der Nähe des Rosenhügels Streife gegangen. Dabei ist ihm ein dunkelblauer Range Rover aufgefallen, der mit mindestens achtzig Sachen in der Alauntalstraße um eine Ecke geprescht sein soll. Er hat das Kennzeichen nur zum Teil gesehen. Aber er hat den Halter des Fahrzeugs ausgeforscht. Ein Herr Tamm, der in der Wachtbergstraße wohnt. Warst du nicht erst vor ein paar Tagen bei den Tamms?«

Doris spürte, wie sie sich in ihrem Sessel aufrichtete. »Am Ende verdient sich der Frisch die Beförderung zum Gruppeninspektor doch noch. Ich habe bei dem Gespräch am Wachtberg ohnehin kein sonderlich gutes Gefühl gehabt. Höchste Zeit, dass ich denen noch einmal auf den Zahn fühle. Vielleicht mache ich das sogar noch heute. Ich muss am Nachmittag noch einmal mit Frau Ritzek und den Kindern reden.

Bleibt mir nicht erspart, obwohl mir schon jetzt angst und bang davor ist.«

»Darum beneide ich dich wirklich nicht. Soll ich mir im Spital gleich diesen Anästhesisten noch einmal vorknöpfen? Von dem wissen wir noch recht wenig. Aber er ist der einzige, der genau über den Nachmittag von Doktor Ritzek Bescheid gewusst hat, zumindest soweit wir bis jetzt wissen.«

»Der hat sich sicher heute freigenommen. Außerdem ist der für so etwas nicht kaltblütig genug. Und dumm genug auch nicht. Der hätte eine Gelegenheit abgewartet, bei der er nicht so exponiert gewesen wäre. Abgesehen davon, dass er erst seit ein paar Jahren in Krems arbeitet und vorher mit Krems nichts zu tun gehabt hat. Hat er mir gestern erzählt. Ich glaube nicht, dass er lügt. Aber überprüfen müssen wir das alles selbstverständlich.«

Spencer nahm eine Mappe, die bis jetzt auf seinen Knien gelegen hatte, und streckte sie seiner Chefin hin. »Das sind übrigens die Unterlagen aus Wien. Ich habe sie dir ausgedruckt. Vielleicht möchtest du einen Blick drauf werfen. Ich käme erst am Nachmittag dazu.«

»Mache ich. Die Zeit nehme ich mir.«

## 17. April, 09:25 Uhr

Wolfgang Marbolt hatte ebenfalls unruhig geschlafen, wenn auch aus anderen Gründen als Doris Lenhart. Er war gestern Abend bei einer Weintaufe in Langenlois gewesen, zu der ihn der niederösterreichische Agrarlandesrat eingeladen hatte, als er den Telefonanruf des Journaldienstes empfing. Mord an einem Kremser Primararzt. Er hatte sich sofort entschieden, nicht selbst an den Tatort zu fahren, sondern das Terrain der Chefinspektorin zu überlassen. Wirklich zu dumm, dass er dem »Wiener Express« dieses Interview gegeben hatte, über das er kaum vierundzwanzig Stunden vorher noch begeistert gewesen war. Natürlich ein völliger Blödsinn, dass der Mord mit dem Interview in einem Zusammenhang stehen könnte. Doch der Zeitpunkt war aus jetziger Sicht denkbar ungünstig. Doris würde sich sicher daran erinnern, dass sie dringend um Stillschweigen gegenüber den Medien gebeten hatte.

Während sich seine Frau glänzend unterhielt, hatte er plötzlich die Lust an dem Abend verloren. Der Weihbischof hatte den Wein ohnehin schon gesegnet und war nach St. Pölten zurückgefahren. Und ein Mord keine fünfzehn Kilometer von Langenlois entfernt würde allemal ein mehr als guter Grund für einen Landespolizeidirektor sein, sich von der Festivität zu verabschieden.

So war er zum Landesrat gegangen, um ihm den Grund für seine frühe Abreise mitzuteilen. Der hatte natürlich vollstes Verständnis gezeigt und nur gebeten, den wahren Grund für den frühen Rückzug nicht publik zu machen. Würde nur die Stimmung des Abends zusammenhauen.

Er hatte seiner Frau kurz ins Ohr geflüstert, sie möge keine große Abschiedszeremonie veranstalten, was sie, das hatte er schon oft feststellen müssen, gern tat. Dann hatte er gemeinsam mit ihr so diskret wie möglich den Ausgang gesucht.

Nachdem er die Gedanken, die ihn plagten, mit seiner Frau vor dem Chauffeur nicht erörtern wollte, hatte er mit ihr vereinbart, auf der Heimfahrt über das Verbrechen zu reden, weil ein anderes Gesprächsthema dem Fahrer eigenartig erschienen wäre, aber nichts vom Interview und auch nicht darüber, wie er sich jetzt der Chefinspektorin gegenüber verhalten sollte.

Kaum zu Hause angekommen, hatte er ihr die Situation erklärt. Er war nicht wirklich überrascht gewesen, dass sie sofort zwei Vorschläge parat hatte, wie er sich aus dieser unangenehmen Situation befreien konnte. Er sollte entweder bestreiten, dass ihn die Chefinspektorin je um eine Nachrichtensperre gegenüber der Presse gebeten hatte, oder den Zusammenhang zwischen Interview und Verbrechen in Abrede stellen. An seiner Stelle würde sie Variante eins wählen. Damit wäre er auf der vollkommen sicheren Seite, da es für sein Gespräch mit Frau Lenhart keinen Zeugen gab. In jedem Fall war wichtig, nicht das geringste Anzeichen von schlechtem Gewissen oder gar Schuldgefühl zu zeigen.

In der Nacht hatte er sich im Bett hin und her gewälzt, weil er kein gutes Gefühl beim Vorschlag seiner Frau hatte. Und kurz hatte er auch an eine Art Demutsgeste gegenüber der Chefinspektorin gedacht. Aber nur kurz.

Vor zehn Minuten hatte er sie in sein Büro bestellt. Jetzt saß sie ihm gegenüber. Mit trotziger Miene in ihrem Gesicht, dem er ansehen konnte, dass seine Besitzerin ebenfalls schlecht geschlafen hatte. »Ich kann sehr gut nachvollziehen, dass du unter Stress stehst, und ich möchte nicht in deiner Haut stecken. Zwei unaufgeklärte Morde innerhalb von Tagen, das ramponiert dein Image, das du dir mühsam aufgebaut hast, gewaltig. Trotzdem kann ich nicht tolerieren, dass ich von dir nur ein armseliges Protokoll auf den Tisch bekomme. Null Details. Ein Glück, dass mich der Minister noch nicht angerufen und sich erkundigt hat.«

»Dann verbinde ihn einfach an mich weiter. Er wird ja wissen, wann man eine Information vertraulich behandeln muss.«

Marbolt entschloss sich, dem Rat seiner Frau zu folgen und noch mehr in die Offensive zu gehen. »Willst du mir etwa unterstellen, ich wüsste das nicht?«

»Jedenfalls haben wir klar und deutlich vereinbart, der Presse nichts davon zu erzählen, dass es wahrscheinlich doch einen Zusammenhang zwischen dem Skelett und dem Fall Dahlmeyer gibt. Und was lese ich am Samstag in einer großen Wiener Zeitung? Genau das.«

»Also das ist doch wirklich die Höhe.« Marbolt versuchte, seine Empörung so authentisch wie möglich wirken zu lassen. »Ich warne dich. Es ist vielleicht richtig, dass du im Lauf des Gesprächs einmal etwas in der Art erwähnt hast. Ich erinnere mich aber deutlich, dass du selbst die Idee noch während unserer Diskussion wieder verworfen hast. Abgesehen davon ist das alles angesichts der letzten Ereignisse ohnehin völlig unwichtig. Ich brauche dir gegenüber nicht zu betonen, dass jetzt Resultate gefordert sind. Und keine Trotzreaktionen deinerseits. Ich bin auch bereit, dir weiter zu vertrauen, aber du und deine Abteilung müssen liefern. Es läuft offensichtlich ein Irrer in Krems und Umgebung herum. Die Bevölkerung hat ein Recht darauf, vor dieser Person geschützt zu werden.«

Marbolt pochte mit dem überlangen Nagel seines rechten Zeigefingers energisch gegen die Schreibtischplatte und blickte die Chefin der Mordkommission so durchdringend wie möglich an.

»Auch wenn du dabei deinen Schreibtisch zertrümmerst, so sage ich dir, dass unser Freund alles andere als ein Irrer ist. Der rechnet kühl und überlegt blitzschnell. War‘s das?«

Der Landespolizeidirektor merkte, dass sein Mund zu lange offen stand. »Wir sollten jetzt nicht noch weiteres Öl ins Feuer gießen. Schließlich sind wir aufeinander angewiesen.« Er streckte der Chefinspektorin seine rechte Hand entgegen. Er hätte viel darum gegeben, zu erraten, was sie in diesem Moment dachte. Jedenfalls war er sicher, dass es besser gewesen wäre, er hätte nicht auf den Rat seiner Frau gehört, sondern sich auf seinen Instinkt verlassen. Er hatte schon bei seinem Minister gelernt, dass man nicht in Schlachten ziehen soll, die man nicht gewinnen konnte.

## 17. April, 10:00 Uhr

Doris war mit sich zufrieden. Sie hatte natürlich mit der Taktik ihres Chefs gerechnet, zunächst auf Angriff als beste Verteidigung zu spielen. Ob er allerdings damit gerechnet hatte, dass sie ihm nicht nur Paroli bieten, sondern zu guter Letzt sogar die Oberhand gewinnen würde? Er würde sich noch wundern. Zu gegebener Zeit würde sie ihm noch einen Schlag versetzen, den er sich lang merken sollte. Jetzt aber hatte sie Wichtigeres zu tun.

Während ihr Fahrer den Wagen startete, um sie wieder auf die Schanze zurückzubringen, langte sie mit ihrer Hand auf den Rücksitz, um nach den Unterlagen zu angeln, die ihr Spencer vor seiner Fahrt nach Krems gegeben hatte. Bevor sie der Anruf ihres Chefs unterbrochen hatte, war sie dabei gewesen, die Unterlagen zu studieren.

Die Kopien von drei Abhängigkeitsanzeigen. Die erste aus dem Jahr 1991 betraf einen damals neunundzwanzigjährigen Tischler, der von seinem Arbeitgeber wegen Diebstahls fristlos entlassen worden war. Laut Auskunft seiner alleinstehenden Mutter eventuell zur Fremdenlegion unterwegs. Seitdem kein Lebenszeichen. Doris nahm rasch die nächste Unterlage zur Hand. Sie bezog sich auf das spurlose Verschwinden eines neunzehnjährigen Maturanten Ende Juni 1994. Selbstmord von den Eltern nicht ausgeschlossen. Wahrscheinlich aus Liebeskummer.

Doris klappte für einen Moment die Mappe mit den Unterlagen zu, lehnte sich im Sitz zurück und schloss die Augen. Was für ein Idiot. Könnte heute glücklicher Familienvater sein. Sie selbst war auch einmal mehr als unglücklich verliebt gewesen, aber sich deswegen gleich das Leben zu nehmen? Niemals.

Sie nahm die dritte Unterlage zur Hand. Roman Sindelar. Dreiundzwanzig. Student der Pharmazie. Datum der Abgängigkeitsanzeige: 3. Juli 1993. Laut Vermutung der Schwester beim Baden in der Donau ertrunken. Die Leiche war allerdings nie gefunden worden. Klang nicht uninteressant. Nicht nur das Datum des Verschwindens könnte hinkommen, auch das studentische Milieu. Ebenso das angebliche Ertrinken in der Donau. Ein Klassiker. Allerdings nicht der geringste Hinweis auf die Wachau. Trotzdem, ein Gespräch mit der Schwester konnte auf keinen Fall schaden.

## 17. April, 14:00 Uhr

Doris hatte erst gegen ein Uhr nachmittags mit Marlies Ritzek telefoniert. Sie wollte ihr Zeit geben, mit ihren Kindern zu reden, die knapp vor Mittag vom Katschberg nach Krems zurückgekehrt waren, wie die Chefinspektorin von der Besatzung des Begleitfahrzeugs wusste. Sie wollte aber auch vor ihrem Gespräch von Spencer Rückmeldung über seine Recherchen im Kremser Spital haben. Ihr Stellvertreter rief sie an, als sie gerade dabei war, eine rasch aufgewärmte Pizza, die sie von zu Hause mitgebracht hatte, zusammen mit einem Becher des gewohnt dünnen Kaffees aus dem LKA-Automaten zu sich zu nehmen. Doris hatte sich von Malzachers Befragungen ohnehin wenig erwartet. Sie sollte recht behalten.

Fünf Personen waren an der Operation direkt beteiligt gewesen. Alle hatten gewusst, dass der Primar direkt vom Schlosshotel Dürnstein gekommen war und dorthin auch wieder zurück wollte.

Ein Operationsgehilfe konnte sich erinnern, dass Dr. Ritzek noch etwas von einem kurzen Abstecher nach Hause gesagt hatte. Und eine Krankenschwester, dass der Chef noch nach einer Patientin sehen wollte. Kein Name.

Als Doris an der Glocke der Gartentür am Rosenhügel läutete, sprang die Tür sofort auf. Ganz so, als hätte jemand auf ihr Läuten gewartet. Ihr kam ein junges Mädchen mit dichtem kastanienbraunen Haar entgegen, das sie heute wohl noch nicht gekämmt hatte. Doris schätzte das Mädchen älter als ihre Veronika. Sie weinte und gab sich auch keine Mühe, ihre Tränen zurückzuhalten. Die Chefinspektorin war einen Moment unschlüssig, ob sie dem Mädchen die Hand zur Begrüßung entgegenstrecken sollte, tat es dann aber doch.

»Ich bin Doris Lenhart. Guten Tag!« Doris sah, dass sich das Mädchen rasch bemühte, sich ihre nasse rechte Hand an ihrer Jeans abzuwischen.

»Ich bin die Eva. Bitte, kommen Sie weiter. Meine Mutter erwartet Sie schon.«

»Ist die Fahrt sehr schlimm gewesen?«

»Ja. Sehr schlimm. Danke für die Polizeibegleitung. Ich gehe vor.«

Als Doris das Wohnzimmer betrat, kam es ihr noch größer vor als nach ihrem gestrigen Besuch. Ihr erster Blick fiel auf Frau Ritzek, die einen hemmungslos weinenden halbwüchsigen Buben in den Armen hielt und ihm mit ihrer Linken über die dunkelblonden Haare seines Kopfes strich, während sie mit ihrer Rechten die Hand ihrer Tochter hielt, die neben ihr saß. Welche Ähnlichkeit zwischen Mutter und Tochter: die gleiche hohe Stirn und die gleichen hohen Wangenknochen. Selbst das Dunkelblond der Haare war fast gleich.

Die Tochter, die sich als Johanna Ritzek vorstellte, und von der Doris bereits wusste, dass sie in Wien Medizin studierte, stand auf.

»Dass Sie die Autofahrt geschafft haben, verdient meinen allergrößten Respekt.« Doris sah, dass sich die bis jetzt bewegungslose und starre Miene der jungen Frau etwas lockerte.

»Wenn ich nicht weitergekonnt hätte, hätte ein Polizist übernommen. Das hat es mir etwas leichter gemacht. Kann ich Ihnen ein Glas Wasser bringen?«

»Das wäre sehr nett von Ihnen.« Während die Tochter den Raum verließ, ging die Chefinspektorin auf Frau Ritzek zu.

»Verzeihen Sie mir, dass ich nicht aufstehen kann. Aber Sie sehen ja den Grund. Das ist Martin, unser Jüngster.« Marlies Ritzek senkte ihren Kopf und küsste den Buben. »Martin wird es besonders schwer haben. Er hätte seinen Vater von allen dreien noch am dringendsten gebraucht. Jetzt werde ich wohl auch die Vaterrolle übernehmen müssen.« Die Mutter blickte gedankenverloren auf ihren Sohn, ehe sie fortfuhr. »Aber bitte, nehmen Sie doch Platz.«

Doris setzte sich und nahm einen Schluck aus dem Glas Wasser, das die ältere Tochter gerade aus der Küche gebracht hatte.

Marlies Ritzek wandte sich an ihren Sohn. »Martin, bist du so lieb und gehst jetzt zusammen mit deiner Schwester aus dem Zimmer. Ich glaube, ich sollte mit Frau Lenhart besser allein sprechen.« Sie gab ihm einen liebevollen Kuss auf seine Stirn.

Doris wartete, bis die beiden Kinder den Raum verlassen hatten. »Nochmals vielen Dank, Frau Ritzek, dass Sie noch einmal so rasch für ein Gespräch zur Verfügung stehen. Ich will ehrlich zu Ihnen sein und sagen, dass wir noch nicht den geringsten Anhaltspunkt haben. Aber wir stehen erst am Anfang.«

»Sie brauchen sich dafür nicht zu entschuldigen, Frau Lenhart. Und ehrlich gesagt ist es mir im Moment auch ziemlich egal, wer meinen Mann umgebracht hat. Das Wissen, wer der Mörder ist, bringt den Kindern den Vater auch nicht wieder. Und mir nicht meinen Mann. Aber vielleicht kommt später eine gewisse Genugtuung. Wer weiß.«

»Ich habe Ihnen gegenüber schon gestern angedeutet, dass das Motiv für die Tat viele Jahre zurückliegen könnte. Das ist jedenfalls eine Möglichkeit, die wir in Betracht ziehen müssen. Ich möchte mir daher zuerst einen Überblick über die einzelnen Stationen Ihres Mannes verschaffen. Ich hoffe, es stört Sie nicht, wenn ich mir Notizen mache.« Doris nahm Schreibblock und Kugelschreiber aus einer kleinen Aktenmappe, die sie mitgebracht hatte.

»Keineswegs.«

»Dann würde ich Sie bitten, mir kurz den Lebenslauf Ihres Mannes zu schildern.«

»Gut. Christoph ist 1965 hier in Krems geboren. Aufgewachsen ist er als Einzelkind in der Schillerstraße.«

Doris unterbrach. »Nachdem ich selbst in Krems geboren bin und bis zu meinem zwölften Lebensjahr hier gelebt habe, kenne ich die Schillerstraße sehr gut.«

»Dann wissen Sie ja, welch wunderschöne Stadt Krems ist.«

Doris sah ein leichtes Lächeln im Gesicht der Witwe.

»Jedenfalls hat er hier 1983 am Piaristengymnasium maturiert. War Familientradition. Er hat dann in Wien Medizin studiert. Wie sein Vater, der vor zwei Jahren gestorben ist. Er hat in Krems auch seinen Turnus gemacht und ist 1995 als Assistenzarzt nach Schwarzach/St. Veit gekommen, wo ich ihn kennengelernt habe. Ich bin dort Krankenschwester gewesen. Ich selbst bin gebürtige Salzburgerin, wie ich Ihnen schon erzählt habe. Auch keine schlechte Stadt zum Aufwachsen.«

Wieder sah Doris dieses leichte Lächeln.

»Wir haben dann auch bald geheiratet, und unsere Johanna ist noch in Schwarzach geboren.«

Doris bemerkte den liebevollen und gleichzeitig stolzen Blick, den die Mutter auf die Tochter warf, die sich in der Zwischenzeit wieder gesetzt hatte.

»Später sind wir zuerst nach Linz und dann nach Amstetten gekommen, wo mein Mann fünf Jahre lang Oberarzt gewesen ist. Bis er dann die Stelle als Primar in Krems bekommen hat. Ist immer seine große Sehnsucht gewesen.«

»Hat er während seiner Schulzeit oder während des Studiums Feinde gehabt, von denen er Ihnen vielleicht einmal erzählt hat?«

»Er ist ja ein ausgezeichneter Schüler gewesen. Und er hat auch sehr schnell studiert. Da kann es schon den ein oder anderen gegeben haben, der ihn um seinen Erfolg beneidet hat. Aber Christoph hat kein Talent besessen, sich Feinde zu machen.«

»Mein Stellvertreter hat mit Ihrem Mann mehrmals wegen des Skeletts, das bei Weißenkirchen gefunden worden ist, telefoniert. Er ist voll des Lobes über ihn gewesen.«

»Das höre ich natürlich sehr gern. Deswegen kann ich auch nicht verstehen, dass jemand meinen Mann hassen kann.«

Doris nahm die Hand von Marlies Ritzek. »Frau Ritzek, wir wissen noch nicht viel über den Mord. Aber wir gehen davon aus, dass Hass nicht das Motiv für das Verbrechen gewesen ist. Wir vermuten, dass Ihr Mann etwas gewusst hat, was dem Täter zum Verhängnis geworden wäre. Ich habe noch eine Frage zu gestern Abend. Sie erinnern sich, dass gestern Abend von einem Fotoalbum die Rede gewesen ist, das Ihr Mann holen wollte. Die Spurensicherung hat im Garten nichts gefunden. Ist es in der Wohnung aufgetaucht?«

»Daran habe ich gar nicht mehr gedacht. Entschuldigung.« Frau Ritzek wandte sich an die neben ihr sitzende Tochter. »Johanna, bist du so lieb? Ich habe aber keine Ahnung, wo es stehen könnte.«

Die Tochter stand auf und ging zum Bücherregal. Doris sah, wie sie eine Weile suchte.

»Tut mir leid, Mama, aber da ist nichts. Nur eine Lücke, als ob jemand ein Buch herausgenommen hätte.«

Die Mutter machte ein nachdenkliches Gesicht. »Sehr eigenartig.«

Doris Lenhart stand auf und ging zum Bücherregal. »Sieht so aus, als wäre hier ein Buch herausgenommen worden.«

»Dann wird mein Vater tatsächlich das Album herausgenommen haben«, sagte Johanna.

Doris Lenhart machte sich eine Notiz, ehe sie auf die Bemerkung reagierte. »Es ist natürlich möglich, dass Ihr Vater das Album genommen hat und nach Abschließen der Tür zu seinem Auto gegangen ist. Den Schlüssel haben wir in seiner Hosentasche gefunden. Aber wo ist dann das Album? Wir sind bis jetzt davon ausgegangen, dass die Tat verübt worden ist, bevor Doktor Ritzek das Haus betreten hat. Das Album verändert die Situation. Es sieht so aus, als hätte es der Täter mitgenommen. Welche Art Fotos sind denn in dem Album gewesen?«

»Das verstehe ich nicht ...« Frau Ritzek schien angestrengt nachzudenken. »Dieses Album hat nur für uns einen Wert. Es beginnt bei unserer Verlobungsfeier. Dann die Hochzeit. Und natürlich die Kinder. Das letzte Foto hat mein Mann vor drei Jahren gemacht. Wir alle mit dem Christbaum.«

»Waren zufällig Jugendfotos Ihres Mannes dabei?«

Frau Ritzek schüttelte den Kopf. »Ganz sicher nicht. Solche Fotos gibt es natürlich. Aber die hat er im Schreibtisch, der in seinem Arbeitszimmer steht, aufbewahrt.«

»Dürfte ich mir eines davon ausborgen?«

»Selbstverständlich. Johanna, du weißt, wo sie liegen. Unterste Lade rechts. Bring bitte alle her, damit sich Frau Lenhart eines aussuchen kann.«

»Vielen Dank. Das ist für mich sehr hilfreich. Eine letzte Frage hätte ich noch. Hat Ihr Mann je den Namen Roman Sindelar erwähnt? Lassen Sie sich bitte mit der Antwort ruhig Zeit.«

Marlies Ritzek schwieg einige Sekunden. »Natürlich ist es möglich, dass Christoph den Namen einmal erwähnt hat, ohne dass ich ihn mir gemerkt habe. Öfter sicher nicht. Sonst würde ich mich daran erinnern.«

## 17. April, 15:30 Uhr

Noch vor ihrer Fahrt zu den Ritzeks hatte die Chefinspektorin Eberhard Tamm angerufen, um den dringenden Wunsch nach einem Gespräch zu deponieren. Die Entscheidung, ob er lieber allein oder im Beisein seiner Ehefrau mit ihr reden wollte, hatte sie ihm überlassen. Obwohl er sie gedrängt hatte, ihm den Grund für ihren Gesprächswunsch zu nennen, hatte sie ihm nur bedeutet, dies der persönlichen Begegnung vorbehalten zu wollen.

Jetzt fuhr sie vom Rosenhügel über die Alauntalstraße Richtung Kremser Altstadt, um dann auf Höhe der Gaswerkgasse nach links zwei Serpentinen hoch auf den Wachtberg zu fahren. Als sie vor dem Tammschen Anwesen ankam, stand ein dunkelblauer Range Rover in der Einfahrt, die für zwei Autos Platz bot.

Herr Tamm hatte offensichtlich ihr Auto gehört. Noch bevor sie den Knopf der Glocke drücken konnte, ging die Eingangstür auf, und Eberhard Tamm kam ihr entgegen. Welche Parallele zu ihrem Besuch vorhin. Sein Gesichtsausdruck schien nur Neugierde zu verraten. Keine Spur von Befangenheit oder Nervosität. Im Unterschied zu seiner Frau, die im Salon des Hauses, dessen beherrschendes Element ein riesiges Panoramafenster war, wartete.

»Das Wetter ist heute leider so trüb, dass wir nicht einmal Stift Göttweig sehen können.«

»Dafür ist der Ausblick bei meinem letzten Besuch umso großartiger gewesen.« Doris begrüßte Bettina Tamm, die sich von ihrem Fauteuil erhoben hatte. Diesmal mit einem Glas Prosecco in der Hand. Dem heftigen Perlen der Kohlensäure nach zu schließen war das Glas entweder frisch eingeschenkt oder gerade nachgefüllt worden. Der Chefinspektorin fielen auch die fahrigen Bewegungen der Frau des Hauses auf.

»Ich nehme an, Sie geben mir wieder einen Korb. Eberhard, Frau Lenhart trinkt nur Mineralwasser. Steht schon da. Aber bitte setzen Sie sich doch!«

Herr Tamm goss das Wasser ein. Nicht nur für die Chefinspektorin, sondern auch für sich selbst.

»Ich nehme an, es geht noch einmal um Hilde Dahlmeyer? Mir ist aber ehrlich gesagt nicht ganz klar, warum Sie sich da an meinen Mann gewandt haben.«

Doris war überrascht, dass Bettina Tamm das Gespräch offensichtlich an sich ziehen wollte. »Nein, ich bin nicht wegen Frau Dahlmeyer hier, sondern wegen Herrn Dr. Ritzek.« Sie merkte, dass beide Eheleute überrascht waren. »Ich will nicht lang herumreden. Sie haben sicher davon gehört, dass Herr Dr. Ritzek gestern Abend im Garten seines Hauses ermordet worden ist.«

Eberhard Tamm antwortete. »Ist ja bereits Stadtgespräch.«

»Ihr Range Rover ist zum Zeitpunkt dieses Verbrechens keine zweihundert Meter vom Tatort entfernt gesehen worden, wie er mit hoher Geschwindigkeit die Alauntalstraße entlanggefahren ist. Der Zeuge hat zwar das polizeiliche Kennzeichen erkennen können, ist aber nicht sicher, ob ein Mann am Steuer gesessen ist. Das ist daher die erste Frage, die ich stellen möchte. Herr Tamm, sind Sie mit dem Auto gefahren oder jemand anders?«

»Wenn es sonst nichts ist.«

Das Lächeln von Herrn Tamm wirkte auf Doris plötzlich gekünstelt.

»Das bin sicher ich gewesen. Ich hatte gestern gemeinsam mit meinem Bruder unsere Mutter im Spital besucht. Liegt dort wegen einer Schilddrüsenoperation. Und weil es dabei spät geworden ist, bin ich vielleicht etwas zu schnell gefahren. Aber ich habe ganz sicher nichts von dem Verbrechen mitbekommen.«

»Eberhard ist dann kurz nach sechs zu Hause gewesen.«

Während Frau Tamm einen großen Schluck aus ihrem Glas trank, setzte die Chefinspektorin fort. »Ich will eines klarstellen. Sie sind bis jetzt in keiner Weise verdächtig. Aber Sie könnten, ohne es vielleicht zu wissen, etwas beobachtet haben.«

»Ich habe um die Kurve bei der Mazettistraße nur einen Polizisten gesehen. Der wird mich auch gemeldet haben, vermute ich.«

»Sie sagen, Sie sind gestern im Krankenhaus gewesen. Haben Sie da vielleicht Dr. Ritzek gesehen?«

»Habe ich heute früh, als wir von dem Mord gehört haben, gleich meiner Frau erzählt. Mein Bruder und ich sind vielleicht die Letzten gewesen, die den Primar lebend gesehen haben. Er ist nämlich ins Zimmer meiner Mutter gekommen und hat sich nach ihrem Befinden erkundigt.«

»Erinnern Sie sich da noch an eine ungefähre Uhrzeit?«

»Das muss so gegen viertel vier gewesen sein. Wir sind erst kurz vorher gekommen.«

Doris begann, in ihrem Notizblock zu blättern. »Sind Sie da ganz sicher?«

»Nageln Sie mich bitte nicht auf fünf Minuten auf oder ab fest. Er hat uns erzählt, dass er Hochzeitstag hat, aber trotzdem operieren muss. Und dass er nachher noch schnell Fotos holen möchte.«

Doris schrieb etwas auf und machte dahinter mit energischem Strich zwei Ausrufungszeichen. »Ich würde auch gern mit Ihrem Bruder reden.«

»Kein Problem. Er wird das sicher bestätigen. Er ist übrigens ein Klassenkamerad von Dr. Ritzek und jetzt Mathematiklehrer am Gymnasium. Ich schreibe Ihnen seinen Namen und seine Telefonnummer auf.«

»Danke sehr. Und wann haben Sie das Spital verlassen?«

»Mein Bruder hat früher gehen müssen. Ich selbst bin zwischen fünf und halb sechs gegangen. So genau weiß ich das nicht mehr.«

Da war sie wieder, die Unsicherheit in der Stimme. Doris versuchte, möglichst unauffällig Bettina Tamm anzusehen. Kein Zweifel, der Blick, den die Frau des Hauses ihrem Ehemann zuwarf, verriet Misstrauen. »Sehr präzise ist das natürlich nicht. Nehmen wir einmal an, Sie haben Ihre Mutter um halb sechs verlassen. Sind Sie dann gleich nach Hause gefahren?« Doris merkte, dass sich die Unruhe bei Eberhard Tamm verstärkte.

»Offensichtlich bin ich doch verdächtig. Aber da sind Sie völlig auf dem Holzweg. Was hätte ich denn für ein Motiv gehabt?«

Doris lächelte, als sie sah, dass sich Herr Tamm seine Handflächen an seiner Hose abzuwischen begann. »Das sind Sie bis jetzt nicht. Aber vom Krankenhaus bis hierher fährt man an einem Sonntagabend maximal zehn Minuten. Ihre Frau hat gesagt, dass Sie kurz nach sechs nach Hause gekommen sind, was sich übrigens mit der Aussage des Zeugen, der Ihr Auto gesehen hat, deckt. Da fehlen also mindestens zwanzig Minuten. Außerdem führt der kürzeste Weg vom Spital auf den Wachtberg nicht über Stein und die Alauntalstraße, sondern über die Gaswerkgasse. Oder über den Stadtgraben. Zufällig kenne ich mich in Krems aus.«

»Jetzt weiß ich es wieder. Ich habe bei der Tankstelle vor dem Karikaturenmuseum getankt. Das ist zwar ein kleiner Umweg, aber dort tanke ich immer.«

»Für den Moment will ich das einmal so stehen lassen. Eine letzte Frage hätte ich noch. Sagt einem von Ihnen beiden der Name Roman Sindelar etwas?«

Als Erstes antwortete Bettina Tamm, die ihren Mann anfunkelte. »Nie gehört.«

Eberhard Tamm dachte eine Weile nach. »Ich glaube, ich kenne den Namen auch nicht.«

## 17. April, 19:15 Uhr

Wenn er doch schon als kleiner Bub von seiner Kaltblütigkeit gewusst hätte. Dann wäre sein Leben sicher ganz anders verlaufen. Und er hätte sich drei Morde erspart. Was er gern getan hätte, obwohl er keine Gewissensbisse verspürte. Seinen ersten vor einem knappen Vierteljahrhundert hatte er schon so gut wie verdrängt. Als ob nie etwas geschehen war. Eine richtige Meisterleistung übrigens. Daran hatten nicht einmal die beiden Kinder, die unbedingt ihren Köter in einem Weingarten vergraben mussten, etwas ändern können. Auch die deutsche Forensikerin war nicht wirklich gefährlich. Aber in Kombination mit der künstlichen Hüfte konnte es natürlich ein Problem geben. Dessen hatte er sich jetzt aber dank seiner Kaltblütigkeit auch entledigt.

In seinen jungen Jahren hatte er viel ertragen müssen, doch die drei einzigen Zeugen seiner größten Demütigung waren alle tot. Jetzt würde er endgültig ruhig schlafen können. Wahrscheinlich war es klug von ihm gewesen, sich in den letzten

Tagen darauf einzustellen, dass die Kriminalpolizei mit deutscher Hilfe fündig werden würde. Sonst hätte man ihm vielleicht doch eine verräterische Nervosität angemerkt. Hätte er weiter morden können? Wahrscheinlich schon. Obwohl ihm keine seiner Taten auch nur einen Funken von Befriedigung gebracht hatte. Vom ersten vielleicht abgesehen. Aber seine Geschichte als Mörder war jetzt abgeschlossen. Und sein Geheimnis würde er mit ins Grab nehmen.

Natürlich würde er weiter wachsam sein müssen. Nach all dem, was er bis jetzt über die Chefinspektorin in Erfahrung gebracht hatte, war sie als Gegnerin nicht zu unterschätzen. Trotzdem standen ihre Chancen extrem schlecht. Nicht nur wegen seiner Cleverness. Alles, was sie auf eine Spur bringen könnte, lag einfach viel zu lange zurück.

## 17. April, 21:54 Uhr

Doris war endlich nach Hause gekommen. Hundemüde, aber zufrieden. Die Geschichte hatte begonnen, in ihrem Kopf Gestalt anzunehmen. Natürlich gab es noch nicht den geringsten Hinweis auf den Täter. Das war aber bei ihren früheren Fällen nicht anders gewesen. Auch da hatte sie zunächst ein Bild der Ereignisse vor Augen gehabt. Der Mörder hatte sich dann wie von selbst ergeben.

Dabei hatte ihr Tag miserabel begonnen. Zunächst die höchst unerfreuliche Begegnung mit ihrem Chef. Darüber war sie wegen ihrer festen Absicht hinweggekommen, die Sache nicht auf sich beruhen zu lassen. Auch dieser Plan nahm in ihrem Kopf bereits Gestalt an. Dann das ganz schlimme Zusammentreffen mit Frau Ritzek und den Kindern, das sie wesentlich mehr mitgenommen hatte als ihre Gespräche mit Brunhilde Dahlmeyer. Die folgende Begegnung mit den Tamms war für sie keine emotionale Belastung gewesen, aber doch unangenehm. Sie hielt es für unwahrscheinlich, dass Herr Tamm etwas mit den Verbrechen zu tun hatte, aber das schlechte Gewissen, das er vor seiner Frau krampfhaft zu verbergen suchte, war wie ein offenes Buch vor Doris gelegen. Sah für sie ganz nach einem Ehemann auf Abwegen aus.

Und erst Bettina Tamm. Für die Chefinspektorin waren schon männliche Alkoholiker ein Gräuel. Aber Frauen, die dem Alkohol zusprachen, ertrug sie noch weniger. War der Alkoholkonsum der Ehefrau die Ursache für seine Abwege, oder waren seine Abwege Ursache für ihren Alkoholkonsum? Mit dem Bruder von Eberhard Tamm würde sie morgen sprechen.

Nach ihrem Gespräch auf dem Wachtberg war die Chefinspektorin nach Wien gefahren, um mit der Schwester von Roman Sindelar zu reden. Die hatte natürlich von den beiden Kremser Morden gehört, war aber überrascht, dass die Chefinspektorin einen Zusammenhang mit dem Verschwinden ihres Bruders suchte. Gertraud Fretzer, geborene Sindelar, hatte nach wie vor an einen Unfall geglaubt und war davon ausgegangen, dass die Reise der Leiche ihres Bruders vor mehr als zwei Jahrzehnten im Schwarzen Meer geendet hatte. Gefunden hatte man das Auto ihres Bruders in der Nähe des Wiener Hafens. Für die Schwester kam das damals nicht überraschend, da es zu den, wie sie meinte, höchst merkwürdigen Hobbys ihres verrückten Bruders gehört hatte, in der Nacht in der Donau baden zu gehen. Bei Wind und Wetter und ganz egal, ob die Donau Niedrigwasser oder Hochwasser führte. Gertraud hatte durchaus mit schwesterlicher Zuneigung von ihrem Bruder gesprochen, ohne allerdings einen Hehl aus ihrer Meinung zu machen, dass er nicht jedermanns Sache gewesen war. Wild, mitunter sogar bös bis hin zu gemein. Als die Schwester der Chefinspektorin als Beleg für diese Wildheit davon erzählt hatte, dass Roman einmal einem Klassenkameraden beim Völkerball das Nasenbein zerschossen hatte, fiel Doris die Erzählung der St. Pöltner Turnlehrerin ein. Sie glaubte nicht daran, den Täter an der Schule ihrer Tochter zu finden, obwohl sie das ebenfalls überprüfen wollte. Aber die Erklärung des alten Kollegen der Turnlehrerin, die ihr ursprünglich mehr als weit hergeholt erschienen war, begann plötzlich Sinn zu machen. Doris hatte Frau Fretzer auch das Jugendfoto von Christoph Ritzek gezeigt, aber nur Kopfschütteln geerntet. Allerdings hatte sie bei der Gelegenheit dann eine Information bekommen, die wie maßgeschneidert zu ihrer Theorie passte. Roman Sindelar war ein oder zwei Jahre Schüler in Krems gewesen. Durch diese Distanz zum gewohnten Wiener Umfeld hatte man sich eine Besserung in Romans Benehmen erhofft. Vergeblich.

Obwohl Doris sicher war, dass ihre Theorie stimmte, wollte sie morgen früh ihren Stellvertreter um eine kritische Prüfung bitten. Wenn sie recht hatte, dann brauchte sie wahrscheinlich gar keine Hilfe aus Wiesbaden mehr.

Jetzt stand sie vor dem Badezimmerspiegel und prüfte kritisch die Farbe ihrer Zähne. Eindeutig weißer als vor zehn Tagen. Doris war sicher, nach langer Zeit wieder einmal gut zu schlafen.

## 18. April, 08:40 Uhr

»Die Schwester ist sicher, dass ihr Bruder ein oder zwei Jahre in Krems in die Schule gegangen ist und dort in einem Konvikt gewohnt hat. In der Unterstufe. Sie weiß aber weder den Namen der Schule noch den des Konvikts. Er soll dann aus disziplinären Gründen von der Schule geflogen sein.«

»Also gut, ich gebe zu, dass das keine uninteressante Information ist. Aber mehr schon nicht. Du sagst selbst immer, dass Krems eine ausgesprochene Schulstadt ist. Und dass jeder zweite Mensch, den du in deinem Leben getroffen hast, dort in die Schule gegangen ist. So wie die Schwester ihren Bruder Roman schildert, war er sein ganzes kurzes Leben lang undiszipliniert. Welcher disziplinierte Mensch springt schon in der Nacht in die Donau? Deshalb ist er dort auch auf Nimmerwiedersehen verschwunden. Hat es immer gegeben und wird es immer geben. Trotz der Staustufen.«

»Ich bin überzeugt davon, dass er nicht ertrunken, sondern ermordet worden ist. Und dass der Mörder ihn auf einem Friedhof vergraben hat. In einem frischen Grab, in dem vorher die Besitzerin unseres Skeletts gelegen ist.«

Spencer, der bis jetzt ruhig in seinem Sessel gesessen hatte, stand auf, wobei die Armlehne, auf die er sich stützte, ein verdächtig knarzendes Geräusch von sich gab. »Sorry, Doris. Beim Fußball nennt man so etwas ›sich selbst überdribbeln‹. Du klammerst dich an alles, was in deine Theorie passt, und ignorierst alles, was dagegen spricht. Nehmen wir einmal an, Herr Sindelar ist wirklich in Wien ermordet worden, und der Mörder hat alle Spuren verwischen wollen. Warum sollte er sich eine frische Leiche aus einem Wiener Friedhof besorgen und damit nach Weißenkirchen fahren? Hätte er billiger haben können. In Wien gibt es ja auch Weingärten, wenn es unbedingt ein Weingarten hat sein müssen.«

»Ich glaube auch gar nicht an einen Wiener Friedhof. Dort eine Leiche zu stehlen, ist sicher komplizierter als auf dem Land. Das Skelett stammt höchstwahrscheinlich von einem Wachauer Friedhof. So wie ich überzeugt bin, dass der Grund für den Mord an Roman Sindelar in der Wachau zu suchen ist. Lass mich einmal nachschauen, seit wann Roman Sindelar abgängig ist.«

Die Chefinspektorin nahm ihren Notizblock zur Hand und begann zu blättern. »Da habe ich es schon. Er ist am 3. Juli 1993 als abgängig gemeldet worden. Wir müssen uns die Begräbnisse von allen älteren Frauen, sagen wir zwischen dem 1. und 4. Juli, anschauen. Auf den Friedhöfen zwischen Krems und Spitz. Können nicht wahnsinnig viele sein. Was kriege ich von dir, wenn wir da auf das Begräbnis einer Frau stoßen, von der uns die Angehörigen bestätigen, dass sie eine künstliche Hüfte gehabt hat?«

»Du gibst mir ja auch nichts, wenn wir diese Frau nicht entdecken. Aber den Spaß mache ich mit. Da kann es sich um nicht viel mehr als acht bis zehn Begräbnisse handeln. Die finde ich heraus.«

»Wenn meine Annahme stimmt, dann sparen wir uns sogar die deutsche Forensikerin. Die könnte ohnehin erst knapp nach Ostern liefern.«

»Aber selbst wenn sie stimmen sollte, haben wir damit noch nicht den Mörder. Weder den von Sindelar noch von Dahlmeyer oder Ritzek.«

»Habe ich nicht vergessen, mein Lieber. Wir können davon ausgehen, dass den Primar nur jemand getötet haben kann, der von seinem Abstecher in sein Haus gewusst hat. Wir wissen allerdings nicht genau, wem er davon erzählt hat. Definitiv wissen wir es nur vom Anästhesisten und dem gesamten Operationsteam. Und von Herrn Tamm und dessen Bruder, wie ich dir schon erzählt habe. Den Bruder knöpfe ich mir heute vor. Ist insofern interessant, als er ein Schulkamerad von Herrn Ritzek gewesen ist. Und hat vielleicht auch Roman Sindelar gekannt.«

»Wann siehst du ihn?«

»Wenn er nicht auf Urlaub ist, hoffentlich noch heute.«

»Gut, dann rede ich in der Zwischenzeit mit den Gemeinde- und Pfarrämtern.«

## 18. April, 14:05 Uhr

Die Chefinspektorin hatte Willibald Tamm angeboten, ihn in einem Kaffeehaus zu treffen. Aber der Mathematiklehrer hatte es vorgezogen, in den eigenen vier Wänden befragt zu werden. So war Doris in die Steiner Landstraße gefahren, wo Tamm keine zweihundert Meter von Brunhilde Dahlmeyer entfernt wohnte.

In die Steiner Landstraße verirrte sich selten ein Auto, wenn es nicht einem Anrainer gehörte. Touristen stellten ihre Wagen entweder am Rathaus- oder am Schürerplatz ab, um von dort aus die enge Straße, deren Sehenswürdigkeiten eher hinter den Häuserfassaden lagen, zu erkunden.

Doris war aber überrascht, keinen einzigen Menschen zu sehen, als sie durch das Kremser Tor Richtung Steiner Pfarrkirche fuhr. Da sie über die in der Straße geltenden Parkregeln nicht Bescheid wusste, nahm sie die Karte, die sie als Polizeibeamtin auswies, aus dem Handschuhfach und legte sie unter die Windschutzscheibe. Sie schätzte das Alter des Hauses, in dem Professor Tamm wohnte, auf mindestens dreihundert Jahre. Im Gegensatz dazu war seine Wohnung ganz modern eingerichtet. Sie wusste, dass sie nicht viel von modernem Design verstand. Aber auch ihr war klar, dass einige Teile des Mobiliars das Herz von Personen, die ein Faible für Einrichtungsgegenstände aus den Fünfziger- und Sechzigerjahren hatten, höherschlagen lassen mussten. Nur der Fernseher mit einem Bildschirm, den sie in dieser Größe noch nie gesehen hatte, passte für ihren Geschmack nicht.

Er hatte sich bei der Begrüßung kurz vorgestellt und wie schon am Telefon nochmals betont, dass ihm sein Bruder ihren Besuch angekündigt hatte.

»Ich freue mich, Ihre Bekanntschaft zu machen. Allerdings hätten wir meiner Meinung nach auch alle Ihre Fragen am Telefon klären können. Darf ich Ihnen ein Glas Mineralwasser anbieten? Ich kann natürlich auch Tee oder Kaffee zubereiten, aber dann müsste ich Sie eine Weile allein lassen. Ich bin zwar schon seit neun Jahren geschieden, aber meine Fähigkeiten als Hausmann sind noch immer begrenzt.«

»Dann will ich diese Fähigkeiten gar nicht testen. Ein Glas Leitungswasser reicht vollkommen.« Doris lächelte den Gastgeber an und versuchte gleichzeitig, ihren ersten Eindruck auf sich wirken zu lassen. Groß, hager, sympathisches und offenes Gesicht. Nur eine entfernte Ähnlichkeit mit seinem Bruder.

Tamm verließ kurz das Zimmer und kam mit zwei Gläsern Wasser zurück. »Ich habe von meinem Bruder gehört, dass Sie sich nach einem gewissen Roman Sindelar erkundigt haben. Ich weiß zwar nicht, warum, aber ich habe einen Buben mit diesem Namen gekannt. Ist mit mir zwei oder drei Jahre in der Klasse gewesen. Habe aber seit der Zeit nichts mehr von ihm gehört. Kann mir auch nicht vorstellen, dass er irgendetwas mit dem Tod von Christoph zu tun haben könnte.«

»Sie scheinen ja ein ganz hervorragendes Namensgedächtnis zu haben.« Doris sah, dass sich Tamm geschmeichelt fühlte.

»Das ist für einen Lehrer auch ziemlich wichtig. Aber der Grund, weshalb ich mich an den Namen Sindelar erinnere, ist viel banaler. Ich bin immer ein großer Fußballfan gewesen. Da kommt man an dem Namen Mathias Sindelar nicht vorbei, obwohl der noch vor dem Zweiten Weltkrieg gekickt hat.«

»Kannten Sie Roman Sindelar gut?«

»Absolut nicht. Er war eher einer von der unguten Sorte. Er ist dann auch von der Schule geflogen, weil er einer Lehrerin den Rock hochgehoben hat.«

»Und Sie haben danach nie mehr etwas von ihm gehört?«

»Abgesehen davon, dass es damals geheißen hat, er wäre wieder nach Wien gegangen, nein. Hat mich aber auch nicht wirklich interessiert.«

»Sie sind auch ein Klassenkamerad von Primar Ritzek gewesen.«

»Von der ersten bis zur achten Klasse. Christoph ist immer unser Klassenprimus gewesen. Hätte genauso gut Universitätsprofessor für alte Geschichte werden können. Aber deswegen bin ich ihm nicht neidig gewesen. Schon eher, weil er bei den Mädchen mehr Erfolg gehabt hat als ich.«

»Wegen Dr. Ritzek bin ich eigentlich da. Ihr Bruder hat mir erzählt, dass Sie ihn noch kurz vor seinem Tod gesehen haben.«

»Das ist korrekt. Mein Bruder und ich sind bei unserer Mutter im Spital gewesen. Da hat Christoph kurz vor einer Operation vorbeigeschaut. Hat nur fünf Minuten gedauert, ist aber sehr nett gewesen.«

»Wissen Sie noch, wann das gewesen ist?«

»Ich habe nicht auf die Uhr gesehen. Aber ich schätze so gegen viertel vier.«

Nachdem der Lehrer schon das Gespräch mit seinem Bruder erwähnt hatte, nahm sie auf ihr Gespräch mit Eberhard Tamm Bezug. »Ihr Bruder erzählte mir, dass Dr. Ritzek davon gesprochen hat, nach der Operation noch kurz einen Abstecher in sein Haus zu machen. Haben Sie das auch mitbekommen?«

»Das müsste sogar unsere Mutter mitbekommen haben, obwohl sie schon schlecht hört.«

»Hat er auch einen Grund für seinen Abstecher nach Hause genannt?«

»Mein Gedächtnis ist zwar nicht so großartig, wie Sie es freundlicherweise beschrieben haben. Ich erinnere mich aber, dass von Fotos die Rede gewesen ist. Christoph hat nichts gesagt.«

»Wann haben Sie dann das Spital verlassen?«

»So gegen viertel fünf. Ich bin dann gleich hierher gefahren.«

»Kann das jemand bestätigen?« Doris merkte die plötzliche Irritation im Gesicht ihres Gegenübers.

»Sie werden doch nicht mich im Verdacht haben! Warum hätte ich Christoph etwas antun sollen?«

»Nein, Herr Professor, ich habe Sie derzeit genauso wenig wie Ihren Bruder in Verdacht. Aber wir gehen davon aus, dass das Verbrechen nur von jemandem verübt werden konnte, der über die Absicht von Primar Ritzek Bescheid gewusst hat. Deshalb überprüfen wir alle Personen, die von seiner Fahrt nach Hause gewusst haben. Wir wissen bis jetzt noch gar nicht, wie viele das gewesen sind. Gehört einfach zur professionellen Routine.« Doris sah, dass sich Tamm etwas entspannte.

»Ich habe Ihnen doch gerade erzählt, dass ich ein großer Fußballfan bin. Am Palmsonntag ist ab halb fünf das Derby übertragen worden. Rapid gegen Austria. Das wollte ich mir nicht entgehen lassen. Fernsehen ist eines der wenigen Vergnügen, die mir geblieben sind. Deswegen auch der überdimensionierte Schirm da.«

Während der Mathematiklehrer mit einer leicht verächtlichen Geste auf den Fernseher zeigte, gingen Doris mehrere Gedanken durch den Kopf. Tamm hatte sicher gewusst, wo Ritzek wohnte. Sie musste prüfen, ob es von der Steiner Landstraße einen Weg zum Rosenhügel gab, auf dem man das Ritzek-Haus auch zu Fuß erreichen konnte. War es glaubhaft, dass er von Roman Sindelar nie mehr etwas gehört hatte? Könnten sich die beiden während des Studiums in Wien über den Weg gelaufen sein? »Haben Sie eigentlich Hilde Dahlmeyer gekannt?«

Das Gesicht Tamms wechselte in Sekundenschnelle die Farbe. »Die Frage habe ich befürchtet. Von meiner Schwägerin weiß ich, wonach Sie forschen. Daher gebe ich gleich zu, dass ich als junger Lehrer sehr für Hilde geschwärmt habe. Aber sie hat mich damals völlig ignoriert. Ein Lehrer ist ihr wohl nicht gut genug gewesen. Vielleicht haben mir aber auch andere Qualitäten gefehlt, nach denen Hilde Ausschau gehalten hat.«

Doris Lenhart sah einen Mann vor sich, der seinen Kopf auf seinen eingefallenen und schmalen Brustkorb fallen ließ.

»Im Nachhinein bin ich sehr froh darüber, dass sie mich damals hat abblitzen lassen. Das wäre nie gut gegangen. Sie war ein Schmetterling, der von Blume zu Blume geflogen ist. Oder was man halt so Blume nennt.«

»Wissen Sie zufällig, ob Herr Dr. Ritzek mit Frau Dahlmeyer bekannt gewesen ist?«

»Wenn ich mich richtig erinnere, so hat Hilde ihre Gunst damals bevorzugt Wiener Männern geschenkt. Sie hat ja damals auch in Wien studiert. Da soll sie es ganz arg getrieben haben. Einmal habe ich sogar davon läuten hören, dass sie sich bei einem Würfelspiel als Siegespreis zur Verfügung gestellt haben soll. Und in so eine Frau bin ich verliebt gewesen.« Willibald Tamm schüttelte ganz in sich versunken und geistesabwesend seinen Kopf.

Jetzt wusste die Chefinspektorin, warum sich Bettina Tamm bei der Erwähnung des Würfels so eigenartig verhalten hatte.

## 18. April, 16:40 Uhr

Doris hatte gehofft, dass Willibald Tamm ihren inneren Luftsprung, den seine Erzählung von dem Gerücht mit dem Würfel ausgelöst hatte, nicht bemerkte. Sie hatte sich bald verabschiedet und war in die Polizeiinspektion an der Rechten Kremszeile gefahren, weil ein Passant in der Kremser Au ein Fotoalbum gefunden und zur Polizei gebracht hatte. Wegen des heftigen Regens vorgestern war es stark verdreckt und zeigte deutliche Auflösungserscheinungen, aber es war dennoch deutlich als Album der Familie Ritzek erkennbar. Die Chefinspektorin war nicht wirklich überrascht, dass ein paar Fotos fehlten.

Wahrscheinlich hatte sie der Mörder entfernt. Sie hatte beschlossen, das Album nach St. Pölten mitzunehmen und dort erkennungsdienstlich untersuchen zu lassen, obwohl sie wenig Zweifel daran hatte, dass die Untersuchung nichts zutage fördern würde, was sie weiterbringen könnte. Natürlich wollte sie auch mit Frau Ritzek reden. Es war denkbar, dass die fehlenden Fotos schon von der Familie selbst entfernt worden waren.

Als sie wieder in St. Pölten ankam und gerade dabei war, ihr Auto auf dem Parkplatz des Landeskriminalamts abzustellen, läutete ihr Handy. Spencer war am Apparat, um sie zu informieren, dass er die Namen der Frauen, die zwischen 1. und 4. Juli 1993 bestattet worden waren, ausfindig gemacht hatte. Keine drei Minuten später saß er in ihrem Büro.

»Bevor du anfängst, möchte ich dir sagen, dass wir das Fotoalbum haben. Allerdings fehlen einige Fotos. Ich tippe darauf, dass sie der Mörder entfernt hat. Kann aber nicht ausschließen, dass das auch jemand aus der Familie getan hat. Ich werde noch heute versuchen, das telefonisch zu klären. Jedenfalls würde ich dich bitten, es an die Spurensicherung weiterzugeben. Die sollen es sich anschauen.« Doris übergab ihrem Stellvertreter das in eine Plastikhülle verpackte Album. Dann machte sie eine kurze Pause, um dann wie beiläufig fortzufahren. »Und außerdem weiß ich seit heute Nachmittag auch, wozu Hilde Dahlmeyer den Würfel verwendet hat. Für ein offensichtlich sehr neckisches Spiel.«

»Rede bitte nicht in Rätseln!«

»Willibald Tamm, ein Schulkamerad von Christoph Ritzek, den ich vor zwei Stunden gesprochen habe, hat mir erzählt, dass Hilde Dahlmeyer als Studentin den Ruf gehabt hat, als Siegespreis bei Würfelspielen zur Verfügung zu stehen.«

»Donnerwetter. Wozu Frauen fähig sind! Eigentlich unvorstellbar.« Spencer sog hörbar Luft ein.

»Sonst fällt dir dazu nichts ein?«

»Oh doch. Ich gebe zwar zu, dass an dem Würfel wahrscheinlich doch mehr dran ist, als ich bisher geglaubt habe.

Aber dass es mit deinem Roman Sindelar und Christoph Ritzek gleich zwei Sieger gegeben haben soll, von denen der Verlierer den ersten vor einem Vierteljahrhundert umgebracht hat und den zweiten vorgestern, will mir nicht in den Kopf.«

»Das kommt schon noch. Keine Sorge. Wird uns wie Schuppen von den Augen fallen, wenn wir so weit sind. Aber jetzt zu dir. Ich bin schon sehr gespannt.«

»In der fraglichen Zeit sind drei Frauen über siebzig begraben worden. Eine in Dürnstein, die zwei anderen in Krems. Eine am Steiner Friedhof und die zweite am Kremser. Ich habe auch Telefonnummern von Angehörigen, habe aber bis jetzt nur die Tochter der Frau, die in Krems begraben worden ist, erreicht. Fehlanzeige. Die Frau ist circa ein Meter siebzig groß gewesen. Und außerdem kann sich die Tochter nicht erinnern, dass ihrer Mutter je eine künstliche Hüfte eingesetzt worden wäre. Ich hoffe, dass ich noch am Abend etwas wegen der anderen beiden Frauen erfahre. Bei der vom Steiner Friedhof habe ich einen Enkel erreicht, der natürlich keine Ahnung gehabt hat. Ist 1993 noch gar nicht auf der Welt gewesen. Hat mir aber versprochen, dass mich die Mutter zurückrufen wird.«

»Nicht genau das, was ich hören wollte. Aber ich habe ja noch zwei Chancen. Weißt du übrigens, wer Mathias Sindelar ist?«

»Wie kommst du denn auf den? Jetzt habe ich geglaubt, wir suchen einen Roman Sindelar. Abgesehen davon ist die Frage eine Beleidigung für mich. Ich werde doch den berühmtesten österreichischen Mittelstürmer aller Zeiten kennen.«

»Das habe ich mir schon fast gedacht. Dieser Willibald Tamm hat sich wegen dieses Fußballers an seinen alten Schulkameraden Roman Sindelar erinnert. Ist mit ihm und

Christoph Ritzek eine Zeit lang sogar in der gleichen Klasse gewesen.«

»Der Mann scheint ja eine wahre Fundgrube gewesen zu sein.«

»Kann man wohl sagen. Ich gehe jedenfalls davon aus, dass Frau Dahlmeyer Herrn Sindelar gekannt hat. Sonst ist meine ganze Theorie beim Teufel.«

In dem Moment läutete Spencers Handy. »Ich bin Ihnen für Ihren Rückruf sehr verbunden, gnädige Frau. Ich habe eine Frage, die Ihnen wahrscheinlich eigenartig erscheinen wird. Aber glauben Sie mir als altem Polizeibeamten bitte, dass ich dafür gute Gründe habe. Vom Kremser Standesamt habe ich erfahren, dass Ihre Mutter am ersten Juli 1993 am Steiner Friedhof begraben worden ist. Wissen Sie zufällig, ob Ihre Mutter zu Lebzeiten an der Hüfte operiert worden ist?« Spencer hörte ein paar Sekunden zu und machte dann mit seinem freien rechten Arm heftige Bewegungen in Richtung seiner Chefin. »Und wissen Sie zufällig noch, in welchem Spital Ihre Mutter operiert worden ist?« Wieder ein paar Sekunden Schweigen. »In St. Pölten. Ausgezeichnet. Sie haben mir wirklich sehr geholfen. Meine Chefin oder ich werden uns in den nächsten Tagen sicher wieder melden. Dann können wir Ihnen auch sagen, warum ich Ihnen diese Frage gestellt habe. Nochmals vielen Dank und auf Wiederhören!«

Gerhard Malzacher stand auf und verbeugte sich vor Doris. »Ich verbeuge mich vor dir. Anscheinend hast du mit deiner Kombinationsgabe einen Jackpot geknackt. Die Frau heißt Franziska Zehetner und ihr ist nach Aussage der Tochter 1988 oder 1989 im St. Pöltner Krankenhaus eine künstliche Hüfte eingesetzt worden. Ich bitte untertänigst, mich wieder setzen zu dürfen.«

»Deine Bitte sei dir gewährt. Jetzt wäre eigentlich Champagner fällig. Den spendiere ich allerdings erst, wenn wir zweifelsfrei wissen, ob im Grab von Frau Zehetner Roman Sindelar liegt. In Stein also. Ehrlich gesagt habe ich auf Dürnstein getippt. Was waren die letzten beiden Ziffern der zertrümmerten Hüfte?«

»Da bin ich aber richtig froh, einmal etwas beitragen zu können. Acht sechs.«

»Dann werde ich gleich den Direktor des Spitals anrufen. Die müssen die Prothesennummern gespeichert haben. Jetzt weiß ich auch, wie ich mich beim Reporter vom ›Niederösterreichischen Tag‹ revanchiere und gleichzeitig unseren hochverehrten Herrn Landespolizeidirektor ins Schwitzen bringe.«

## 19. April, 09:30 Uhr

Der Direktor des St. Pöltner Krankenhauses hatte versprochen, sich bis spätestens Mittag zu melden. Obwohl die Chefinspektorin sicher war, dass er ihre Vermutung bestätigen würde, wollte sie vorher nicht mit dem »Niederösterreichischen Tag« sprechen. Das würde ohnehin ein schwieriger Balanceakt werden. Einerseits musste sie dem Journalisten eine Exklusivstory bieten, um ihn auch dazu zu bewegen, ihrem Chef einen ordentlichen Schuss vor den Bug zu verpassen. Andererseits durfte sie die anderen Medien nicht vergrämen. Deshalb würde sie übermorgen auf alle Fälle eine Pressekonferenz abhalten.

Jetzt war sie auf dem Weg nach Krems, um Frau Ritzek das Fotoalbum zurückzubringen und gleichzeitig etwas über die fehlenden Fotos zu erfahren. Wenn Marlies Ritzek recht hatte, und sich tatsächlich ausschließlich Bilder von Familienmitgliedern in dem Album befanden, dann war es mehr als rätselhaft, warum sich der Mörder die Mühe gemacht haben sollte, die Fotosammlung nicht nur mitzunehmen, sondern auch einige Fotos daraus zu entfernen.

Als Doris das Ritzek-Haus am Rosenhügel erreichte, wurde sie von der ältesten Tochter begrüßt. Sie war froh, von ihr zu hören, dass es der Mutter bereits etwas besser ging. Nur der Bruder kam nach wie vor nur zu den Mahlzeiten aus seinem Zimmer. Er begann immer wieder, zu weinen. Das Schuljahr konnte er wohl abschreiben.

Als sie der Witwe die Hand drückte, bemerkte auch Doris selbst, dass Frau Ritzek dabei war, mit ihrem Schmerz fertigzuwerden. Sie hatte noch immer tiefe Ringe unter den Augen, die einen Mangel an Schlaf verrieten, aber keine verquollenen Lider mehr.

Frau Ritzek stellte ihr eine in etwa gleichaltrige Dame vor, die sich als Elisabeth Palfrader und Schwester von Christoph Ritzek vorstellte.

»Ich lebe mit meinem Mann in Bregenz, und wir sind mit unseren Kindern zum Osterurlaub in Grindelwald gewesen. Da hat es leider etwas länger gedauert, bis ich nach Krems gekommen bin.«

»Meine Schwägerin wird bis Sonntag bei uns bleiben, wofür ich ihr sehr dankbar bin. Bis gestern haben sich die Rummels sehr lieb um mich gekümmert. Aber so ist es natürlich für uns alle noch besser.«

Doris, die inzwischen auf dem angebotenen Stuhl Platz genommen und auch die Frage der Tochter nach einem Kaffeewunsch bejaht hatte, wandte sich an Marlies. »Ich bringe Ihnen wie versprochen das Album zurück. Wir haben darauf wenig überraschend keine Spuren gefunden, die uns weiterhelfen würden. Sie haben bei unserem letzten Gespräch erwähnt, dass sich in dem Album ausschließlich Fotos von Mitgliedern der Familie befunden haben. Vier Seiten sind leer. Dürfte ich Sie bitten, einen Blick darauf zu werfen? Vielleicht können Sie mir sagen, wer auf diesen vier fehlenden Fotos abgebildet gewesen ist.«

Marlies Ritzek nahm das Album, das noch immer feucht war, und schlug es auf. »Die Fotos sind chronologisch geordnet. Es beginnt mit den Bildern von unserer Verlobung. Die sind auch noch alle da.« Marlies blätterte weiter. »Eigenartig. Die Fotos von der kirchlichen Trauung fehlen. Im Salzburger Dom. Ich habe sie sicher nie entfernt und Christoph auch nicht. Da schau, Elisabeth!« Sie reichte das Album an ihre Schwägerin weiter.

»Verstehe ich nicht. Bei der Hochzeit sind nur Mitglieder von deiner und von meiner Familie dabei gewesen. Die kommen wohl für das Verbrechen nicht infrage. Was soll es für einen Sinn machen, diese Bilder zu entfernen? Da kann beim besten Willen nichts Verräterisches drauf gewesen sein.«

»Frau Palfrader, wir vermuten, dass das Motiv für das Verbrechen weit in der Vergangenheit zurückliegt. Sind Sie auch in Krems zur Schule gegangen?«

»Selbstverständlich. Aber nicht im Piaristengymnasium, sondern in der Rechten Kremszeile. Ich bin zwei Jahre jünger als Christoph. Ich habe dann auch Medizin studiert und dabei meinen Mann kennengelernt.«

»Ich habe ihre Schwägerin schon gefragt, ob ihr Mann je den Namen Roman Sindelar erwähnt hat. Ist Ihnen in Ihrer Studienzeit vielleicht dieser Name untergekommen? Er muss zur gleichen Zeit wie Ihr Bruder Pharmazie studiert haben.«

Elisabeth Palfrader schüttelte den Kopf. »Marlies hat mir den Namen schon genannt. Sagt mir aber nichts. Wenn er Pharmazie studiert hat, dann sollten Sie vielleicht Gerda Rummel fragen. Die hat damals auch Pharmazie gemacht. Vielleicht kennt die den Namen. Ich kann Ihnen die Telefonnummer geben. Meine Schwägerin hat mir auch gesagt, dass Sie auch einen Zusammenhang zwischen dem Tod von Christoph und dem von Hilde Dahlmeyer vermuten.«

»Das stimmt. Ich weiß, es ist eine delikate Frage, die ich Frau Ritzek schon gestellt habe. Wissen Sie von einem engeren Kontakt zwischen Ihrem Bruder und Frau Dahlmeyer, bevor er Ihre Schwägerin kennengelernt hat?« Elisabeth Palfrader lachte. Etwas gekünstelt, wie die Chefinspektorin fand.

»Der Gedanke ist vielleicht irgendwie naheliegend. Christoph ist vor seiner Hochzeit nicht gerade ein Mönch gewesen. Fesch war er auch. Dass Hilde keinen Ehrgeiz gehabt hat, als Nonne durchs Leben zu gehen, wissen Sie ja sicher bereits. Und sie nur als fesch zu bezeichnen, wäre die Untertreibung des Jahres. Aber ich habe nie auch nur ein Gerücht darüber gehört, dass zwischen den beiden etwas gewesen wäre. Seltsamerweise, muss ich sagen.«

»So, da wäre der Kaffee. Ich hoffe, es ist allen recht, dass ich ihn besonders stark gemacht habe.« Johanna stieß die Küchentür mit ihrem Absatz zu, stellte ein Tablett mit vier Tassen und einer Kanne auf die Glasplatte des niedrigen Tisches, der zwischen der Sitzbank und drei Fauteuils stand, und setzte sich neben ihre Mutter.

## 20. April, 08:55 Uhr

Natürlich hatte er geahnt, dass Doris Lenhart ihm noch einmal Kontra geben würde. Um die Angelegenheit auf sich beruhen zu lassen, dazu war sie ihm beim letzten Gespräch doch zu aufgebracht erschienen. Er sagte sich zum x-ten Mal, dass es besser gewesen wäre, er hätte nicht auf seine Frau gehört und wäre die Sache von Anfang an diplomatischer angegangen.

Aber dass die Chefinspektorin auf eine derart hinterhältige Art zuschlagen würde, damit hatte er nicht gerechnet. Vor Wolfgang Marbolt lag »Der Niederösterreichische Tag«, der die Meldung, dass das Rätsel um das Skelett aus Weißenkirchen gelöst war, auf seiner Titelseite platziert hatte. Unbestätigten Gerüchten aus dem Landeskriminalamt zufolge. Kein Kommentar der Leiterin der Mordkommission zu diesen Gerüchten, nur der Verweis auf eine morgen stattfindende Pressekonferenz. Allerdings brachte die Zeitung auch ein Exklusivinterview mit dem Sprecher des Deutschen Bundeskriminalamts, der bestätigte, dass man mit der Chefin der niederösterreichischen Mordkommission übereingekommen war, das Projekt der Gesichtswiederherstellung nicht in Angriff zu nehmen. Obwohl es vom Landespolizeidirektor veranlasst worden war.

Was sollte das heißen, das Projekt sei abgeblasen worden? Das hatte er doch allein zu bestimmen. Was für eine Blamage. Nicht einmal ein Wort davon, dass der Widerruf des Projekts in Absprache mit dem Landespolizeidirektor erfolgt war. Das Schlimmste daran war allerdings, dass er bis zur Stunde überhaupt nichts davon wusste. Gar nicht auszudenken, wenn er in der Sache von einer Zeitung angerufen worden wäre, bevor er diese Story gelesen hätte. Von der Pressekonferenz hatte er auch keine Kenntnis. Er war offensichtlich Luft. Jetzt war ihm auch klar, warum die Chefinspektorin noch gestern Abend einen dringenden Gesprächswunsch bei seiner Sekretärin deponiert hatte. Ohne allerdings ein Wort über den Grund für diesen Wunsch anzugeben.

Falsche Schlange der Sonderklasse. Aber nicht mit ihm. Selbstverständlich würde er vorsichtig sein müssen. Er würde es sich nicht leisten können, sie im Moment offen zu bekriegen. Vielleicht stand sie wirklich vor einem Durchbruch. Wenn dem so war, würde er sogar öffentliche Begeisterung mimen müssen. Für den Fall brauchte er noch eine Strategie, möglichst viel der Bewunderung für die Chefin seiner Mordkommission auf sich selbst zu lenken. Der erste Schritt dazu war seine Teilnahme an der heutigen Pressekonferenz. Ein unbedingtes Muss für ihn. Da mochte sie sich noch so dagegen sträuben.

## 20. April, 09:45 Uhr

»Mir tut das wirklich leid, dass da etwas durchgesickert ist. Ich habe den Redakteur noch ersucht, nichts darüber zu schreiben. Aber er hat sich eine Geschichte nicht ein zweites Mal abstechen lassen wollen. Kann ich sogar verstehen.«

»Wann soll denn das erste Mal gewesen sein?« Marbolt war sicher, schon mit dieser ersten Frage eine Bresche in ihr Lügengebäude zu schlagen. Er hoffte nur, dabei nicht allzu selbstzufrieden auszusehen.

»Das solltest du doch eigentlich wissen. Die Geschichte, die groß im ›Wiener Express‹ zu lesen war, hast du ihm ja zuerst erzählt. Er wollte dann von mir noch einige Details wissen, und ich habe ihn dabei dringend gebeten, aus ermittlungstaktischen Gründen die Geschichte vorerst nicht zu schreiben. Hat er schwer bereut.«

Täuschte er sich, oder machte jetzt die Chefinspektorin ein sehr selbstzufriedenes Gesicht? »Ich habe noch gar keine Gelegenheit gehabt, dir zu diesem Ermittlungserfolg zu gratulieren. Allerdings hätte ich mir erwartet, davon unverzüglich informiert zu werden. Ich weiß, es ist alles im Moment sehr hektisch. Daher Schwamm drüber. Dass du den Termin für die Pressekonferenz nicht mit mir abgestimmt hast, ist aber mit Hektik allein nicht mehr zu erklären. Aber du hast Glück. Ich habe meinen ganzen heutigen Terminkalender ausgeräumt, sodass ich die PK mit dir gemeinsam bestreiten kann.« Jetzt war er neugierig, wie sie reagieren würde. Aber auf die Teilnahme bestand er. Nicht nur, weil ihm seine Frau sonst die Hölle heiß machte.

»Das ist mir nicht wegen der Hektik passiert. Im Gegenteil. Das habe ich mir in deinem Interesse gut überlegt. Vergiss bitte nicht, dass wir zwar jetzt wissen, wer zu dem Skelett gehört. Aber wir kennen deswegen noch nicht den Mörder von Hilde Dahlmeyer und Christoph Ritzek. Auf der Pressekonferenz werden dich die Journalisten mit Fragen löchern, ob dein Interview mit dem ›Wiener Express‹ Auslöser für den Mord an dem Primararzt gewesen ist. Wenn dich das nicht stört, bist du selbstverständlich herzlich willkommen.«

Teufelsweib, dachte Marbolt. Hatte alles bis ins Detail durchdacht. Es würde ihn nicht wundern, wenn sie einen dieser verdammten Schreiberlinge instruiert hätte, ihm bei der Pressekonferenz genau diese Frage zu stellen. Es blieb ihm wohl nichts anderes übrig, als Doris recht zu geben.

## 20. April, 17:00 Uhr

Auf der Fahrt nach Senftenberg dachte Doris darüber nach, wann sie zum letzten Mal im Kremstal gewesen war. Sie konnte sich nicht erinnern. Einmal hatte sie gemeinsam mit der Mutter ihren Vater besucht, der damals bei einem bekannten Senftenberger Arzt eine Kur wegen seiner Bandscheibenprobleme gemacht hatte. Musste mindestens zwanzig Jahre her sein, und die Erinnerungen an diesen Besuch waren sehr vage.

Dennoch fand sie das Haus der Rummels auf Anhieb. Der Friedhof war nicht zu übersehen und die Burgruine auch nicht. Obwohl die Chefinspektorin die kleine Straße, die den Berg hinaufführte, gleich sah, entschloss sie sich, ihr Auto beim Friedhof abzustellen und die dreihundert Meter zu Fuß zu gehen. Über der Burgruine kreisten Raben, die aber wie auf Kommando das Weite suchten, als ein Bussard auftauchte.

Ursprünglich wollte Doris nur am Telefon mit Edith Rummel sprechen und sie fragen, ob ihr der Name Roman Sindelar etwas sagte. Sie hatte aber dann die Einladung, sie in ihrem Haus zu besuchen, angenommen. Die Pressekonferenz hatte sie trotz des ausgezeichneten Verlaufs sehr angestrengt, sodass ihr eine kleine Verschnaufpause willkommen war. Außerdem wollte sie die Gelegenheit wahrnehmen, noch einmal mit Dr. Rummel zu sprechen, der laut Auskunft seiner Frau heute einen freien Nachmittag hatte und sich über den Besuch der Chefinspektorin ebenfalls freute. Deshalb war sie auch nicht überrascht, von den Rummels mit Kaffee und Cremeschnitten begrüßt zu werden.

»Ich hoffe, Sie mögen Cremeschnitten. Ich mache sie selbst sehr gern, aber das wäre sich heute nicht ausgegangen. Ich bin bis vor einer Stunde in der Apotheke gestanden. Daher gebe ich zu, sie auf dem Nachhauseweg beim ›Raimitz‹ besorgt zu haben.«

»Ich bin sicher, dass Ihre selbstgemachten Schnitten die vom ›Raimitz‹ noch übertreffen. Obwohl die auch sehr gut sind. Wecken Erinnerungen an meine Kindheit.« Doris sah, dass das Gesicht der Gastgeberin zu strahlen begann, während der Ehemann Kaffee einschenkte.

»Wir freuen uns, Frau Chefinspektorin, Sie hier zu haben. Obwohl der Grund dafür alles andere als ein Anlass zur Freude ist.«

Wie umständlich und betulich der Anästhesist den Schnabel der Kanne an seiner Tasse abstreifte. So penibel, wie er vor ein paar Tagen den Regenschirm ausgeschüttelt hatte. Wahrscheinlich musste ein Narkosearzt so sein. Ihr Erich hätte einfach seinen Finger genommen.

»Ich habe schon in den Nachrichten gehört, dass Sie da eine unglaubliche Geschichte entdeckt haben. Ein Mann seit mehr als zwanzig Jahren im Grab einer Frau, und die Frau dafür in einem Weinberg vergraben.«

»Wir müssen das Grab noch öffnen, und es steht noch eine DNA-Analyse aus, aber ich bin mir über beide Ergebnisse sicher. Wegen dieses Roman Sindelars wollte ich auch mit Ihnen sprechen, Frau Rummel. Er ist Pharmaziestudent gewesen, und laut Auskunft von Frau Ritzek haben Sie auch Pharmazie studiert. Sagt Ihnen sein Name etwas? Ich habe auch ein Foto mit.«

Frau Rummel nahm das Foto und betrachtete es aufmerksam. »Ehrlich gesagt, sagt mir weder der Name noch das Foto etwas. Aber ich habe mich damals auch gar nicht für meine Kommilitonen interessiert. Ich habe mich ganz auf mein Studium konzentriert.«

»Gott sei Dank, sonst hätte ich dich nicht mehr bekommen.«

Doris registrierte den liebevollen Blick, den sich die Eheleute zuwarfen. Doris nahm das Foto und reichte es an den Ehemann weiter. »Kommt Ihnen dieses Gesicht bekannt vor? Sie sind mit Dr. Ritzek seit Ihrer Studentenzeit befreundet gewesen. Und ich vermute, dass sich auch Ritzek und Sindelar gut gekannt haben.«

»Der Name sagt mir nichts, aber das Gesicht kommt mir irgendwie bekannt vor. Schon möglich, dass ich ihn zusammen mit Christoph gesehen habe. Ich vermute aber, dass Ihnen eine so vage Erinnerung nicht weiterhelfen wird. In welche Schule ist er denn gegangen?«

»Zuerst ins Kremser Piaristengymnasium, wo er aber aus disziplinären Gründen bald verabschiedet worden ist. Dann in Wien in eine AHS im zweiten Bezirk.«

»Dann kenne ich ihn auch aus der Schulzeit nicht. Ich habe am BG neunzehn maturiert.«

»Roman Sindelar muss ein recht unangenehmer Zeitgenosse gewesen sein. Haben Sie eine Ahnung, warum Dr. Ritzek, den alle Personen, mit denen ich gesprochen habe, als ausgesprochen angenehmen Menschen beschrieben haben, mit so jemandem überhaupt näheren Kontakt gehabt haben könnte?«

»Typisch Christoph. Er hat sich immer für andere verantwortlich gefühlt und sie unter seine Fittiche genommen. Das hat er bei meinem Mann auch gemacht.«

Gerda Rummel legte ihre Hand auf das Knie ihres Mannes und tätschelte es.

»Herwig ist nämlich früher lang nicht so selbstbewusst gewesen wie heute. In der Schule ist er von einem Klassenkameraden richtig verfolgt worden. Im Unterschied zu heute hat das aber damals niemanden interessiert.«

»Verfolgt ist vielleicht zu viel gesagt. Meine Frau neigt manchmal zur Übertreibung.« Herwig Rummel nahm die auf dem Knie liegende Hand seiner Frau und drückte sie. »Aber dass ich in meiner Jugend schüchtern gewesen bin und bei meinen Klassenkameraden nicht gerade als Strahlemann gegolten habe, stimmt schon.«

Doris, die sich gerade mit der Gabel ein großes Stück der Creme in den Mund geschoben hatte, beeilte sich, einen Schluck Kaffee nachzutrinken, weil sie keine Gesprächspause entstehen lassen wollte. »Entschuldigung. Aber die Cremeschnitte schmeckt köstlich.«

»Sie können ruhig eine zweite nehmen. Aber sollte Sie Ihr Weg noch einmal nach Senftenberg führen, dann bitte ich Sie, es mir rechtzeitig zu sagen, damit ich die Schnitten selbst zubereiten kann.«

»Raimitz gegen Rummel. Ein interessantes Match. Aber ich bin sicher, Liebling, dass du gewinnen wirst. Erinnere dich doch, wie begeistert Marlies und Christoph von deinem Kalbsbraten à la Paul Bocuse gewesen sind.« Gerda Rummel strahlte kurz. Dann aber verdüsterte sich ihr Gesicht.

»Erinnere mich bitte nicht an den Abend. Sie müssen nämlich wissen, Frau Lenhart, dass die Ritzeks bei uns zu Besuch gewesen sind, als das schreckliche Unglück mit Frau Dahlmeyer passiert ist. Da hat noch keiner von uns ahnen können, dass ein paar Tage später ein ähnlich schlimmes Schicksal auch Christoph treffen wird.«

»Wie glücklich die beiden damals noch gewesen sind. Ich habe ihnen vom Fenster dort zugesehen, wie sie von unten, da wo jetzt Ihr Auto steht, heraufgekommen sind. Eng umschlungen. Um halb acht ist es zwar schon dunkel gewesen, aber ihr Glück war trotz der Dunkelheit nicht zu übersehen.«

## 20. April, 17:09 Uhr

Für die Heimfahrt hatte sich die Chefinspektorin vorgenommen, zwei Dinge zu erledigen. Sie wollte sich zunächst nochmals den Parkplatz vor dem Gasthaus unter dem Pulverturm ansehen, an dem Frau Dahlmeyer ihren Mercedes abgestellt hatte. Spencer hatte natürlich alle damaligen Gäste befragt, von denen nur einer das spätere Mordopfer auf dem Parkplatz gesehen haben wollte. Aber sie wollte sich selbst überzeugen, ob die Stelle, an der das rote Cabrio geparkt war, wirklich so uneinsehbar lag, wie sie es dem Protokoll entnommen hatte. Als sie ausstieg, ertappte sie sich bei dem Gedanken, dass die Fahrzeit von Haus der Rummels bis hierher gerade einmal zehn Minuten gedauert hatte. Theoretisch hätte jemand knapp nach neunzehn Uhr den Sprengkörper im Auto platzieren und um neunzehn Uhr dreißig seine Gäste in Senftenberg begrüßen können.

Sie brauchte auf dem Parkplatz keine zwei Minuten, um festzustellen, dass es tatsächlich eine Stelle gab, die vom Gasthaus aus nicht einzusehen war. Und genau dort war laut der Zeichnung, die dem Protokoll ihres Stellvertreters beigeheftet war, Dahlmeyers Auto gestanden.

Doris stieg in ihren Wagen und fuhr weiter Richtung Rosenhügel. Nicht um Frau Ritzek zu besuchen, sondern um zu erkunden, ob es einen Fußweg zwischen dem Tatort und der Steiner Landstraße geben würde. Als Kind hatte sie zwar einige Male vom Philosophensteig gehört, der, wenn man aus Richtung Steiner Friedhof kam, links vom Rosenhügel wegführte. Sie war den Steig allerdings nie entlanggegangen, sodass sie nicht wusste, ob er Richtung Steiner Weinrieden oder in die Steiner Altstadt führte. Nachdem sie ihren Wagen am

Beginn der kleinen Straße abgestellt hatte, nahm sie aus dem Kofferraum ein paar flache Schuhe heraus, die sie immer mit sich führte, und machte sich auf den Weg. Keine fünf Minuten später war sie an der Rückseite des Friedhofs, der in den nächsten Tagen Schauplatz einer Exhumierung sein würde. Der Mörder von Roman Sindelar musste Ortskenntnisse gehabt haben. Höchst unwahrscheinlich, dass er die Leiche durch das Haupttor des Friedhofs transportiert haben konnte, das höchstwahrscheinlich mit Einbruch der Dunkelheit geschlossen wurde.

Nachdem sie weitere drei Minuten später die Kellergasse erreicht hatte, von der sie wusste, dass es von dort über die Frauenbergkirche eine Verbindung zur Steiner Landstraße gab, beschloss sie, umzukehren. Höchst unwahrscheinlich, dass Willibald Tamm, sollte er tatsächlich der Mörder von Christoph Ritzek gewesen sein, diesen Weg genommen haben konnte. Auch wenn auf der ganzen Strecke nur wenige Leute unterwegs waren, so wäre doch das Risiko einer Erkennung für einen Mathematikprofessor zu hoch gewesen. Wenn er der Gesuchte war, dann konnte er nicht von seiner Wohnung in der Steiner Landstraße zu Fuß aufgebrochen sein, sondern musste mit dem Auto den Weg über die Dr.-Karl-Dorrek-Straße zum Rosenhügel gekommen sein.

## 20. April, 19:03 Uhr

Die Erstmeldung von »Niederösterreich heute« galt ihrer vormittägigen Pressekonferenz, und der einleitende Text des Moderators überbot sich in Superlativen. Da war nur von »sensationeller Entdeckung«, »detektivischer Meisterleistung« und

»entscheidendem Durchbruch in einer Mordermittlung, die ganz Österreich in Atem hält« die Rede.

Doris saß gemeinsam mit ihrem Mann und den beiden Töchtern vor dem Fernsehschirm. Aber sie war die Einzige in der Familie, die sich gar nicht wohlfühlte. Veronika und Sophie waren auf der Sitzbank vorgerutscht und hatten ihren Kopf auf die Schultern der Mutter gelegt. Beide schienen den Beitrag außerordentlich zu genießen. Selbst das Weiß der mütterlichen Zähne war der Älteren einen anerkennenden Kommentar wert gewesen. Erich schien sehr aufgekratzt zu sein. »So wie du deinen Chef bis jetzt beschrieben hast, muss er angesichts dieser Bilder in den Teppich beißen. Du stiehlst ihm ja völlig die Show.«

»Das hat er sich auch redlich verdient. Ich hoffe, dass ihm das endgültig eine Lehre sein wird. Aber der Druck auf mich wird durch diesen Bericht noch höher. Ich habe jetzt einen Mord nachgewiesen, der fünfundzwanzig Jahre lang unentdeckt geblieben ist, aber das ist es auch schon. Von einem entscheidenden Durchbruch kann überhaupt keine Rede sein. Ich habe keinen Mörder und noch dazu zwei unaufgeklärte Morde am Hals. Zu denen habe ich alle möglichen Theorien, aber keinen Beweis. Von einem Täter gar nicht zu reden.«

Die Chefinspektorin, deren Töchter nach Ende des Beitrags über die Pressekonferenz in ihren Zimmern verschwunden waren, rutschte auf der Sitzbank noch weiter zurück, sodass sie mehr lag als saß. Erich stand von seinem Fauteuil auf und setze sich neben sie. »Jetzt sei nicht gleich so ungeduldig. Du schaffst das schon.«

»Ich gehe davon aus, dass Roman Sindelar vor fünfundzwanzig Jahren mit einem anderen Mann um Hilde Dahlmeyer gewürfelt hat. Und dass der Verlierer in seiner Wut den Sieger, eben diesen Roman Sindelar, umgebracht und verschwinden hat lassen. Seitdem führt er ein völlig unauffälliges Leben. Bis wir das Skelett und den Würfel gefunden haben. Da hat er es mit der Angst zu tun bekommen, weil er gefürchtet hat, dass sich die Frau an den Würfel erinnert und zwei und zwei zusammenzählt. Deshalb bringt er sie auch um. Aber wieso ist der Frau das Verschwinden Sindelars damals nicht aufgefallen? Und was macht der Herr Ritzek bei der Geschichte? Hat es zwei Sieger gegeben? Dann hätte unser Täter aber den Arzt wohl auch schon damals umgebracht. Ist er nur unbeteiligter Zeuge des Würfelspiels gewesen? Auch in dem Fall hätte ihm das Verschwinden Sindelars auffallen müssen.«

»Und wie wäre es, wenn der Mord gar nicht unmittelbar nach dem Spiel, sondern kühl geplant viel später passiert wäre? Getarnt als Unfall beim Schwimmen in der Donau. Vielleicht ist das Würfelspiel nur der Endpunkt in einer Kette von Erniedrigungen und Demütigungen gewesen. Vielleicht haben deshalb weder Frau Dahlmeyer noch Herr Ritzek, ganz egal, ob er Sieger oder unbeteiligter Beobachter gewesen ist, das Verschwinden Sindelars in der Donau mit dem Würfelspiel, das Wochen oder vielleicht sogar Monate früher stattgefunden hat, in Verbindung gebracht.«

Doris richtete sich etwas auf und sah ihren Mann spöttisch an.

»Ich habe schon immer geargwöhnt, dass man in der Wirtschaft ein Problem nicht unbedingt zu Ende denken muss, um Karriere zu machen. Deine Argumentation mag auf den ersten Blick einiges für sich haben. Aber nur auf einen ersten, sehr kurzen Blick. Wenn das Würfelspiel und die Ermordung Sindelars Monate auseinander liegen, wie kommt dann der Würfel zum Skelett?«

»Gut gebrüllt, Löwin.« Erich küsste sie auf die Nasenspitze.

»Aber nicht gut genug. Das ist eine interessante Frage, auf die ich so wie du im Moment noch keine Antwort weiß. Aber sie steht auf der Prioritätenliste ziemlich weit unten. Weil sie mich nicht zum Mörder führt.«

Doris ließ sich wieder zurücksinken. »Der Mörder kann nur jemand sein, der gewusst hat, dass der Primar nach der Operation nicht direkt nach Dürnstein fährt, sondern zuerst noch kurz nach Hause. Nach all dem, was wir bis jetzt herausgefunden haben, sind das Eberhard und Willibald Tamm. Und natürlich der Anästhesist. Willibald Tamm kannte Roman Sindelar noch aus zwei Jahren gemeinsamer Schule, behauptet aber, ihn danach völlig aus dem Auge verloren zu haben. Außerdem hat er zugegeben, als junger Mann ein Auge auf Hilde Dahlmeyer geworfen zu haben. Seinem Bruder sagt der Name Sindelar überhaupt nichts, und ich neige dazu, ihm das zu glauben. Die Dahlmeyer kannte er, ohne allerdings ein gesteigertes Interesse an ihr gehabt zu haben. Außerdem ist er mit ihrer besten Jugendfreundin verheiratet. Anders ist die Lage beim Chef der Kremser Anästhesie. Der ist erst als Primar nach Krems gekommen. Ist so wie Roman Sindelar in Wien aufgewachsen, der allerdings einen kurzen Abstecher nach Krems gemacht hat. Sind aber in Wien in verschiedene Schulen gegangen. Könnte ihn natürlich während des Studiums kennengelernt haben. Medizin und Pharmazie sind nicht so weit voneinander entfernt. Auch kein Hinweis darauf, dass er die Dahlmeyer schon von Wien aus gekannt hat. Bei den Brüdern Tamm habe ich noch nicht überprüft, wo sie zum Zeitpunkt der Ermordung von Hilde Dahlmeyer, oder besser gesagt die Stunde davor, gewesen sind. Aber das will ich erst tun, wenn ich glaube, etwas gegen einen der beiden in der

Hand zu haben. Dr. Rummel ist zu dem Zeitpunkt bei seiner Frau zu Hause gewesen und hat auf den Besuch des Ehepaares Ritzek gewartet. Das Blöde ist, dass ich mir keinen der drei als Mehrfachmörder vorstellen kann.«

»Das konntest du bei deinen früheren Fällen auch nicht. Mit dem beschränkten Horizont eines Mannes, der seine Brötchen in der Wirtschaft verdient, würde ich sagen, dass dich einer der drei Herren angelogen hat. Wenn du die Lüge findest, ist der Schritt zur Antwort auf die Frage, wie der Würfel zum Skelett kommt, nicht mehr weit.«

## 21. April, 08:45 Uhr

Die Chefinspektorin hatte sich vorgenommen, den heutigen Karfreitag nur bis Mittag im Büro zu verbringen. Sie wollte am Nachmittag unbedingt noch ein paar Ostergeschenke kaufen. Und zwölf Eier, die nicht gefärbt sein durften. Seit ihre Töchter nicht mehr an den Osterhasen glaubten, gehörte das gemeinsame Eierfärben zur Tradition im Hause Lenhart, von der nur der Herr des Hauses ausgeschlossen blieb. Für jedes Mitglied der Familie ein rotes, ein blaues und ein grünes Ei. Sie glaubte ohnehin nicht daran, vor dem Osterwochenende noch entscheidende Schritte zur Klärung der Morde setzen zu können. Das Gericht hatte die Öffnung des Grabes noch nicht genehmigt, weil es zunächst noch den DNA-Vergleich zwischen dem Skelett und einer Enkelin von Franziska Zehetner abwarten wollte. Dieser Vergleich war für sie aber ohnehin nur Formsache, weil die Tochter von Frau Zehetner berichtet hatte, dass sich ihre Mutter beim Holzhacken einen Finger abgehackt hatte, was den fehlenden Finger am Skelett erklärte.

Sie saß schon seit über einer Stunde an ihrem Schreibtisch mit dem Versuch, die Aussagen der Herren Willibald und Eberhard Tamm und von Dr. Rummel noch einmal durchzugehen. Willibald hatte zugegeben, oder korrekter: gesagt, dass er Roman Sindelar gekannt hatte. Er war in Hilde Dahlmeyer verliebt gewesen und hatte zu Christoph Ritzek in einem gewissen Konkurrenzverhältnis gestanden. Also drei Treffer von drei möglichen. Konnte natürlich Ausdruck von besonderer Cleverness sein, das alles mehr oder weniger proaktiv zu erzählen. Wenn Erich mit seiner Theorie recht hatte, war dann Willibald Tamm ein Typ, der sich jahrelang von jemandem quälen ließ und gleichzeitig kaltblütig genug war, seinen Peiniger verschwinden zu lassen? Sie konnte sich gut vorstellen, dass er von Hilde Dahlmeyer zum Narren gehalten worden war, die im Umgang mit missliebigen Verehrern wenig zimperlich vorging, wie sowohl ihre Mutter als auch ihre beste Freundin bestätigt hatten. Aber sich jahrelang von Roman Sindelar vorführen zu lassen? Obwohl sie nicht daran glaubte, musste sie mit dem Mathematiklehrer noch einmal reden.

Als sie gerade das Protokoll mit den Aussagen von Bettina und Eberhard Tamm zur Hand nehmen wollte, klopfte ihr Stellvertreter an ihre Tür und trat fast zeitgleich ein.

»Guten Morgen! Kann ich noch etwas für dich tun, oder erlaubst du, dass ich mich für die nächsten drei Tage meinen Vergnügungen widme?«

»Und ich habe immer geglaubt, es zählt zu deinen Vergnügungen, etwas für mich zu tun.«

Doris strahlte Spencer an. »Aber du kannst tatsächlich noch etwas für mich tun. Roman Sindelar ist nach Aussage seiner Schwester nach seinem Rausschmiss in Krems in Wien

Zwei ins Realgymnasium Vereinsgasse gegangen. Kannst du bitte dort anrufen und checken, ob dort je ein Herwig Rummel Schüler war?«

»Du wirst doch nicht glauben, dass der Anästhesist ...«

»Nein, glaube ich nicht. Aber du kennst mich. Ich will alles schwarz auf weiß haben.«

»Ist dir klar, dass heute Karfreitag ist? Da wartet uns doch keine Schule auf.«

»Weiß ich. Aber vielleicht ist jemand im Sekretariat da. Hätte wenigstens Zeit für unsere Anfrage. Aber sag bitte nicht, dass du von der Kriminalpolizei bist. Die sollen nicht unnötig hellhörig werden. Spiele von mir aus einen Journalisten vom ›Niederösterreichischen Tag‹.«

»Also gut, meine Liebe. Ich fresse aber einen Besen, wenn ich dort heute jemanden erreiche.«

Nachdem Spencer gegangen war, nahm Doris wieder ihre Unterlagen zur Hand. Sie war sicher, dass die Ehe der Tamms keine glückliche war. Das hatte sie aber nicht zu interessieren. Sie musste allerdings prüfen, seit wann die beiden ein Paar waren. Auch wenn die Moralvorstellungen von Hilde Dahlmeyer sehr locker gewesen sein mochten, so hätte sie sich doch nicht auf ein Sexspiel mit dem Partner ihrer besten Freundin eingelassen. Oder doch? Es gab auch nicht den geringsten Anhaltspunkt dafür, dass sich Eberhard und Roman näher gekannt hatten. Sicher nicht aus Schulzeiten. Eberhard Tamm war drei Jahre jünger als Sindelar, und er war nie im Piaristengymnasium gewesen. Natürlich war auch hier eine Bekanntschaft aus der Studentenzeit möglich. Aber wie sollte sie die nachweisen?

Die Tür zu ihrem Büro flog auf und im Türrahmen, den er mit seiner Breite fast völlig ausfüllte, stand Gerhard Malzacher, ohne einzutreten.

»Du brauchst gar nicht so grimmig schauen. Einen Versuch ist es wert gewesen. Du hättest aber nicht gleich kommen brauchen …«

»Du wirst es nicht glauben. Ich habe eine Sekretärin erreicht. Herwig Rummel war nie an der Schule«, sagte Spencer atemlos.

»Glaube ich sofort.«

»Aber was jetzt noch kommt, glaubst du sicher nicht.«

»Was soll jetzt noch kommen?«

»Dass schon jemand vor einer knappen Stunde in der Schule angerufen und sich ebenfalls nach Herwig Rummel erkundigt hat. Eine Journalistin.«

»Was?« Doris sprang auf und war wie elektrisiert.

»Und zwar von deiner Lieblingszeitung, dem ›Niederösterreichischen Tag‹. Du hättest mich vorwarnen können, dass du wieder einmal jemandem von der Zeitung einen Tipp gegeben hast.«

Die Chefinspektorin setzte sich wieder, stützte ihr Kinn auf ihre rechte Hand und machte mit der Linken eine ungeduldige Bewegung in Richtung Spencer.

»Blödsinn. Komm, steh da nicht so herum, setz dich und hilf mir beim Nachdenken. Du weißt ganz genau, dass ich mit niemandem außer dir geredet habe.«

Spencer machte drei Schritte nach vorn und setzte sich. Doris dachte so konzentriert nach, dass ihr diesmal der über dem Hosenbund offene Hemdknopf nicht auffiel.

»Dann ruf doch deinen Freund bei der Zeitung an. Der wird dir hoffentlich sagen, wer seiner Kollegin den Tipp gegeben hat.«

»Bist du wirklich so begriffsstutzig, oder tust du nur so? Die Frau, die in der Schule angerufen hat, war genauso wenig von einer Zeitung wie du. Wir müssen schnellstens herausfinden, wer die angebliche Journalistin gewesen ist.«

## 21. April, 11:05 Uhr

Sie hatte eine ganze Stunde damit verbracht, alle Möglichkeiten in allen Varianten durchzudenken, um sich darüber klarzuwerden, wer alles für diesen ominösen Anruf in der Schule infrage kam. Zuerst musste sie klären, wer von den Personen, die in diesen Fall involviert waren, überhaupt gewusst hatte, dass Roman Sindelar nach seinem Rauswurf aus Krems die AHS in der Vereinsgasse in Wien Zwei besucht und dort auch maturiert hatte. Doris hatte sich dafür den Pressespiegel des Landeskriminalamts vorlegen lassen und war alle Berichte zum Fall Sindelar aufmerksam durchgegangen. Ihre Erinnerung hatte sie nicht getrogen. In zwei Zeitungen war kurz vom Kremser Piaristengymnasium die Rede gewesen, aber nirgendwo von der Vereinsgasse, sondern nur sehr allgemein von einem Schulbesuch an einer Wiener AHS. Von den Leuten, mit denen die Chefinspektorin gesprochen hatte, hatte nur die Schwester von Roman Sindelar die Vereinsgasse erwähnt. Und sie selbst hatte die Frage nach der Wiener Schule von Sindelar bei ihrem Besuch bei der Familie Rummel in Senftenberg beantwortet. Also wussten auch der Anästhesist und seine Frau davon. Willibald Tamm hatte zwar erklärt, dass er sich nur an die Kremser Zeit von Roman Sindelar erinnerte, aber es war nicht auszuschließen, dass er auch von der Vereinsgasse gewusst hatte. Verbindungen zu Krems musste Sindelar weiterhin gehabt haben, wenn ihre Theorie stimmte. Allerdings bezweifelte sie, dass Tamm in der Lage war, eine

Bekannte dazu zu bringen, freiwillig unter Vorspiegelung einer falschen Identität in der Schule anzurufen. Erpressung? Theoretisch möglich, aber höchst unwahrscheinlich. Außerdem: Warum sollte er sich für Herwig Rummel interessieren? Wenn er einen Verdacht äußern wollte, und sei es nur, um von sich selbst abzulenken, dann würde er doch versuchen, sie selbst davon zu informieren. Bettina Tamm kam aus ähnlichen Gründen ebenfalls nicht infrage.

Doris legte ihr Handy weg, das ihr gerade den ersten Misserfolg ihrer Recherchen beschert hatte. Wenigstens war sie nicht extra nach Wien gefahren, um mit der Schwester von Roman Sindelar zu reden. Sie hätte bei einem persönlichen Gespräch nicht mehr erfahren als via Handy. Doris hatte sie gar nicht erst fragen müssen, ob sie heute Vormittag in der Schule in der Vereinsgasse angerufen hatte. Es war klar zu erkennen, dass sich die Schwester für den Fall des Bruders gar nicht mehr interessierte. Sie habe einige Zeitungen gelesen, aber die Namen Eberhard und Willibald Tamm hatte sie noch nie gehört. Ebenso wenig wie den von Herwig Rummel. Klang alles sehr glaubwürdig. Blieb noch Frau Rummel. Aber welchen Grund sollte die Frau des Anästhesisten für einen Anruf in der Schule haben?

Doris hatte das unbestimmte Gefühl, etwas übersehen oder sich selbst eine wichtige Frage nicht gestellt zu haben. Sie würde auf alle Fälle noch einmal mit Frau Ritzek sprechen. Wenn irgendwie möglich noch heute. Ostereier hin oder her.

## 21. April, 15:00 Uhr

Auch Martin Ritzek schien sich etwas gefangen zu haben. Jedenfalls hatte er der Chefinspektorin betont freundlich, wie ihr schien, die Hand gegeben, als sie zum vereinbarten Termin auf dem Rosenhügel eingetroffen war. Sie nahm jetzt auch zum ersten Mal wahr, dass nicht nur die älteste Tochter der Mutter wie aus dem Gesicht geschnitten war. Auch der Sohn, den ihr Frau Ritzek mit sichtlich großer Zuneigung vorgestellt hatte, ähnelte ihr stark.

Das gleiche schmale Gesicht mit den hohen Backenknochen und die gleichen tief liegenden Augen. Allerdings war Martin schon einen knappen Kopf größer als seine Mutter, wobei Doris nicht den Eindruck hatte, dass das Wachstum des Buben schon zu einem Ende gekommen war. Seine Haare waren deutlich verstrubbelter als die seiner Mutter.

»Meine beiden Töchter haben beschlossen, für morgen Nachmittag eine Osterjause vorzubereiten, wie wir das immer getan haben, wenn wir nicht im Skiurlaub gewesen sind. Mit Weißbrot, Beinschinken und Kren. Und natürlich mit Ostereiern. Deshalb sind sie in der Stadt einkaufen. Und ich bin froh darüber.«

Doris registrierte nicht nur die Ähnlichkeit zwischen Mutter und Sohn, sondern auch, dass in die Mutter etwas Leben zurückgekehrt war. Sie sah in ihrem Gesicht zwar nicht die geringste Spur von Make-up, aber der schwarze Pullover und die dunkelgraue Hose, die Frau Ritzek trug, standen ihr ausgezeichnet.

»Ich sehe jetzt zum ersten Mal, wie groß die Ähnlichkeit zwischen Ihnen und Ihrem Sohn ist.« Doris merkte sofort, wie sehr Frau Ritzek diese Bemerkung gefiel.

»Eigentlich müsste ich mir ja wünschen, dass Martin meinem Mann ähnlich sieht. Aber es wird mir auch so nicht schwer fallen, mich an Christoph zu erinnern. Bitte, Frau Lenhart, nehmen Sie doch Platz.«

Doris nahm auf dem Sessel Platz, auf dem sie in den letzten Tagen schon zwei Mal gesessen war.

»Martin, bist du so lieb und bringst uns den Kaffee aus der Küche, bevor du dich wieder in dein Zimmer zurückziehst?« Das war eine elegante Art, dem Sohn verstehen zu lassen, dass sie mit Frau Lenhart allein sprechen wollte.

»Sie haben in den letzten Tagen viel medialen Lorbeer geerntet. Ist auch unglaublich, wie Sie das mit Herrn Sindelar herausgefunden haben, der über zwanzig Jahre in einem fremden Grab gelegen ist. Nur ein paar hundert Meter von hier entfernt.«

»Danke für das Kompliment. Und ich bin mehr denn je davon überzeugt, dass der tragische Tod Ihres Mannes mit dem Tod von Roman Sindelar zusammenhängt. Deswegen bin ich auch hier. Ein Herr Tamm, ein Lehrer am Piaristengymnasium, hat mir nicht nur erzählt, dass er ein Schulkollege Ihres Mannes gewesen ist, sondern dass auch Roman Sindelar in der Unterstufe in der gleichen Klasse war.«

»Der Herr Professor Tamm. Ich kann nur hoffen, dass er jetzt etwas nachsichtiger mit meinem Martin umgeht. Obwohl der Preis dafür sehr, sehr hoch ist. Sie müssen nämlich wissen, dass Tamm der Mathematiklehrer meines Sohnes ist. Nicht, dass ich ihn besonders mag, aber Sie werden ihn doch nicht verdächtigen?« Doris sah, dass Frau Ritzek irritiert war.

»Da kann ich Sie beruhigen. Für einen Verdacht gibt es nicht den geringsten Hinweis. Herr Tamm hat auch erwähnt, dass Roman Sindelar aus disziplinären Gründen von der

Schule geflogen ist. Er soll einer Lehrerin den Rock hochgehoben haben.«

Marlies Ritzek schmunzelte. »Muss ein frühreifes Früchtchen gewesen sein.«

»Kann man wohl sagen. Erinnern Sie sich vielleicht, dass Ihr Mann diese Episode einmal erwähnt hat?«

»Hat er nicht. Obwohl er immer viel aus seiner Schulzeit erzählt hat. Im Unterschied zu mir ist er gern in die Schule gegangen. Einmal hat er von einem Kameraden erzählt, der in einem anderen Gymnasium hinausgeflogen ist, weil er jemandem beim Turnen ein Bein gestellt hat, und der andere Junge hat sich dabei das Nasenbein so stark gebrochen, dass die Nase operiert werden musste. Das ist die einzige Geschichte, an die ich mich erinnere. Tut mir leid, dass ich nicht mit mehr dienen kann.«

## 21. April, 16:10 Uhr

Ihr war klar, dass sie nicht gleich wieder vom Kaffeetisch aufstehen konnte. Das wäre mehr als unhöflich gewesen, und außerdem wollte sie gegenüber der Witwe gar nicht den Eindruck erwecken, dass ihr die Information über das gebrochene Nasenbein besonders wichtig schien.

Aber schon die Schwester von Roman Sindelar hatte davon gesprochen, dass ihr Bruder in der Schule einige Schwierigkeiten wegen einer gebrochenen Nase bekommen hatte. Die Chefinspektorin hatte damals auch mit der Direktorin der Schule ihrer Tochter Sophie gesprochen. Allerdings ohne Erfolg. Einen Roman Sindelar hatte es in dieser Schule nie gegeben.

Das Telefonat mit Willibald Tamm war mäßig erfolgreich. Er versicherte ihr, sich dunkel daran zu erinnern, dass es einmal einen Schüler in seiner Klasse gegeben hatte, der angeblich in einer anderen Schule einem Mitschüler die Nase gebrochen hatte. Aber er würde sich weder an den Namen des Schülers noch an die näheren Umstände erinnern.

Trotzdem war Doris sicher, kurz vor einem Durchbruch zu stehen. Obwohl sie genau genommen noch nichts Entscheidendes wusste. Wie hatte ihr Erich doch gesagt? Der Mord an Roman Sindelar war nur der Endpunkt in einer langen Reihe von Demütigungen und Erniedrigungen. Da passten das gestellte Bein und die gebrochene Nase als Beginn der Reihe gut hinein. Jetzt wusste sie auch, welche wichtige Frage sie nicht gestellt hatte. Das würde sie aber nachholen, mit allem Druck, den sie zu erzeugen imstande war. Spätestens morgen Vormittag wollte sie eine Antwort haben. Hinweise auf Osterferien, nicht besetzte Büros und dergleichen mehr würde sie nicht gelten lassen. Lieber eine schlechte als keine Nachricht.

Sie hatte keine Ahnung, wie sie die Person, die sie zuallererst brauchte, erreichen konnte. Sie kannte nicht einmal den Namen dieser Person. Aber sie wusste, dass auf ihre Kollegen vom Landeskriminalamt Wien Verlass war.

## 21. April, 22:40 Uhr

Er stellte sich schlafend, doch an Schlaf war nicht zu denken. Jetzt also doch. Er fragte sich, ob er ernsthaft damit gerechnet hatte, davonzukommen. Bei Roman Sindelar hatte er nie den Funken eines Zweifels gehabt. Fast fünfundzwanzig Jahre Freiheit und Frieden. Freiheit, weil er den Tod seines langjährigen Peinigers als eine Befreiung erlebt hatte. Eine Freiheit, die ihm zu Kräften verholfen hatte, die er nie in sich vermutet hätte. Und Frieden, weil er zum ersten Mal mit sich und seinem Leben im Reinen gewesen war. Aber dann hatte ihn das Pech, das ihn seine ganze Jugend hindurch begleitet hatte, in Gestalt von zwei Kindern und einem toten Hund doch wieder eingeholt. Nur er hatte so ein Pech haben können. Wahrscheinlich wäre es doch klüger gewesen, seinem ersten Impuls zu folgen und die Entwicklung der Sache nach dem Auffinden des Skeletts gottergeben abzuwarten. Wie er das früher gemacht hätte. Aber er hatte sich beweisen wollen, ein anderer geworden zu sein. Hätte er doch damals den Würfel nicht an sich genommen! Dann hätten wahrscheinlich weder diese läufige Hündin Hilde Dahlmeyer noch sein Freund Christoph Ritzek je Verdacht geschöpft, auch wenn man Roman Sindelar in dem Grab gefunden hätte.

Eines hatte er sich selbst jedenfalls bewiesen. In Sachen Kaltblütigkeit machte ihm niemand etwas vor. Schade nur, dass sein Freund und Mentor Christoph auch Opfer dieser Charaktereigenschaft geworden war. Das lächerliche Ablenkungsmanöver mit dem Fotoalbum hätte er sich auch sparen können.

Er blickte zur Seite. Seine Frau schlief tief und fest. Was für eine naive Person. Sie hatte ihn noch vor zwei Tagen darauf angesprochen, dass das Abendessen mit den Ritzeks nicht um halb acht begonnen hatte, wie er es der Chefinspektorin erzählt hatte, sondern über seinen ausdrücklichen Wunsch auf zwanzig Uhr verschoben worden war. Seiner Frau konnte er mit einer kleinen Ausrede etwas vormachen. Die Chefin der Mordkommission war da von einem anderen Kaliber. Sie würde bald dahinter kommen, dass er der Knabe mit der gebrochenen Nase war. Und dann musste sie nur zwei und zwei zusammenzählen.

Sie würde schwer etwas beweisen können, aber der offen ausgesprochene Verdacht würde ausreichen, sein weiteres Leben zur Hölle zur machen. Er hätte noch gern geruhsame und unbelastete Osterfeiertage gehabt und in Ottenstein gefischt. Diese Aussicht auf Ruhe hatte sein abendliches Telefonat mit Marlies Ritzek zerstört, die ihm ganz absichtslos und beiläufig, wie er annahm, von ihrem Gespräch mit der Chefinspektorin erzählte. Von ihren Fragen zu Roman Sindelar und der gebrochenen Nase.

Er war fest entschlossen, sich keinem Verhör durch die Chefinspektorin mehr auszusetzen. Ein Kraftakt noch, und danach würde er ruhig in die Hölle fahren können, wenn es sie wirklich geben sollte. An den Firlefanz hatte er trotz größter Anstrengungen seiner Mutter nie geglaubt.

Er war verblüfft über seinen letzten Wunsch, über den er eben nachdachte. Er wünschte sich bloß, dass man seiner Frau in der Apotheke, in der sie beschäftigt war, in Zukunft eine Ganztagsstelle anbieten möge.

## 22. April, 07:20 Uhr

Was war er doch für ein genialer Vorausdenker. Er hatte die Spritze schon gestern Vormittag präpariert. Ohne eine bestimmte Absicht damit zu verfolgen, weil er sich noch sicher gefühlt hatte. Aber man konnte doch nachlesen, dass große Feldherren wie Hannibal oder Napoleon feindliche Gefahr schon zu einem Zeitpunkt gewittert hatten, an dem sich der kleine Durchschnittssoldat im Siegestaumel noch sinnlos betrank. Nein, er wollte sich nicht mit Hannibal oder Napoleon vergleichen. Obwohl sie ihm sicher beim Thema Kaltblütigkeit nichts vormachen konnten. Wahrscheinlich passte der Vergleich mit einem Tier, das seine Überlegenheit nicht so sehr seinen körperlichen Kräften, sondern seinem Instinkt verdankte, besser zu ihm.

Eigentlich gefiel ihm die Farbe von Heroin gar nicht. Er mochte braun überhaupt nicht, und außerdem kam ihm diese bräunliche Lösung irgendwie nichtssagend vor. Für eine tödliche Waffe viel zu harmlos. Aber er konnte schlecht noch einmal an die tschechische Grenze fahren. Außerdem hatte er für das Anbringen eines Sprengkörpers gar keine Zeit mehr. Wahrscheinlich blieben ihm nur mehr Stunden, um seine Tat auszuführen.

Der Gedanke, zu spät zu kommen, bereitete ihm Angst. Höchste Zeit, dass er sich auf den Weg machte, um sein Opfer zu beobachten. Die Adresse auszukundschaften war ein Kinderspiel für ihn gewesen.

## 22. April, 09:48 Uhr

Die Handynummer des Direktors des BG 19 hatte sie noch am Abend in Erfahrung gebracht, ihn aber nicht erreichen können. Doris hatte deshalb nicht gut geschlafen. Nicht, dass sie über die Osterfeiertage einen weiteren Mord befürchtete. Es waren zwei Fragen, die seit gestern Nachmittag in ihrem Kopf kreisten und sie nicht losließen. Hatte sie mit ihrem Verdacht recht? Diese Frage würde ihr der Schuldirektor beantworten können. Sie musste ihn deshalb ersuchen, noch am heutigen Karsamstag in die Schule zu gehen und die Jahresberichte aus dem Ende der Siebzigerjahre hervorzuholen, die sie dann mit einem Polizeiwagen sofort nach St. Pölten bringen lassen wollte. Und noch schlimmer: Was, wenn sich ihr Verdacht nicht bestätigte? In diesem Fall stand sie mit komplett leeren Händen da und musste noch einmal von vorn beginnen. Jedenfalls war sie mit Spencer, den sie noch gestern Abend über den neuesten Stand der Dinge informiert hatte, übereingekommen, noch bis heute zehn Uhr zu warten. Sollte sie bis dahin keinen Kontakt zum Direktor bekommen, würde er mithilfe der Wiener Kollegen jemand anderen aus der Schule aufzutreiben versuchen, der Zugang zu den alten Jahresberichten hatte.Sie hatte gerade ihre Ostereinkäufe in dem Supermarkt, den sie regelmäßig frequentierte, erledigt und war dabei, den Einkauf im Kofferraum ihres Autos zu verstauen, als ihr Handy läutete. Hastig stellte sie die Einkaufstaschen auf den Boden des Parkplatzes und meldete sich. Ihr fiel ein Stein vom Herzen. Der Mann, den sie so dringend suchte, war am Apparat. Die Chefinspektorin entschuldigte sich kurz für die Störung und erklärte ihm ihr Anliegen.

»Ich weiß, es macht Ihnen einige Umstände, aber ich muss Sie bitten, gleich jetzt die alten Jahresberichte herauszusuchen. Ich biete Ihnen an, dass Sie ein Wagen der Wiener Polizei von zu Hause abholt und Sie auch wieder nach Hause bringt.«

»Gehe ich richtig in der Annahme, dass Sie wissen wollen, ob ein gewisser Roman Sindelar einmal gemeinsam mit einem Herwig Rummel, einem unserer Maturanten, die Schulbank gedrückt hat?«

Doris war fassungslos. »Woher wissen Sie denn das?«

»Meine Sekretärin hat mir mitgeteilt, dass ihr diese eigenartige Frage gestern Vormittag von einer Journalistin gestellt worden ist. Sie hat in den Jahrbüchern nachgesehen. Es wird Sie nicht überraschen, dass die Antwort meiner Sekretärin ›Ja‹ gewesen ist. Die beiden sind gemeinsam in die 1c gegangen. Danach hat sich bei uns die Spur von Roman Sindelar verloren. Herwig Rummel ist auch nach der ersten Klasse gegangen, aber in der dritten wiedergekommen. Wenn es das ist, was Sie wissen wollten, dann kann ich mir den Weg zur Schule sparen.«

Doris bedankte sich ziemlich geistesabwesend für die Information und legte auf. Sie wusste jetzt auch, wer die geheimnisvolle Journalistin war. Als sie gerade Spencers Nummer drückte, sah sie im Spiegel der Seitenscheibe ihres Wagens einen Mann, der seinen Arm erhoben hatte. Sie sah nicht mehr, wie der Arm auf sie niedersauste. Sie spürte bloß einen starken Stich in ihrem Hals.

Ihr letzter Gedanke war, dass sie ihn offensichtlich noch immer unterschätzt hatte. Sie merkte gar nicht mehr, wie sie zu Boden sank.

## 22. April, 09:57 Uhr

Er versuchte bereits zum x-ten Mal, seine Chefin am Telefon zu erreichen. Wie konnte sie in dieser Situation nur ihr Telefon abschalten? Jetzt waren es nur mehr drei Minuten, bis er die Kollegen von der Wiener Polizei kontaktieren sollte. Er hatte aber mit ihr ausdrücklich abgemacht, vorher noch einmal zu telefonieren.

Gerhard Malzacher rief Erich Lenhart an, um ihn nach dem Verbleib von Doris zu fragen. Der Ehemann konnte ihm nur sagen, dass Doris vor einer guten Stunde die Wohnung verlassen hatte, um den überfälligen Ostereinkauf zu erledigen. Er war auch verblüfft, dass seine Frau anscheinend ihr Handy nicht eingeschaltet hatte. Spencer erkundigte sich noch nach der Adresse des Supermarkts und beendete das Gespräch mit Wünschen für ein schönes Osterfest.

Ihm selbst war jetzt gar nicht nach einem schönen Osterfest zumute. Er brauchte nicht einmal eine Minute, um eine Funkstreife nach Senftenberg zu beordern, mit dem strikten Auftrag, Herwig Rummel nicht aus den Augen zu lassen. Sollte der Primar nicht zu Hause sein, sollten er und sein Auto vorsichtshalber zur Fahndung ausgeschrieben werden. Spencer wusste, dass er sich mit dieser Order eventuell um Kopf und Kragen brachte. Aber das war ihm egal.

Dann preschte er mit Blaulicht zum Supermarkt. Als er dort ankam, fiel ihm natürlich sofort der Notarztwagen mit eingeschaltetem Blaulicht auf und die vielen Menschen, die dieses Auto umlagerten. Er spürte, dass ihm schlecht wurde, und er sich zwingen musste, näherzutreten. Keine drei Sekunden später erkannte er den Wagen seiner Chefin. Ihm wurde schwarz vor Augen, und er musste sich auf das Dach eines der parkenden Autos stützen. Er wollte gar nicht hinsehen. Da hörte er die Stimme des Notarztes.

»Es ist nur ein Schock, gnädige Frau. Die Flüssigkeit an der Einstichstelle sieht zwar nicht aus wie Kochsalz, riecht und schmeckt aber danach. Da muss jemand Kochsalz bräunlich gefärbt haben. Völlig ungefährlich.«

## 22. April, 14:03 Uhr

Obwohl ihr die Attacke psychisch sehr zugesetzt hatte, wollte es sich Doris Lenhart nicht nehmen lassen, nicht nur den mutmaßlichen Dreifachmörder selbst zu vernehmen, sondern vorher nach Senftenberg zu fahren und sich bei ihrer Lebensretterin zu bedanken. Es überraschte sie nicht, dass ihr eine zumindest äußerlich sehr gefasste Frau Rummel die Tür öffnete.

»Guten Tag, Frau Chefinspektorin. Ich gehe davon aus, dass auch Sie Cremeschnitten jetzt unpassend finden. Aber ich kann Ihnen ein Glas Leitungswasser anbieten.«

»Das ist sehr lieb von Ihnen, aber ich kann nicht lang bleiben. Ich habe in Kürze eine sehr schwere Aufgabe vor mir. Es ist mir nur ein großes Anliegen, mich bei Ihnen zu bedanken. Ich vermute, dass ich ohne Sie nicht mehr am Leben wäre.« Doris setzte sich, ohne diesmal ein Auge für den prachtvollen Blick über das Kremstal zu haben.

»Ich ertrage den Blick da hinaus auch nicht mehr. Es bleibt mir ohnehin nichts anderes übrig, als meine Zelte abzubrechen. Ich werde auch wieder meinen Mädchennamen annehmen. Ich will meinen Mann nicht verteidigen, aber er ist Zeit seines Lebens trotz seines beruflichen Erfolgs ein armer Teufel gewesen.«

»Seit wann haben Sie ihn in Verdacht gehabt?«

»Bis vor ein paar Tagen hätte ich nie im Traum daran gedacht, dass mein Mann ein Mörder sein könnte. Nur hat mich Ihr Besuch vor ein paar Tagen stutzig gemacht. Sie erinnern sich wahrscheinlich an die Frage meines Manns, welche Wiener Schule Roman Sindelar besucht hat. Und dass er bei dieser Gelegenheit betont hat, im neunzehnten Bezirk maturiert zu haben. Da habe ich mich daran erinnert, dass er mir einmal erzählt hat, ein Jahr an einer anderen Schule gewesen zu sein. Wirklich nervös bin ich allerdings erst geworden, als er erwähnt hat, er hätte an dem Abend, an dem Frau Dahlmeyer ermordet worden ist, die Ritzeks beobachtet, wie sie um halb acht den Berg zu uns heraufgekommen sind. Auf seinen ausdrücklichen Wunsch hin ist damals das Abendessen kurzfristig auf zwanzig Uhr verschoben worden. Er hätte sich daran erinnern müssen. Außerdem habe ich es für ungewöhnlich empfunden, dass ein Gastgeber bei so einer Befragung die Uhrzeit des Eintreffens der Gäste betont. Ich habe ihn nachher auch gefragt, warum er das getan hat, aber er hat versucht, mich mit einer läppischen Ausrede abzuspeisen. Für naiv hat er mich immer gehalten. Wahrscheinlich hat er mich deswegen auch geheiratet.«

Doris sah, dass sich das Gesicht Frau Rummels, das bisher wenig Regung gezeigt hatte, bei ihrer letzten Bemerkung verfinsterte, und dabei die Falten links und rechts der Lippen tiefer wurden. Es war ein Gesicht reinster Verzweiflung.

»Das ist eine detektivische Meisterleistung gewesen.«

Das Gesicht der Gastgeberin entspannte sich ein wenig. »Deshalb habe ich gestern in der AHS Vereinsgasse und im BG neunzehn angerufen. Unter falschem Namen. Als ich dann die Auskunft bekam, dass Herwig und Roman Sindelar ein Jahr lang Klassenkameraden gewesen sind, habe ich es mit der Angst zu tun bekommen und sein Arbeitszimmer inspiziert. Zum ersten Mal in meinem Leben. Ich habe dort eine volle Spritze gefunden. Ich vermute, sie war mit Heroin gefüllt.«

»Es ist Ihnen aber klar, dass Sie sich da sofort hätten an die Polizei wenden müssen.« Doris bemühte sich, ihrer Stimme keinen strengen Tonfall zu geben. Trotzdem konnte sie die Zerknirschung im Gesicht von Gerda Rummel deutlich sehen.

»Ich weiß. Ich habe nicht die Härte gehabt, Sie zu verständigen. Herwig ist doch mein Ehemann. In meiner Verzweiflung bin ich auf die Idee gekommen, das Heroin in der Spritze gegen eine Kochsalzlösung zu tauschen, die ich mit Kakaopulver gefärbt habe. Als Pharmazeutin habe ich gewusst, dass beides für den menschlichen Körper ungefährlich ist. Ich habe mir auch den Kopf darüber zermartert, gegen wen sich sein Hass noch richten könnte. Allerdings ohne Ergebnis.«

## 22. April, 15:00 Uhr

Der graue Ford Mondeo von Herwig Rummel war gegen dreiviertel elf von einer Polizeistreife erkannt und angehalten worden. Nachdem einer der beiden Beamten sich vom stellvertretenden Leiter der Mordkommission die Anweisung zur vorläufigen Festnahme des Anästhesieprimars geholt hatte, war er »widerstands- und teilnahmslos« festgenommen worden, wie Doris Lenhart, die vor zehn Minuten in der Kremser Polizeizentrale an der Rechten Kremszeile eingetroffen war, dem Polizeiprotokoll entnehmen konnte. Spencer wartete schon auf sie.

Als Dr. Rummel um fünfzehn Uhr in den Vernehmungsraum geführt wurde, verwandelte sich der anfangs völlig abwesend und apathisch wirkende Gesichtsausdruck in Sekundenschnelle in den Ausdruck unglaublichen Staunens und höchster Überraschung. Doris war klar, dass er nicht erwartet hatte, eine höchst lebendig wirkende Chefinspektorin zu sehen.

»Ich bin wirklich ein geborener Verlierer.«

Er ließ sich wie ein Sack in den ihm angebotenen Sessel fallen. »Ich habe die letzten vier Stunden viel nachgedacht. Da bin ich auch zur Überzeugung gekommen, dass ich Christoph nie hätte töten dürfen. Gut, dass ich zumindest in Ihrem Fall versagt habe.«

»Ich kann mich bei Ihrer Frau bedanken. Und Sie sollten das auch tun, sobald Sie dazu Gelegenheit haben.« Während Doris ihre Unterlagen auf dem schmucklosen Tisch zurechtrückte, wurde die Verblüffung im Gesicht des Verbrechers noch größer.

»Selbst meine Frau habe ich unterschätzt.«

Die Chefinspektorin wollte diese Bemerkung nicht kommentieren. »Sie geben also zu, Roman Sindelar, Hilde Dahlmeyer und Christoph Ritzek ermordet zu haben?«

»Habe ich denn eine andere Wahl?«

Doris registrierte ein schiefes Lächeln des Anästhesisten, das bei ihr keinen Funken von Sympathie hervorrief. »Nach dem, was Sie bis jetzt gesagt haben, nein.« Doris merkte ihrem Stellvertreter an, dass er Mühe hatte, sich zu beherrschen.

»Dann will ich es Ihnen leicht machen und eine Generalbeichte ablegen. Ohne dafür mildernde Umstände zu beanspruchen.«

»Das entscheidet ohnehin nicht die Kriminalpolizei, sondern das Schwurgericht. Wir hören. Ich würde Sie allerdings ersuchen, langsam und deutlich zu sprechen, damit der Protokollführer mitschreiben kann.«

»Ich bemühe mich. Begonnen hat mein Unglück, als mich das Schicksal als junger Gymnasiast in eine Klasse mit Roman Sindelar verschlagen hat. Er war schon immer sehr sportlich und ich das genaue Gegenteil. Von den Antisportlern hat es eine ganze Reihe gegeben, aber ausgerechnet mich hat er als Ziel für seine Attacken ausgewählt. Beim Völkerball habe ich die schärfsten Bälle ins Gesicht bekommen. Und weil das meine Nase ausgehalten hat, hat er mir, wann immer er konnte, ein Bein gestellt. Bis ich endlich einen Nasenbeinbruch hatte. Meine Eltern hatten damals beschlossen, mich in eine andere Schule zu geben. Nicht wissend, dass er ohnehin die Schule wegen diverser disziplinärer Vorfälle verlassen musste. Deshalb bin ich auch nach einem Jahr wieder zurückgekommen. Ich habe schon gejubelt, diesen Quälgeist auf Nimmerwiedersehen los zu sein.«

»Und warum sind Sie ihn nicht los geworden?«

»Weil wir uns in der siebenten Klasse bei einem Schulskikurs wieder getroffen haben. Seine Schule war nicht nur im selben Ort, sondern auch im selben Gasthaus untergebracht. Ich hatte neue Ski bekommen, die plötzlich für drei Tage aus dem Skistall verschwunden waren, weil er sie mir versteckt hatte. Aber das alles war ja noch harmlos. In dem Gasthaus hat es Gemeinschaftsduschen gegeben. Natürlich waren Buben und Mädchen getrennt. Er hat dann den Mädchen aus meiner Klasse zu erzählen begonnen, dass ich einen ganz kleinen Penis hätte. Können Sie sich vorstellen, wie das ist, wenn Sie die Klassenkameradinnen plötzlich mit einem taxierenden Blick betrachten? Ich habe ja nicht sagen können: Stimmt gar nicht. Schaut her und überzeugt euch selbst. Danach habe ich ihn sechs oder sieben Jahre lang überhaupt nicht gesehen. Aber dann ist es gleich knüppeldick gekommen. Ich habe auf einer Studentenparty Hilde Dahlmeyer kennengelernt. Ich bin ihr gleich richtig verfallen. Ich habe sie dann mehrmals getroffen, und es ist sogar ein bisschen was gelaufen zwischen uns. Aber dann ist sie schnell meiner überdrüssig geworden. Roman Sindelar, der mir auf der Uni damals wieder über den Weg gelaufen ist, muss davon irgendwie erfahren haben. Jedenfalls ist er betont freundlich zu mir gewesen, hat erklärt, dass ihm sein Verhalten in der Vergangenheit leid tat und so weiter. Das allein hätte mich schon stutzig machen sollen. Aber ich Idiot bin darauf hereingefallen, und wir haben uns über mehrere Wochen immer wieder getroffen. Bei einer dieser Gelegenheiten erklärt er mir, dass er in Erfahrung gebracht hätte, dass mir an Hilde Dahlmeyer viel lag. Er würde sie zufällig sehr gut kennen – rein platonisch natürlich –, und er würde eine Möglichkeit sehen, etwas Schwung in meine Beziehung zu Hilde bringen. Er würde da bei Dürnstein ein lauschiges, kleines Hotel kennen, in dem bei der richtigen Stimmung vieles möglich wäre. Da bin ich hingefahren. Dort empfängt mich ein schmutzig grinsender Roman Sindelar mit einem kleinen roten Würfel in der Hand. Und erklärt mir, dass er auch meinen Freund Christoph eingeladen hat. Hildes Idee wäre gewesen, Christoph und mich um sie würfeln zu lassen unter der Bedingung, dass sie sich durch eine Kapuze unkenntlich machen dürfte. Würde ihr Vergnügen steigern. Weil ich mich verspätet hatte, hätte er für mich gewürfelt und leider verloren. Wenn ich Lust hätte, könnte ich mich vom Gewinn im Zimmer darüber überzeugen.«

Doris ertappte sich dabei, Mitleid mit dem vor ihr sitzenden Häufchen Elend zu haben. Aber nur kurz. »Sie wollen uns doch nicht weismachen, dass Sie daraufhin Roman Sindelar umgebracht haben? Es wäre doch völlig undenkbar gewesen, dass davon Frau Dahlmeyer und Herr Ritzek nichts bemerkt hätten.«

»Habe ich auch nicht. Ich habe mich bemüht, gute Miene zum bösen Spiel zu machen und betont, wie sehr ich es schätzte, dass er mir eine Chance geboten hat, die ich durch eigene Blödheit vermasselt habe, und wie viel mir an seiner weiteren Freundschaft lag. Bei der Fahrt nach Wien habe ich aber sofort den Plan gefasst, mich von dieser Heimsuchung endgültig zu befreien. Ich habe vier Wochen verstreichen lassen, ihn dann angerufen und ihm vorgeschlagen, zur endgültigen Besiegelung unserer neuen Freundschaft eine alte Idee von ihm, bei Nacht über die Donau zu schwimmen, in die Tat umzusetzen. Er ist gleich Feuer und Flamme gewesen. Und so ist es dann gekommen. Roman war auch nie der hellste Stern am Himmel, wenn Sie verstehen. Wir haben uns um dreiundzwanzig Uhr beim Wiener Hafen getroffen, und ich habe ihn sofort mit einer Hacke erschlagen, die Leiche in den Kofferraum meines Autos gepackt und bin damit in die Wachau gefahren. Zuerst wollte ich ihn selbst in der Nähe des Hotels, wo er mir die größte Niederlage meines Lebens zugefügt hat, vergraben. Auf der Fahrt ist mir dann die Idee gekommen, ein noch offenes Grab zu suchen und Sindelar gegen die Leiche im Sarg auszutauschen. Ich bin gleich beim ersten Friedhof in Stein, den ich von einem früheren Begräbnis kannte, fündig geworden. Ideal für meine Zwecke. An der rückwärtigen Seite uneinsehbar. Und der Sarg in dem noch offenen Grab schlampig verschlossen. Ist mir genial vorgekommen.«

»Und wie ist dann der Würfel in den Weingarten gekommen?«

»Den hatte ich mir im Hotel von ihm erbeten. Eine ewige Erinnerung an mein Zuspätkommen. Ich wollte ihm den Würfel ins Grab nachschmeißen, habe es aber in der Aufregung vergessen. Er muss mir beim Ausheben der Grube im Weingarten herausgefallen sein.«

## 25. April, 11:00 Uhr

Wolfgang Marbolt war klar, dass es in der Polizeidirektion keinen Raum gab, der groß genug war, die riesige Anzahl von Presseleuten zu beherbergen, die zu seiner heutigen Pressekonferenz kommen würden.

Daher hatte er im Büro des Landeshauptmanns anrufen lassen mit dem Ersuchen, ihm einen entsprechenden Konferenzraum zur Verfügung zu stellen. Er trug einen dunkelblauen, einfarbigen Anzug und eine rote, dezent gemusterte Krawatte, die ihm seine Frau für seinen heutigen Auftritt ausgesucht hatte. Mit einem vor dem Spiegel sorgfältig geübten Blick des Wohlwollens, der gleichzeitig Bescheidenheit signalisieren sollte, blickte er in den vollen Saal und begann mit seiner Erklärung:

»Meine Damen und Herren! Ich heiße Sie herzlich willkommen zu einer Pressekonferenz, die der sensationellen Aufklärung von drei abscheulichen Verbrechen gewidmet ist. Sie haben sicher mitbekommen, dass ich mich bei dieser Aufklärung in vollem Vertrauen auf meine Mitarbeiter sehr zurückgenommen habe. Wie ich es auch in Zukunft halten möchte. Ungern entschuldige ich daher die Abwesenheit von Chefinspektorin Lenhart, die dem Herrn Innenminister in den nächsten Minuten über die hervorragende Arbeit der niederösterreichischen Polizei berichten wird. Leider hat sich beim Herrn Minister kein anderer Termin finden lassen, obwohl ich mich sehr darum bemüht habe. Ich habe ihn auch ersucht, mir nicht mein bestes Pferd im Stall abzuwerben. Wobei ich natürlich vollstes Verständnis dafür hätte, und ich außerdem der Letzte sein möchte, der einer weiteren Karriere einer verdienten Mitarbeiterin im Wege steht.«

Wolfgang Marbolt hoffte inständig, dass sein Gesicht den Journalisten nicht verriet, wie stolz er auf seine Ferkelei war.

## 25. April, 11:03 Uhr

Doris Lenhart fuhr gerade an Schloss Schönbrunn vorbei, als sie ihren Chef im Radio hörte. Vor zwei Stunden hatte ihr Marbolt unter Krokodilstränen von der bedauerlichen Terminkollision erzählt. Natürlich wusste sie, dass er die Bühne bloß ganz für sich alleine haben wollte.

Aber die Pressekonferenz dafür zu nutzen, ihre Versetzung nach Wien anzudeuten, damit hatte sie nicht gerechnet.

Offensichtlich unterschätzte sie noch immer das Ausmaß seiner Charakterlosigkeit.

Aber nicht mit ihr. Egal wie attraktiv das Angebot des Ministers ausfallen würde, sie war nicht bereit, es anzunehmen. Sie war bereit für einen Kampf. Dem Herrn Landespolizeidirektor würde es noch leidtun, ihr je begegnet zu sein.

Sie spürte, dass sie dieser Gedanke begeisterte. Um ein Haar hätte sie die Ampel bei der Kreuzung Grünbergstraße übersehen, die gerade auf Rot sprang.

Questo volume è stato stampato nel mese di maggio 2023
presso Grafica Veneta S.p.A. di Trebaseleghe (PD)